"一带一路"沿线国家经典诗歌文库
（第一辑）

主编　赵振江

副主编　蒋朗朗　宁琦　张陵

保加利亚诗选

上册

陈九瑛　刘知白　编译

作家出版社

译者陈九瑛

陈九瑛

一九三四年出生。

一九六〇年毕业于保加利亚索非亚大学保加利亚语言文学系。

中国社会科学院外国文学研究所研究员，曾获保加利亚总统签署的基里耳·麦托迪国家文化奖。

著有《重轭下的悲歌——保加利亚爱国诗歌研究》，合著《东欧文学史》《东欧当代文学史》《东欧戏剧史》《中欧东南欧文学史》和《欧洲文学史》中十九世纪前的东欧文学，有关于保加利亚作家论文若干篇和有关保加利亚当代小说、戏剧发展走向及各类作品赏析论文数十篇，译有长篇小说《星星在我们顶空》《轭下》（合译）《夜驰白马》（合译），中篇《灵魂的枷锁》《两个朋友》，戏剧《警报》以及《保加利亚民间故事选》，合编有《世界短篇小说精品文库》等。

译者刘知白

刘知白

一九三六年出生，籍贯四川。

北京师范大学中文系肄业，索非亚大学保加利亚语言文学系毕业。

历任北京外国语大学保加利亚语教研室主任、教授，《东欧》期刊主编。

长期从事保加利亚语教学、研究、翻译、教科书和辞书编著工作。

目　录

两次世界大战之间的诗歌

第二次世界大战后的诗歌

总　序

二〇一三年秋，习近平主席先后提出建设"丝绸之路经济带"和"二十一世纪海上丝绸之路"（简称"一带一路"）的倡议。"一带一路"一经提出，便在国外引起强烈反响，受到沿线绝大多数国家的热烈欢迎。如今，它已经成了我们在政治、经济和文化生活中最具活力的词汇。"一带一路"早已不是单纯的地理和经贸概念，而是沿线各国人民继往开来、求同存异、构建人类命运共同体的幸福路、光明路。正如一首题为《路的呼唤》[1]的歌中所唱的：

> ……
>
> 有一条路在呼唤
>
> 带着心穿越万水千山
>
> 千丝万缕一脉相传
>
> 注定了你我相见的今天
>
> 这一条路在呼唤
>
> 每颗心都是远洋的船
>
> 梦早已把船舱装满
>
> 爱是我们共同的家园
>
> ……

习主席关于构建人类"政治互信、经济融合、文化包容的利益共同体、命运共同体和责任共同体"的主张是人心所向，众望所归。联合国将"构

---

[1]《路的呼唤》：中央电视台特别节目《一带一路》主题曲，梁芒作词，孟文豪谱曲，韩磊演唱。

建人类命运共同体"写入大会决议，来自一百三十多个国家的约一千五百名贵宾出席二〇一七年五月十四日在北京举行的"一带一路"国际合作高峰论坛，就是最有力的证明。

在国与国之间，政治互信、经济融合、文化包容的基础在民心，而民心相通的前提是相互了解和信任。正是出于这样的理念，我们决定编选、翻译和出版这套"'一带一路'沿线国家经典诗歌文库"，因为诗歌是"言志"和"抒情"最直接、最生动、最具活力的文学形式，诗歌最能反映大众心理、时代气息和社会风貌。"'一带一路'沿线国家经典诗歌文库"是加强沿线各国人民之间相互了解和信任的桥梁。

"'一带一路'沿线国家经典诗歌文库"的创意最初是由作家出版社前总编辑张陵和中国诗歌学会会长骆英在北京大学诗歌研究院院会提出的。他们的创意立即得到了谢冕院长和该院研究员们的一致赞同。但令人遗憾的是，在本校的研究员中只有在下一人是外语系（西班牙语）出身，因此，他们就不约而同地把这套书的主编安在了我的头上。殊不知在传统的"一带一路"沿线国家中，没有一个是讲西班牙语的。可人家说："一带一路"是开放的，当年"海上丝绸之路"到了菲律宾，大帆船贸易不就是通过马尼拉到了墨西哥吗？再说，巴西、智利、阿根廷三国的总统不是都来参加"一带一路"国际合作高峰论坛了吗？怎么能说"一带一路"和西班牙语国家没关系呢？我无言以对。

古丝绸之路是指张骞（前一六四年至前一一四年）出使西域时开辟的东起长安，经中亚、西亚诸国，西到罗马的通商之路。二〇一三年九月七日，习近平主席在哈萨克斯坦纳扎尔巴耶夫大学演讲时，提出共建"丝绸之路经济带"的主张，赋予了这条通衢古道以全新的含义，使欧亚各国的经济联系更加紧密、相互合作更加深入、发展空间更加广阔，从而造福沿途各国人民。至于古老的"海上丝绸之路"，自秦汉时期开通以来，一直是沟通东西方经济和文化交流的重要渠道，尤其是东南亚地区，自古就是"海上丝绸之路"的重要枢纽。习主席建设"二十一世纪海上丝绸之路"的构想使其在新的历史起点上，有了更加重要而又深远的意义。

"一带一路"沿线国家主要包括西亚十八国（伊朗、伊拉克、格鲁吉亚、亚美尼亚、阿塞拜疆、土耳其、叙利亚、约旦、以色列、巴勒斯坦、沙特阿拉伯、巴林、卡塔尔、也门、阿曼、阿拉伯联合酋长国、科威特、黎巴嫩），中亚六国（哈萨克斯坦、土库曼斯坦、吉尔吉斯斯坦、乌兹别克斯坦、塔吉克斯坦、阿富汗），南亚八国（尼泊尔、不丹、印度、巴基斯坦、孟加拉国、斯里兰卡、马尔代夫、阿富汗），东南亚十一国（印度尼西亚、马来西亚、菲律宾、新加坡、泰国、文莱、越南、老挝、缅甸、柬埔寨、东帝汶），中东欧十六国（阿尔巴尼亚、波斯尼亚和黑塞哥维那、保加利亚、克罗地亚、捷克、爱沙尼亚、匈牙利、拉脱维亚、立陶宛、马其顿、黑山、罗马尼亚、波兰、塞尔维亚、斯洛伐克、斯洛文尼亚）。独联体四国（俄罗斯、白俄罗斯、乌克兰、摩尔多瓦），再加上蒙古和埃及等。

从上述名单中不难看出，"一带一路"沿线国家多为文明古国，在历史上创造了形态不同、风格各异的灿烂文化，是人类文明宝库重要的组成部分。诗歌是文学的桂冠，是文学之魂。文明古国大都有其丰厚的诗歌资源，尤其是经典诗歌，凝聚着国家和民族的精神和理想。各国之间的文化交流与经贸往来，既相互交融又相互促进，可以深化区域合作，实现共同发展，使优秀文化共享成为相关国家互利共赢的有力支撑，从而为实现习主席构建人类命运共同体的伟大目标打下坚实的文化基础。

"一带一路"沿线国家多是发展中国家。长期以来，我们一直比较重视对欧美发达国家诗歌的译介，在"经济一体、文化多元"的今天，正好利用这难得的契机，将这些"被边缘化"国家的传统文化和民族精神纳入"一带一路"的建设，充分发掘它们深厚的文化底蕴，让它们的古老文明在当代世界发挥积极作用，使"文库"成为具有亲和力和感召力的文化桥梁。

"一带一路"沿线国家又多是中小国家。它们的语言多是非通用的"小语种"，我国在这方面的人才储备相对稀缺，学科建设相对薄弱；长期以来，对这些国家的文学作品缺乏系统性的译介和研究。从这个意义上说，"文库"的出版具有填补空白的性质，不仅能使我们了解这些国家的诗歌，也使相关的学科建设和学术研究有了新的生长点。

"'一带一路'沿线国家经典诗歌文库"的现实意义和深远影响已经很清楚了，但同样清楚的是其编选和翻译的难度。其难点有三：一是规模庞大，每个国家一卷，也要六十多卷，有的国家，如俄罗斯、印度，还不止一卷；二是情况不明，对其中某些国家的诗歌不是一无所知也是知之甚少，国内几乎从未译介过，如尼泊尔、文莱、斯里兰卡等国；三是语言繁多，有些只能借助英语或其他通用语言。然而困难再多，编委会也不能降低标准：一是尽可能从原文直接翻译，二是力争完整地呈现一个国家或地区整体的诗歌面貌。

总之，"文库"的规模是宏大的，任务是艰巨的，标准是严格的。如何完成？有信心吗？答案是肯定的。信心从何而来呢？我们有译者队伍和编辑力量做保证。

"'一带一路'沿线国家经典诗歌文库"的编译出版由北京大学外国语学院和中国作家出版社联袂承担，可谓珠联璧合，阵容强大。

北京大学外国语学院是国内外国语言文学界人才荟萃之地，文学翻译和研究的传统源远流长。北大外院的前身可以追溯到京师同文馆（一八六二年）和京师大学堂（一八九八年）。一九一九年北京大学废门改系，在十三个系中，外国文学系有三个，即英国文学系、法国文学系、德国文学系。一九二〇年，俄国文学系成立。一九二四年，北京大学又设东方文学系（其实只有日文专业）。新中国成立后，东语系发展迅速，教师和学生人数都有大幅度增长。一九四九年六月，南京东方语言专科学校和中央大学边政学系的教师并入东语系。到一九五二年京津高校院系调整前，东语系已有十二个招生语种、五十名教师、大约五百名在校学生，成为北大最大的系。

一九五二年院系调整时，重新组建西方语言文学系、俄罗斯语言文学系和东方语言文学系。其中西方语言文学系包括英、德、法三个语种，共有教师九十五人，分别来自北大、清华、燕大、辅仁、师大等高校（一九六〇年又增设西班牙语专业）；俄罗斯语言文学系共有教师二十二人，分别来自北大、清华、燕大等高校；东方语言文学系则将原有的西藏语、维吾尔语、西南少数民族语文调整到中央民族学院，保留蒙、朝、日、越、暹罗、印尼、缅甸、印地、阿拉伯等语言，共有教师四十二人。

北京大学外国语学院于一九九九年六月由英语系、西语系、俄语系和东语系组建而成，下设十五个系所，包括英语、俄语、法语、德语、西班牙语、葡萄牙语、日语、阿拉伯语、蒙古语、朝鲜语、越南语、泰国语、缅甸语、印尼语、菲律宾语、印地语、梵巴语、乌尔都语、波斯语、希伯来语等二十个招生语种。除招生语种外，学院还拥有近四十种用于教学和研究的语言资源，如意大利语、马来语、孟加拉语、土耳其语、豪萨语、斯瓦西里语、伊博语、阿姆哈拉语、乌克兰语、亚美尼亚语、格鲁吉亚语、阿塞拜疆语等现代语言，拉丁语、阿卡德语、阿拉米语、古冰岛语、古叙利亚语、圣经希伯来语、中古波斯语（巴列维语）、苏美尔语、赫梯语、吐火罗语、于阗语、古俄语等古代语言，藏语、蒙语、满语等少数民族及跨境语言。学院设有一个一级学科博士点、十个二级学科博士点和一个博士后流动站，为北京市唯一外国语言文学重点一级学科。学院师资力量雄厚：全院共有教师二百一十二名，其中教授六十名、副教授八十九名、助理教授十六名、讲师四十七名，拥有博士学位的教师一百六十三人，占教师总数的百分之七十七。

从以上的介绍不难看出，北京大学外国语学院的语言教学和科研涵盖了"一带一路"的大部分国家，拥有一批卓有成就的资深翻译家和崭露头角的青年才俊，能胜任"文库"的大部分翻译工作。至于一些北大没有的"小语种"国家，如某些中东欧国家，我们邀请了高兴（罗马尼亚语）、陈九瑛（保加利亚语）、林洪亮（波兰语）、冯植生（匈牙利语）、郑恩波（阿尔巴尼亚语）等多名社科院外文所和兄弟院校的专家承担了相应的翻译工作，在此谨对他们表示诚挚的敬意和衷心的感谢。

有好的翻译，还要有好的编辑。承担"'一带一路'沿线国家经典诗歌文库"编辑出版任务的作家出版社是国家级大型文学出版社，建社六十多年来出版了大量高品质的文学作品，积累了宝贵的资源和丰富的经验。尤其要指出的是，社领导对"文库"高度重视，总编辑黄宾堂、前总编辑张陵、资深编审张懿翎自始至终亲自参与了所有关于"文库"的工作会议，和北大诗歌研究院、北大外国语学院的领导一起，精心策划，全力以赴，保证了"文库"顺利面世。

最后还要说明的是，"'一带一路'沿线国家经典诗歌文库"得到了北大校领导的大力支持。"文库"第一批图书的出版恰逢北京大学建校一百二十周年（一八九八年至二○一八年），编委会提出将这套图书作为对校庆的献礼。校领导欣然接受了编委会的建议，并在各方面给予了大力支持，校党委宣传部部长蒋朗朗同志从始至终参与了"文库"的策划和领导工作。至于北京大学外国语学院的领导更是责无旁贷地承担了全部翻译工作的设计、组织和落实。没有他们无私忘我、认真负责的担当，完成这样艰巨的任务是不可能的。

"'一带一路'沿线国家经典诗歌文库"第一批诗作即将出版，这只是第一步，更艰巨的工作还在后头；更何况随着时间的推移，"一带一路"的外延会进一步扩展，"文库"的工作量和难度也会越来越大。但无论如何，有了这样的积累，我们完全有理由相信，"'一带一路'沿线国家经典诗歌文库"会越来越好。为了实现这样的目标，我们期待着领导、业内同仁和广大读者的批评指教。

赵振江
二○一七年秋于北京大学蓝旗营寓所

前 言

保加利亚位于巴尔干半岛的东南部。这里依山傍海，河流纵横，森林茂密，物产富饶，田连阡陌，玫瑰飘香。保加利亚人自豪地称自己的祖国是"人间天堂"[1]。

保加利亚有着悠久而曲折的历史，也有着壮怀激烈和多姿多彩的诗篇。

巴尔干半岛最早的居民是色雷斯人。古罗马帝国曾在此建立行省。公元六八一年，古保加尔人同斯拉夫人在此建立斯拉夫－保加利亚王国，十一世纪初受拜占庭帝国统治，十二世纪复国，一度成为巴尔干半岛最强盛的国家。此后，内忧外患交相侵逼，十四世纪末沦亡于新崛起的奥斯曼土耳其帝国，前后达五百年之久。

在古代，保加利亚文化是多种文化的混合体。保存至今的古代宫殿、教堂、修道院、石墙、石柱的浮雕以及石碑等文化遗存，表明这里的古代文化曾发展到相当高的水平。公元九世纪，基里尔、麦多迪兄弟创制斯拉夫文字，使这里成为斯拉夫民族的文化中心。但奥斯曼帝国长期严酷的民族压迫与宗教同化政策，不仅使保加利亚人民历尽苦难，而且使它的民族文化受到极大的摧残。在文学上，除民间流传的表现爱情与劳动和歌颂反土游击战士海杜特的歌谣外，几乎不存在近代意义上的书面诗歌作品。直到十九世纪中叶，保加利亚民族开始大觉醒、总奋起，在民族解放斗争中付出了血的代价，于一八七六年争得了民族自治，一九〇八年再次独立建国，才为民族文化的复兴——包括诗歌等书面文学的发展，迎来了繁荣滋长的春天。

保加利亚近现代诗歌的发展，大致可分为三个时期，即民族解放运动

---

1 参见保加利亚国歌歌词。

时期、两次世界大战之间的时期以及第二次世界大战后的时期。

民族解放运动时期诗歌的主旋律是为民族解放斗争的胜利进行鼓与呼。代表诗人有拉科夫斯基、钦土洛夫、佩·斯拉维科夫、波特夫、伐佐夫等。他们多分别在俄罗斯、法国、希腊等国求过学，接触过欧洲著名诗人的诗作。他们背负着民族数百年的屈辱与苦难，心怀救亡复国的壮志，把诗歌当成武器。他们诗作的内容有：血泪控诉土耳其的暴政与人民遭受的苦难；呼吁人民从睡梦中醒来，拿起武器，进行反抗；向母亲、恋人、战友表明参加战斗，不怕牺牲的决心；鼓舞反土耳其起义的战士奋勇杀敌；沉痛悼念战斗中牺牲的烈士等。这些诗歌表达了时代的诉求，唱出了人民的心声，成为东欧被压迫弱小民族文学苑圃中的一朵奇葩。

民族解放斗争诗歌的集大成者是波特夫。面对丑恶的现实，他在自己的诗中对周围那些空谈爱国、投机敛财、苟且偷生、醉生梦死的伪爱国者进行了尖锐地嘲讽（《爱国者》《流浪汉》《在酒店中》等）。在《给我的初恋情人》《分担》等诗中，诗人表现了他的凌云壮志，称爱情在他心中已不再照耀。他要与战友分担战斗的责任，冒死前进。《一八六八年的告别》表现了诗人与母亲诀别的慷慨悲怆与英勇赴义、视死如归的英雄气概，抒发了炽烈的爱国情怀。

波特夫创作中成就最高的是对烈士的颂歌。《哈吉·迪米特尔》一诗，以高度的艺术表现力写武装组织领导人的英勇牺牲，引起了日月同悲，天人共悼；自然、万物、仙女对英雄的遗体也无限地尊崇与呵护。诗歌的画面色彩丰富，意境庄严肃穆，是现实主义与浪漫主义结合的典范，不但成为保加利亚人民传诵不息的绝唱，而且把保加利亚诗歌的发展推向了一个新的高峰。

伐佐夫写作了反映一八七六年四月起义的长篇小说《轭下》，成就为蜚声世界的大作家，但同时也是众望所归的大诗人。他写的大量诗作中，《旗与琴》《保加利亚的悲伤》《拯救》三部诗集，是歌颂四月起义期间人民英勇斗争的三部曲。这些诗歌，继承了波特夫的现实主义传统，奠定了他作为人民诗人的重要地位。

保加利亚独立后，资产阶级权贵热衷于争权夺利，背叛了民族复兴的理想。伐佐夫因此写了组诗《被遗忘者的史诗》。诗中歌颂了十多位被遗忘的革命先烈的事迹，希望以此唤醒那些达官贵人的良知。其中，《列夫斯基》一诗，塑造了一位机智勇敢地发动群众，神出鬼没地与敌人周旋的革命领导者的形象，放射着鲜亮夺目的光彩。组诗是伐佐夫爱国诗歌发展到顶峰的标志，不愧为民族诗歌中史诗式的作品。十九世纪末、二十世纪初，伐佐夫的诗歌创作转向了批判现实主义，写了许多抨击社会弊病、充满凛然正气的作品。

这时期，一些诗坛的后起之秀，也举起了批判现实主义的旗帜。其中，除米哈依诺夫之外，潘乔·斯拉维伊科夫、雅沃洛夫等受其他流派的影响，同时力图追求新潮。

潘乔·斯拉维伊科夫因受西欧"个性派"影响，被评论界指为有偏离政治、追求纯艺术的倾向。但在严峻的现实面前，他的许多诗都触及了重大的社会问题。他在《希普卡》一诗中，称"英雄们在这里用自己的死亡开辟了生活的道路，而生活却把他们否定和遗忘"。在《祖国》一诗中，诗人称自己的祖国是"充满泪水、苦难与煎熬的国度"，"在这里，一切都按皇帝刁钻古怪的意愿行事"。在讽刺诗《真理之斧》中，诗人把人民对君主制的抗议称之为对君主进行的"神意裁判"。这些诗歌以其锐利的批判精神和独特的艺术风格，在保加利亚诗歌史上占有重要地位。此外，他写的多部表现乡村婚姻问题的叙事长诗，也受到评论界的好评与读者的青睐。

雅沃洛夫的诗歌主要表现农村社会。《五月》《在田间》《冰雹》《致一个悲观主义者》等诗歌，在瑰丽多姿的大自然背景上，描写了农民所遭受的剥削压迫和面临的种种苦难。诗中天灾人祸、苛捐杂税、朝不保夕的农民生活画面，深刻地揭示了资本主义原始积累时期的阶级矛盾。诗人二十二岁发表《抒情诗集》，曾被评论界称为"才能突出的诗人"。一九〇三年，他参加马其顿民族解放运动，写了《海杜特的向往》等诗集。后因该运动受挫而悲观失望。北上西欧时，受到象征派影响，开始写象征派诗，后因生活遭遇不幸而去世。

世纪之交，诗人们的队伍迅速扩大，多种诗歌流派相继出现。

此时期产生的民粹派文学中有两位诗人：马克西莫夫和采尔科夫斯基。他们的诗歌抒写了乡间人物、牲畜、农事、田园风光，也表现农民的困苦。但美化过时的宗法制社会，起不到推动社会前进的作用。

随着工人运动的发展，无产阶级诗人开始登上诗坛。波梁诺夫的名诗《垂死之树》号召人民"扬起利斧"，砍倒资本主义"死气沉沉的大树"。诗歌语言流畅响亮，但回应者有限。与此同时，集结在《思想》杂志周围的几位年轻诗人：潘乔·斯拉维伊科夫、雅沃洛夫、安德列钦等，不满老一辈诗人坚持的现实主义传统，认为那种高扬集体主义的文学已过时。该杂志主编克列斯特夫认为，艺术的主旨是表现个性，尤其是强者、超人的个性。为此，必须坚持发展"纯粹的诗歌"。这种主张当时遭到评论界的批评，认为标榜"纯艺术"、否定文学的社会功能，强调超人主观精神的作用，是尼采唯心主义哲学的表现。由于反对声浪甚高，个性派诗人不得不改弦更张。

继个性派之后，象征派诗歌开始崛起。象征派自西欧传入后，雅沃洛夫、德贝良诺夫、利利埃夫、特拉扬诺夫、波普迪米特洛夫、米列夫、亚森诺夫、斯托扬诺夫等人，围绕《环节》杂志进行象征派诗歌创作，出版了不少诗集。如雅沃洛夫的《无眠》，特拉扬诺夫的《颂诗与叙事曲》，波普迪米特洛夫的《爱之梦》、斯托扬诺夫的《十字路口的幻影》等，使诗坛呈现出一片繁盛的景象。

保加利亚独立建国后，并没有走上政通人和的道路，而是陷入了内外交困的社会危机中，先后卷入两次巴尔干战争和第一次世界大战，给国家、人民带来了深重的灾难。一九二三年九月，人民群众掀起了反独裁政府的起义，遭到统治者的镇压。二十世纪四十年代初，保加利亚又参加第二次世界大战，站在德国法西斯一边。共产党组织众多游击队，开展了反法西斯武装斗争。

这一时期，反对独裁政府和法西斯的肆虐，成为诗人们创作关注的焦点。其思想主题有：揭露血汗工厂给工人造成的苦难和人民的普遍贫困；号召人民走斯巴达克式的起义道路，掀起红色的起义风暴；谴责当局对一九二三年九月起义的镇压，悼念牺牲的起义者；表现反法西斯游击队的抵抗活动及其所遭受的杀戮；欢呼一九四四年苏军进入保加利亚，讴歌苏保联军将反法西斯战线推进到匈牙利边境的德拉瓦河畔等。

二十世纪二十年代初，象征派诗人在诗坛比较活跃。不少诗人都受其影响，较有成就的有：

德贝良诺夫。他的早期诗歌多表现因家境贫困、辍学所产生的痛苦、失意与孤独，格调颓唐。但他在《隐隐的呻吟》一诗中，回忆童年、母爱、故园时，不乏生活气息，并柔情似水。在《黑洞》《阵亡者》等诗中，他表现了对战争的不满，并对挣扎在水深火热中的人民深表同情。《奖章》一诗将矛头指向德裔国王斐迪南，把皇帝向下属颁发奖章比喻成向他们脸上喷出的痰液。德贝良诺夫的诗中，象征派的表现形式与时代的现实内容紧密结合，取得了良好的艺术效果。

利利埃夫，他的诗集《夜鸟》《月亮阴影》等表现的主旋律是青春、爱情、理想、回忆，但缺乏社会生活的内涵。然而在长诗《祖国》中，他咒骂战争狂人的恶毒野心，对人民陷入战争深渊深表同情。利利埃夫的诗歌虽然少与现实接轨，但他不像其他一些象征派诗人那样喜欢在过往的岁月中寻找幸福或表现奇邦异国的空虚世界，也不追求矫揉造作的创新，而是注重对祖国诗歌语言和表现艺术的精湛追求，因而他以诗歌形式的完美被称为象征派诗歌的高手。

一战后，无产阶级诗歌有很大发展。除波梁诺夫继续从事创作外，新涌现的诗人有斯米尔宁斯基、赫列尔科夫、丘里亚夫科夫等。

斯米尔宁斯基早年写过象征派诗。目睹一战中的士兵起义后，他立即站到了无产者一边，表现他们的艰难处境与生活困苦（《节日购物》《黄色的女客》)。在诗集《总有一天》中，写无产者的理想是"冲破泪水和血腥的压迫"，并预言胜利总会来临。《在狂风里》直接呼唤奴隶们起来反抗，彻底挣脱几百年来的锁链。《维苏威的暴动》以火山的爆发隐喻无产者推翻旧世界的起义，表现了阶级搏斗中他们雄浑磅礴的力量。在这些诗中，诗人广泛运用带有强烈感情色彩的象征主义形象，将无产阶级诗歌推进到了一个新的阶段。

一九二三年九月起义后，许多诗人创作了以九月起义为题材的诗歌。米列夫曾写过现代派诗歌《残酷的戒指》等诗集。他看清了统治者的凶残后，写了著名的长诗《九月》，愤怒抨击独裁政府的险恶，诗人因此被捕，并遭暗杀。弗尔纳吉耶夫写了《春风》《虹》等诗集，热烈歌颂了起义战士，愤怒揭示大屠杀的血腥场面，控诉统治者的滔天罪行。拉兹维特尼科夫也写了诗歌《泣血》，表现自己的愤怒之情。

二十世纪二三十年代，有些持民主主义立场的诗人写出了不少杰出的诗作。

女诗人巴格梁娜以写爱情诗著称。她诗歌的主题之一，是表现妇女对个性解放的追求和对自由与爱情的渴望，并反驳了社会对妇女的种种偏见。诗集《永恒的与神圣的》把爱情，尤其是妇女的爱情讴歌为人类永恒而神圣的感情，并以巨大的感染力表现爱情给妇女带来的幸福、甜蜜、痛苦等复杂的感受，成为女性诗歌的典范。巴格梁娜诗歌的另一个主题是对祖国的歌颂。《我爱你，祖国》《乔治节》等诗集，洋溢着对祖国母亲炽烈的爱。在有一些诗中，诗人对战争狂人发出了愤怒的斥责，表现了对祖国命运的关心。

达尔切夫受过象征派影响，但认为生活是创作的源泉，诗歌应与日常生活和物质世界相联系，力图以自己的所谓"具象诗"打破象征派的美学传统，即着重描写具体物象来表现人的主观世界。如他的《后院》一诗，写楼房后院妇女们晾晒衣物、儿童玩耍呼叫以及鸡鸣鸟啼等平凡琐碎的居家场面，进而在这种凡人小事中发掘诗意，凸显理性精神和对生活哲理的感怀。他的诗集《窗》《巴黎》等，因思想深邃，风格迥异，形式完美，对当时的年轻诗人颇有影响。

属于这一类的诗人，还有多娜·加贝和弗尔纳吉耶夫。不过，他们的重要成就主要是在"二战"之后。

二十世纪三十年代，德国垄断资本进一步控制了保加利亚的经济命脉。随着德、意法西斯的兴起，保加利亚日益法西斯化。在这种情况下，文学界开始形成反法西斯阵线，成立了"劳动战斗作家联盟"。该联盟团结广大进步作家与诗人，在困难的条件下进行创作。不少诗人继承斯米尔宁斯基的革命传统，写了许多优秀的诗歌。

拉德夫斯基发表了《脉搏》《心向党》等诗集，表现了人民对法西斯统治的不满和反抗。《索非亚》一诗，揭露了白色恐怖笼罩下首都的凶险境况："夜晚，……你手里拿起了速射的手枪，在各个角落伺捕着自己的猎物。"这里的"你"，指的是法西斯分子，"猎物"指的是共产党人领导的反法西斯游击队。诗人将二者联系起来，着意表现的是站在斗争前列的共产党人的形象。这些诗歌格调昂扬而深沉凝重，对反法西斯的人民群众是很大的鼓舞。

伊萨耶夫写了《就义者》《晴空》《人之歌》等诗集。这些题材不同的诗作有一个共同的主题，那就是诗人对国家民族命运的关注和为争取祖国美好未来而奋斗的爱国情怀。《无眠的孩子》一诗，写空袭警报使孩子无眠："这城市的警报，使你惊慌。"惊慌什么？可能遭到空袭！诗人进一步设问："难道你也预感到，那烈火的风暴，明天可能会将我们一起埋葬？"这里被问的是孩子，实际表现的，正是人民群众对战争灾难即将到来的预感和担心，对法西斯分子把国家拖入战争的不满和反感。

二十世纪四十年代初，站在反法西斯斗争最前列的诗人是瓦普察洛夫。他当过工人，他的诗歌在保加利亚最先以表现产业工人为题材，揭露资本主义社会的深刻矛盾。在《工厂》《忆旧》《世纪》等诗中，描绘了工厂那使人窒息的奴役劳动的阴暗画面，控诉那里的"世界是一所监狱"。二次大战爆发，他首先揭露了德国"克虏伯""拜尔"兵工厂生产武器在战场杀人的罪恶，大力呼唤劳动者起来斗争，并把斗争的矛头指向外国的"太上皇"(《伊林节起义之歌》)。在《抒怀》《一封信》等诗中，诗人要求自己英勇奋战，并要"以自己的头颅换取高昂的代价"。他参加地下的反法西斯活动，从事过对德军的爆破工作。一九四二年三月被捕，七月被杀害，结束了自己光荣的一生。

拉马尔写了《和平的不安年代》《西方—东方》等诗集，表现了战时人民所受的痛苦。在《爱》一诗中，写群众在大会上高呼口号，在市郊张贴标语，表达反法西斯的诉求。诗人在一九四四年后写的《戈兰·戈林诺夫》，是他反战的第三部作品。他的诗歌饱含珍贵的历史记忆，是动人心志的佳作。

写作反法西斯斗争诗歌的还有佩内夫、赫列尔科夫等人。

一九四四年九月八日，保加利亚人民在共产党领导下举行武装起义，配合苏军摧毁了君主法西斯统治，九月九日建立了人民共和国，并组建人民军，协同苏军追歼德军残余势力，向国境外挺进。许多诗人纷纷投笔从戎，如拉马尔、汉切夫、伊萨耶夫、拉林、米切夫等，过后都以亲身经历写出许多真实感人的作品。

二战后，诗人的队伍日益扩大。除老一辈的诗人外，二十世纪四十年代崭露头角的诗人有彼特洛夫、佩依切夫、拉依诺夫、汉切夫、格罗夫、拉林、迪米特洛娃、鲍日洛夫、斯特凡诺娃等。五十年代初成长起来的诗人有贾加罗夫、马特夫、麦托迪耶夫、若特夫、奥瓦迪亚、齐达罗夫、达缅诺夫、戈列夫、达维特科夫、卡拉斯拉沃夫、斯坦切娃、克赫莉巴列娃、维蒂奥·拉科夫斯基等。

新时期中，保共的文艺政策认为：马克思主义的文艺理论应当成为诗人们遵循的美学原则，社会主义现实主义应是文学创作的基本方法。在这样的文艺方针指导下，象征派、印象派等现代派方法受到了批评和否定，因而各种不同的文学主张开始销声匿迹，多样化的创作方法也逐渐趋于归一。

新时期开始的诗坛上，回顾过去的反法西斯斗争，仍是新老诗人关注的热点，也产生了不少优秀作品。如安德列耶夫的《游击队之歌》，奥瓦迪亚的《游击队员的日子》，贾加罗夫的《我的歌》，麦托迪耶夫的《季米特洛夫的一代》等。表现二战末诗人转战反法西斯战场的重要作品有：汉切夫的《子弹夹中的诗》、拉林的《战士笔记》、托多罗夫的《德拉瓦河》等。这些作品饱含战地所见所闻，充满了参战的正义感与自豪感。

二十世纪四十年代末，保加利亚加入社会主义阵营，开始了五年计划建设。诗人们怀着空前喜悦的心情迎接建设高潮的到来。不少诗人如鲍日洛夫、拉多耶夫、马特夫、迪米特洛娃等参加了义务劳动队，并根据劳动中的感受写了许多讴歌建设者的诗作。如拉多耶夫的《旗帜飘飘》、拉马尔的《马里查河》、拉依诺夫的《五年计划的诗》，拉科夫斯基的《在马里查河岸上》等。这些诗歌的出现是那个欣欣向荣的时代的写照。

一九五六年，保共召开"四月全会"，批判了个人迷信的种种表现；文艺界也随之批评教条主义、公式化、概念化的倾向。保共"十大"认为：社会主义现实主义仍是当今占主导地位的创作方法，但应允许其他流派的存在。由此，文艺界为过去受过错误批评的流派和个人恢复了名誉，文坛随之出现了"解冻"的诗歌。贾加罗夫的《早春》一诗，欢呼和煦的春风融化了冰层，吹绿了原野。继之，出现了一些对社会政治生活进行反思的作品。重要的有汉切夫的《铁与温情》，格罗夫的《孤独》，拉林的《沉重的记忆》，马特夫的《审判庭》，查内夫的《衍生的契卡》等。这些诗都从不同视角揭露了过去社会的消极现象。

二十世纪五六十年代文艺思想的解放给诗坛带来了勃勃生机。此后的几十年间，诗人们以较过去更为广阔的视野，多角度、全方位地观察社会生活的方方面面，创作的思路更加开阔，题材的选择范围更为广泛，诗艺表现的方法更为多样，从而抒发出诗人们在各种不同境遇和情景中各自不同的思想感情，在诗的苑圃中开创出一个姹紫嫣红、百花齐放的局面。仅以本书所列诗人的作品为例，其诗作即有如下各类：

歌颂祖国的有：贾加罗夫的《保加利亚》，布林的《保加利亚人》，康斯坦丁诺夫的《保加利亚的河流》，格鲁贝什利耶娃、鲍日洛夫、达斯卡洛娃、达缅诺夫、马特夫等各自写的《祖国》或其他诗。

点赞建设成就的有：佩内夫的《当浇灌地基的时候》，马特埃夫的《罗多彼的白昼》，斯特凡诺娃的《信函》等。

回顾历史的有：奥瓦迪亚的《历史用鲜血写成》，斯坦切夫的《希普卡》，鲍谢夫的《为了你们，孩子们》，格尔曼诺夫的《紫铜色的青年》和《德摩比利的生还者》等。

缅怀烈士的有：马特夫的《忆就义的工人青年联盟盟员》，布林的《我们曾是七名铁汉》，若特夫的《一名未成年者》，卡拉安戈夫的《只有鲜血留下》等。

赞颂劳动者的有：鲍西列克的《年轻的车夫》，甘切夫的《爷爷临终时》，卡拉斯拉沃夫的《海员》，达维特科夫的《游走的养蜂人》等。

吟咏爱情的有：汉切夫的《戒指》，潘切娃的《勿忘我》，马特夫的《爱情——魔幻的现实》，斯特凡诺娃的《分离的梦》，迪米特洛娃的《慷慨》等。

怀念亲情、友情的有：佩切夫的《同妈妈聊天》，马特夫的《给妈妈的信》，彼特洛夫的《童年》，格鲁贝什利耶娃的《小孙女》，巴谢夫的《在列车前》，安德列埃夫的《朋友》，克里姆的《我的出生》，拉林的《相聚》等。

呼吁保护环境的有：拉多耶夫的《绿色的自白》，拉林的《传说中的河》《财产》，波普顿内夫的《荒漠化的土地》，达维特科夫的《树木》等。

观察宇宙、星空、气象、灾变、人口等的有：迪米特洛娃的《相反的星球》《云彩》，甘切夫的《日食》，米尔切夫的《雪中小径》，拉多耶夫的《关于灵魂的传说》，波普顿内夫的《流动的沙》等。

表现民情风俗的有：克赫莉巴列娃的《婚礼霍罗舞》，斯特凡诺娃的《多布罗贾的霍罗舞》，达斯卡洛娃的《节日》等。

赞誉艺术与艺术家的有：汉切夫的《美》，鲍日洛夫的《艺术》，拉依诺夫的《诗人爱美》，达缅诺夫的《诗》《诗人》，查内夫的《一位外省女演员的夜间自白》，甘切夫的《演员与熊》等。

畅想人生感悟的有：格罗夫的《感情》《放言》，汉切夫的《我的建言》，马特夫的《信念》，斯特凡诺娃的《我很知足》，潘特列埃夫的《真诚的十四行诗》。

观照科技进步与哲理心得的有：戈列夫的《拜科努尔卫星发射场》，斯维特林的《机器人不会笑》，拉林的《没有结果的分析》《梦的多种说法》，达斯卡洛娃的《尺度比尺度》，斯特凡诺娃的《"有"与"无"》，迪米特洛娃的《保持能量的规律》等。

触景抒怀的有：斯坦切娃的《窗》《天竺葵与大海》《镜中的太阳》，达缅诺夫的《窗》，潘特列埃夫的《临街的窗口》，列夫切夫的《沉重的光亮》《雨中的咖啡》，康斯坦丁诺夫的《晨间所见》等。

　　保加利亚近现代的诗人为数众多，其诗歌的流派与类别林林总总，不一而足。由于本诗选所能列入的诗人与诗作非常有限，因此，我们所能打开的仅仅是保加利亚诗坛的一个小小的窗口。通过这个窗口，虽然远不能管窥全豹，但如能增进中国读者对保加利亚的国家、人民、诗人及其诗作的了解有所助益，即深孚译者的所愿了。

陈九瑛

民族解放运动时期的诗歌

（十九世纪中叶至一九一三年）

多·钦图洛夫

（一八二三年至一八八六年）

出生于贫困家庭，曾在布加勒斯特和敖德萨学习。一八五〇年返保加利亚后，担任教师多年。后因视力问题离开了教师岗位，领取救助金，于一八八六年三月二十七日逝世。

钦图洛夫创作了一系列号召同胞们拿起武器反抗土耳其压迫的爱国诗歌。其中许多诗作呼唤保加利亚人从睡梦中醒来，参加反对奥斯曼帝国的斗争。他的作品对于十九世纪下半叶保加利亚民族解放斗争诗歌的兴起产生了重大的引领作用。

重要诗集：《诗歌选集》（一八四六年、一九二二年），《诗作选》（一九三九年、一九五五年）、《诗》（一九六五年）、《风在呼啸，巴尔干在呻吟》（一九七二年）等。

风在呼啸，巴尔干在呻吟

风在呼啸，巴尔干在呻吟！
勇士独自在骏马上
吹响号角，呼吁自己的兄弟：
大家拿起武器！

起来！时间已到！
从睡梦中醒来！
我们受够了奴役和暴政，
大家拿起武器！

谁拥有勇敢的心和保加利亚姓名，
就挎上细长的军刀，
使旌旗飘扬！

不愿为自己的民族而牺牲的人
应该知晓：
他将遭到
人民狠狠的诅咒！

一八六三年

（刘知白　译）

起来，起来，巴尔干的勇士

起来，起来，巴尔干的勇士，
从深沉的睡梦中醒来吧！
你快率领保加利亚人
反抗奥斯曼！

我们亲爱的人民，
在奴隶生活中流淌着血泪。
他们高举双手，
请至高无上的上帝拯救！

我们已忍耐得太久，
够了，我们不再忍耐和等候；
应该恢复我们原来的面貌，
否则就将全部灭绝。

兄弟们，我们迷路要继续到何时？
为什么我们不聚集起来？
难道要永远这样劳作，
在奴隶生活中全都死绝？

兄弟们，你们瞧瞧
与我们相邻的各国人民，
学习他们的好榜样吧！
看看他们如何为自己的名字增光！

起来，兄弟们，起来！

由你们领先，

挎上自己的军刀！

援助你们的军队亦将出现。

塞尔维亚人、黑山人，

都会高兴地前来声援，

勇敢的俄罗斯人

立刻会从北方出现。

趁着蛇尚未长大，

来同我们会合吧！

让我们踩断它的头，

让我们被人呼唤为自由人！

让我们的巴尔干雄狮奋起！

风因它而吹拂；

奥斯曼的半月，

在乌云下变暗！

让我们使旌旗飘扬，

让我们的大地发亮，

让我们使名字增光，

让土耳其一帮人灭亡！

一八六三年

（刘知白　译）

佩特科·斯拉维伊科夫
（一八二七年至一八九五年）

　　生于大特尔诺沃城，长期担任教师。由于他具有鲜明的革命思想并参加政治斗争，曾被捕和被禁止教书。深为痛心的他于一八九五年七月一日去世。他推动了保加利亚语的发展，出版了保加利亚歌曲、成语和谚语集、长诗、情诗和风景诗。他是诗人、作家、新闻工作者、翻译、语言学家、民俗学家、保加利亚儿童文学的奠基人、教科书作者、地理学家、历史学家，并从事保加利亚风俗习惯、人民心理等领域的研究工作。

我不想唱

我为什么而唱？
在那里，当今的人们已睡着的地方，
怎么能唱光荣的老歌？
在那里，古老的明哲和勇士精神，
当今已经孤苦伶仃，
怎么还能加以歌颂？
我也可以歌唱，可以诵读诗篇，
但是，当无人倾听，无人懂得
我唱的是什么，用诗琴[1]弹的是什么，
那有何益处，有何希望？
对诗人的劳动没有奖励，
歌曲就会消失，幻想就会泯灭。

啊，旧时的回忆用多大的力量，
白白地创作出如此亲爱的歌曲！
过去已不再询问歌曲，
现在——亲爱的诗琴已被打碎……
今天已不可能有光荣的歌曲。
配享有光荣的人们已经死去，
活着的人就好像没有生活过——
他们没有感情，冷漠、渺小……
已经耳聋、听不见歌曲的人民，
也会永远听不见光荣。

---

1 诗琴：保加利亚古时一种像琵琶的乐器。

既然找不着谁来听，

我将把喑哑的诗琴挂起

在干涸的、流沙的山谷，

在不结果的、多刺的山楂树丛……

让那里的微风拨动琴弦，

让哀怨的声音轻轻响起，

直到情感较为热烈的

另一代人成长，

直到配听歌曲的新时代到来。

一八七〇年

（刘知白　译）

祖　国

祖国，你真美丽，
甜美的名字，天堂般的大地，
年轻的、无辜的心
为你而颤抖，为你而跳动。

从南到北，
山岳对我是那么可爱，
用我们的犁耕出犁沟的
平原，对我是那么可亲。

多瑙河、瓦尔达尔[1]、斯特鲁玛[2]
和马里查[3]流经的
这一角落，会是
我口中甜美的词语。

只要天空有明亮的太阳，
只要眼睛能见到世界，见到生活，
我就会衷心热爱，
这片大地和这里的人民！

一八八三年

（刘知白　译）

1　瓦尔达尔：流经保加利亚西南部，注入爱琴海。
2　斯特鲁玛：位于保加利亚西南边境，是保第三大河，经希腊流入爱琴海。
3　马里查：位于保加利亚西南部，是保最长的河流，经希腊流入爱琴海。

冬　天

冬天来到了，飘起了雪花，
没有小鸟的歌唱，
到处都已变得寒冷，
每个人都跑着去取暖。

田野里空旷无人，
每个人都回到家里，
坐下了，挤近取暖用的铁皮炉子，
点着了柴火。

在道路上，你瞧，
贫困的孩子们，
面带不快，哆嗦着去寻找面包。

一八八八年

（刘知白　译）

赫里斯托·波特夫
（一八四八年至一八七六年）

保民族解放斗争新文学的奠基人，杰出的爱国诗人。一八六七年流亡罗马尼亚，从事反土宣传与组织工作。一八七六年四月，保国内爆发反土起义，诗人率队回国参加战斗，不幸牺牲。他短暂的一生写下了二十首诗歌。如《一八六八年的告别》（一八七一年）、《海杜特》（一八七一年）、《瓦西尔·列夫斯基的绞刑》（一八七三年）等，表达了人民群众挣脱土耳其统治的强烈愿望与不怕牺牲的爱国精神，风格沉郁激愤，于柔美中见粗犷，于抒情中见刚毅。《哈吉·迪米特尔》（一八七三年）则以浪漫的抒情手法赞颂烈士的"永生不死"，成为保诗歌史上最优秀的英雄颂歌。波特夫的诗歌唱出了时代的最强音，受到近、现代保加利亚人民的广泛传颂。

分　担[1]

我和你在感情上是兄弟，
我们怀着同样的目的。
我们相信在这个世界上，
我们不会为任何事情而分离。

我们做得是好是坏，
后辈们将会给予判定。
现在让我们手牵手，
以更坚定的步伐前进！

在异国的贫困和苦难，
曾经是我们生活中的伴当。
对此，我们像亲兄弟般地用肩扛，
今后依然会由两人将它分担。

我们将分担人们的责难，
将承受愚妄者的讥讽。
我们将会隐忍，但我们不会
在任何人世间的苦难下呻吟。

在欲念和低俗的偶像前，
我们不会低下自己的头颅。

1　这首诗是写给作家兼政治家卡拉维诺夫的。当时诗人曾同他共同度过几年
　艰苦的革命流亡生活。卡拉维诺夫后来脱离了革命，波特夫因此把诗的副题
　"给卡拉维诺夫"删去，一八七〇年初次发表在两人合编的《自由报》上。

我们已用两张忧伤的竖琴，
倾诉了我们的意愿和乡愁。

我们怀着感情和思想前进，
现在我们要分担最后的责任。
让我们履行自己的誓言——
冒着死亡，兄弟，冒着死亡前进！

一八七〇年

（陈九瑛　译）

给我的初恋情人

你抛掉这种爱情的歌吧！
不要把毒药注入我的心中——
我还年轻，但已忘记了青春；
即使还记得，也不想去追寻
我已憎恨过
并在你面前唾弃过的这些事情。

忘掉那些时刻吧！
我曾为你动人的目光和叹息哭泣过。
我那时是奴仆，拖着锁链，
为了你的一抹笑靥，
我疯狂地鄙视过世界，
使自己的情感深陷泥泞。

忘掉那些痴痴癫癫的事情吧！
在我心中爱情不再照耀，
你也不能将它再次唤醒。
深重的痛苦攫住我的心扉，
那儿全被伤痕布满，
不幸的心儿已被愤恨包围。

你有美丽的歌喉，你年轻，
然而你听见森林在唱什么吗？
你听见穷人们的哭号了吗？
我的灵魂渴望着这种声音。
我的心早已向往着那里，

那里——遍地都是斑斑血迹。

抛掉那些毒害人的话儿吧！
你听听山林、丛莽怎样在呻吟，
听听多少世纪的风暴怎样在轰鸣，
听听它们怎样一字一句地诉说——
那些旧时的痛楚情景，
和今日受压迫的仇恨。

你也唱这样的歌吧！
姑娘啊，你给我唱出你的同情心，
唱出兄弟怎样在出卖亲兄弟，
青春的力量怎样被扼制得了无声息，
可怜的寡妇怎样在哀哀哭泣，
无家可归的孩子怎样孑然孤立。

唱吧，或者沉默、走开！
我的心已经跳动——它将飞起，
亲爱的，你应清醒冷静，我的心要飞向：
那被凶恶和仇恨的叫喊
和临死前的哀歌所震撼
和轰鸣的灾难之地……

那里……那里风暴折断了树枝，
而军刀把树枝编成了花笠。
山谷受惊地张着大嘴，
枪弹在山谷中嗖嗖地出击，
那里死神在亲切的微笑，
冰冷的坟墓是甜美的憩息地。

啊！哪个歌喉能为我唤起

这样的歌曲和这样的微笑？

我将举起这血的酒杯，

在它面前，爱情也只得那样沉默。

那时我自己也将高唱

我所爱恋和珍惜的一切……

一八七一年

（陈九瑛　译）

一八六八年的告别[1]

妈妈，别为此而哭泣，

妈妈，我成了海杜特[2]，

成了起义者，

把可怜的你丢下，

让你为头生孩子哀痛，

别为此而伤心！

可是，妈妈，你去诅咒，

诅咒土耳其黑暗的放逐。

是它把年轻的我们，

赶往这折磨人的异乡，

无依无靠，孤苦伶仃地四处漂泊！

我知道，妈妈，你心疼我，

因为我可能年轻轻就会牺牲，

就在我明天渡过平静的白色多瑙河的时候，

不过，告诉我该怎么办。

妈妈，既然你生下的我

有一颗男子汉的、勇士的心，

这颗心无法忍受

目睹土耳其人在我的老家猖狂。

那里我吸吮了第一口奶汁，

是我成长的地方；

---

1 一八六八年，波特夫准备率领反土武装支队从罗马尼亚渡过多瑙河回国发动起义，但未成功。本诗是波特夫根据准备渡河时的心情写成，反映了诗人的爱国热情与视死如归的英雄气概。

2 海杜特：保加利亚武装反抗土耳其统治者的游击队员，常以巴尔干山为活动据点。

在那里，美丽的恋人抬起她的黑眼睛，

带着静静的微笑把眼神注入悲痛的心；

在那里，忧郁的父亲和兄弟们

为我而伤心……

啊，妈妈，勇敢的母亲！

原谅我，已经要说告别了；

我已经扛起枪，

响应人民的召唤，

去反抗那异教的敌人。

在那里，为了我之所爱，

为了你，为了父亲，为了兄弟，

为了人民我拿起枪，

让马刀彰显勇士的荣耀！

而你，亲爱的妈妈，

当你听到子弹在村子上空呼啸，

小伙子们已经一个个地来到。

妈妈，你走出来问问他们，

你的孩子留在哪儿了！

假如他们告诉你，

我被子弹穿透倒下了，

那时，妈妈，你别哭泣，

也别听人们说我

"他成了二流子"。

不过，妈妈，你可得回家去，

勇敢地告诉我年幼的弟弟们，

让他们晓得和记住，

他们也有过哥哥，

但是他们的哥哥倒下了，牺牲了。

因为那不幸的人，不能忍受

在土耳其人面前低头，

眼观穷人的苦难！

妈妈，你告诉他们，让他们记住，

去寻找我。

在岩石上，在鸟群中，

寻找我白色的肌肤；

在土地上，妈妈，在黑色的土地上，

寻找我暗黑的血迹！

但愿能找到我的步枪和军刀，

在那里遇到敌人时，

就用子弹问候他，

用军刀抚摸他。

妈妈，假如由于慈爱，

这个你也无法做到，

那就在咱家前面集合，

让我的同龄人和我那伤心的恋人，

和女伴们一同来跳霍罗舞。

妈妈，你出来，和我未成年的弟弟们

一同倾听我为了什么以及如何牺牲，

在死亡和队友们面前，

我说了些什么。

妈妈，看着欢乐的霍罗舞圈，

你会伤心。

在你和我美丽恋人的目光相遇时，

我心爱的两颗心

——她的和你的

会为我深深悲痛，

泪珠会滴落在年老和年轻的胸脯上……

但是弟弟们会看见此情此景。

妈妈，在他们长大时，

会像自己的哥哥一样，

爱得强烈也恨得强烈……

妈妈，假如我健健康康地抵达村子，

手举战旗，

战旗下面的勇士个个帅气。

他们穿着士兵服，身材匀称，

额头戴着金狮，

肩上扛着细长筒枪，

腰间挎着弯弯的军刀，

啊，那时，勇敢的母亲！

啊，可爱的、美丽的恋人！

你们在花园里采集鲜花吧，

摘下常春藤和野天竺葵，

编织花环和花束，

来点缀勇士的头顶和步枪。

那时，你，妈妈，捧着花环和花束，

到我身旁来。

妈妈，你来拥抱我，

亲吻漂亮的额头，

那上面书写着前辈嘱咐的两个词：

自由或是勇敢的死亡！

我将用沾了血的手臂，

搂住恋人的腰，

让她听勇士的心如何搏动。

我要用亲吻止住她的哭泣，

用嘴吞下她的眼泪……

那时，妈妈，别了！

你，恋人，别把我忘怀！

队伍动身了，走了，

道路是凶险的，然而是光荣的：

我可能年纪轻轻就牺牲……

然而……对我来说

这样的奖品就足够了——

在某个时候人民会说：

这个穷人为了正义，

为了正义和自由而死……

一八七一年

（刘知白　译）

哈吉·迪米特尔[1]

他还活着，活着！那儿，在巴尔干山，
他躺在血泊里，呻吟，呼唤——
一个胸口受了重伤的勇士，
一个年轻力壮的男子汉。

他身子的一边扔着一支长枪，
另一边是折成了两段的军刀。
他的眼前发黑、头在摇晃，
嘴里诅咒着这可恶的世道。

天空的太阳仿佛停止了运行，
愤怒地烤晒着大地，烤晒着村庄，
收割的村女在田野里歌唱，
勇士的鲜血在汩汩地流淌。

女奴们，唱这收割时节的悲歌吧，
太阳啊，只管把这奴隶的土地烤晒干涸。
血泊中的勇士就要永远地离去，
而我的心啊，也将静下来思索。

在争取自由的战斗中倒下的人，
永生不死！

---

1 哈吉·迪米特尔：是保加利亚反土起义的领袖之一。一八六八年七月，他
 同战友卡拉加组织武装支队，从罗马尼亚回国发动起义，在布兹鲁贾山被
 土正规军包围。激战后，迪米特尔及其支队几乎全部壮烈牺牲。本诗是波
 特夫为悼念牺牲烈士而作，是保诗歌史上最优秀的挽歌与英雄颂歌。

大地、苍天、猛兽、草木都为他哀悼，
歌手们的颂歌也声声不止。

白天，老鹰为他展翅遮荫，
狼温顺地舔净他的伤口，
天空的山鹰，勇猛的鸟，
照拂勇士像兄弟般情意深厚。

黄昏来临，明月上升，
繁星撒满了天穹、银河；
森林喧啸，晚风吹拂，
巴尔干山唱起了海杜特之歌！

温柔美丽的白衣仙女，
联袂飘飘，从天上降落。
她们静悄悄地踏上绿色的草地，
在勇士身旁团团围坐。

一个用草药敷住他的伤口，
另一个用凉水喷洒他的身躯，
第三个轻轻地吻他的脸颊，
勇士望着她那样亲切和蔼，笑容可掬。

"告诉我，好姐姐，卡拉加在哪里？
我忠诚的队伍又在哪里？
告诉我，然后把我的灵魂带走，
姐姐啊，我就在这里安息！"

仙女们拍拍手，拥抱在一起，
唱着歌儿飞向天际。

她们唱着，飞着，直到天明，
到处寻找卡拉加灵魂的踪迹……

巴尔干山上天已黎明，
勇士躺着，鲜血流着，
狼还在舔着他剧痛的伤口，
太阳又在烤晒着，烤晒着！

一八七三年

（陈九瑛　译）

我的祈祷

啊，我的上帝，正直的上帝！
不是在天上的你，
而是在我心中的你，上帝，
在我内心和灵魂中的你……

不是修士和神甫顶礼膜拜的你，
不是正教的畜生燃烛崇拜的你。
不是用泥巴造出了男子和女子，
却把人留在大地上当奴隶的你。

不是给沙皇、天主教皇、大主教
举行涂油仪式，
却把我的穷人兄弟抛弃
使之遭受苦难的你，上帝。

不是教奴隶们忍耐和祈祷，
甚至只用空空的希望
喂养他们直到走进坟墓的你。

不是你
——骗子、可耻的霸王们的上帝，
不是你
——蠢人、人类敌人们的偶像，
而是你
——上帝，我们的理智，奴隶的捍卫者，
人民将很快对你欢庆白昼的到来！

啊，上帝，你激励每个人
热爱自由吧！
让每个人尽其所能
同人民的敌人作斗争！

你也支撑住我的手臂吧！
这样，在奴隶起义的时候，
让我也在斗争的行列中，
找到自己的坟墓！

你不要听凭充满激情的心
在异乡冷却，
使我的声音有如穿过沙漠
轻轻地通过……

一八七三年

（刘知白　译）

柳宾·卡拉维洛夫
（一八三四年至一八七九年）

中学时在希腊学校就读，一八五七年去俄国莫斯科大学俄语系学习，并开始用俄语发表诗歌、小说，出版文集。后受沙俄政府迫害去贝尔格莱德，用塞尔维亚文发表革命文章和文学作品，受到塞政府迫害去奥地利。在此因被控试图谋杀塞尔维亚大公而被捕。出狱后去罗马尼亚，加入保加利亚流亡者行列，从事争取保加利亚民族解放的活动。在此主办《自由》和《独立》报，被选为革命委员会主席。一八七三年因对革命胜利失去信心辞去领导职务，转而创办《知识》杂志。写有大量小说和近六十首诗歌，反映了保加利亚人民的生活状态与革命要求，其诗歌吸取了民歌的艺术元素，受到当时人民的喜爱。

过去与现在

过去的日子，美好的时光，

是多么幸福和安详！

人民不知道，

什么是困苦和遭殃。

在维托莎[1]，在多斯帕特[2]，

小伙子们去到那边的山上，

手举国旗，

保卫我们的尊严与荣光。

不论冬天还是夏季，

他们都为自由而歌唱。

从前的保加利亚像朵芍药花，

美丽无比地迎风开放。

那时没有奥斯曼土耳其[3]

前来将我们屠杀；

没有希腊大主教[4]那样，

在我们这里称霸称王。

可是，好日子一去不复返，

我们的姐妹已被异教徒，

---

1 维托莎：索非亚近郊一座风景秀丽的山峦。
2 多斯帕特：在土耳其统治时期，罗多彼山被称为多斯帕特斯基山。国家独
   立后恢复了罗多彼山的原名。
3 奥斯曼土耳其：十三世纪末，西突厥人在小亚细亚建立土耳其奥斯曼帝国，
   并向巴尔干半岛等地扩张，将保加利亚等国置于其统治之下，使其亡国达
   五百年之久。
4 希腊大主教：保加利亚人多数信奉东正教，但受希腊大主教管辖。从十八
   世纪开始，保出现了要求教会独立的民族运动，后运动取得成功，保东正
   教获得了自主管辖权。

骗到了他们可耻的床上。

啊，兄弟，保加利亚人，

你快苏醒，快关心国家的兴亡！

起码不必因为你自己，

在别人的面前羞愧得脸上无光；

不必因为你自己，

在不断踢腿的马面前，

羞得脸上无光；

不必因为你自己，

在那狂吠的小狗面前

羞得脸上无光。

一八七二年

（陈九瑛　译）

你为什么哭得这么伤心？

——黑眼睛的姑娘，
你为什么哭得这么伤心？
是你母亲大骂了你，
还是你父亲对你呵斥连声？

——我母亲是个脾气温和的人，
我父亲为了我的婚姻，
被砍头丢了性命[1]……
这几年我受到的打击，
远不止这一件事情。
压迫者为逼我顺从，
不让我自己相亲求婚。
我并不想享有富贵，
只想把勇敢的小伙子，
送上巴尔干山去宿营[2]。

一八七二年

（陈九瑛　译）

1　土耳其统治时期，保加利亚人如不愿其女儿与土耳其人结亲或受其凌辱，往往遭到杀害。
2　当时，保加利亚年轻人为反抗土耳其统治，往往上巴尔干山参加反土游击队，成为海杜特战士。

无　题

我宁愿忍饥挨饿，
睡在原野上，
也比在那宫殿中，
睡在角落里更安详！

我宁愿穿破衣烂衫，
受苦受罪，
也比顺从皇宫的意愿，
吃那油腻的烤饼更有滋味。

我宁愿野栖在巴尔干山上，
做一个猪倌，
也比到苏丹那里，
当仓库看守更令人喜欢！

我宁愿在监狱里，
去喂虱子，
也比去领穆罕默德金币，
当一名探子更有尊严！

一八七二年

（陈九瑛　译）

伊凡·伐佐夫

（一八五〇年至一九二一年）

保加利亚民族解放斗争新文学的领军者，杰出的作家、诗人与戏剧家。年轻时受土耳其统治者迫害，两度流亡国外。一生写有五十多部作品。长篇小说《轭下》，反映了民族的大觉醒与总奋起，是一部史诗性的煌煌巨著，享有世界声誉。诗集《旗与琴》（一八七六年）、《保加利亚的悲伤》（一八七七年）、《拯救》（一八七八年），是讴歌一八七六年四月起义的三部曲。组诗《被遗忘者的史诗》（一八八四年），则是缅怀先烈，弘扬爱国精神的经典之作。他的诗歌，笔墨纵横豪放，气势雄浑，激情磅礴，格调深沉，把反映民族解放斗争的诗歌推向了一个新的高峰。他自称"时代的编年史作者"，在保人民中享有崇高的威望。

帕纳丘里什特[1]的起义者

战斗就要打响，我们的心在噗噗跳动，
看，敌人近在我们的眼前。
快鼓起勇气，忠诚团结的队伍，
我们已不是驯服的奴隶！

让我们用沉重的打击消灭敌人！
弟兄们，让我们以行动自豪地证明：
我们已砸碎了可耻的镣铐，
我们已不是奴隶，我们是自由人！

请看这面美丽的旗帜，
雄狮[2]在自由而勇敢地奔驰。
所有的雄狮今天都已出现，
让敌人无法应对——吓破了胆。

恶毒的土耳其佬能吓倒谁？
他们的残暴，他们凶狠地袭击，
在我们的真理、我们的军刀面前，
将毫无威力，全被粉碎。

我们不会吝惜自己的生命，
但是弟兄们，我们不做无谓的牺牲。
我们要设法尽可能多地

---

1 帕纳丘里什特：保南部城市名，一八七六年四月反土起义的中心地区之一。
 本诗写作于四月反土起义前夕。
2 雄狮：十九世纪保加利亚民族解放运动中，人们用绣雄狮的深绿色旗帜作
 为武装起义队伍的旗帜。

杀掉那些万恶的敌人。

如果我们在战斗中光荣地倒下，
那么在我们保加利亚，
立刻就会有新的勇士起义，
来接替我们把斗争进行到底。

让我们像先烈那样光荣地死去，
让我们像先前那样自由地生存。
鼓起勇气，同志们！上帝保佑我们
消灭那些几百年来作恶多端的暴君！

一八七五年

（陈九瑛　译）

致保加利亚

神圣的保加利亚啊，

为了你的创伤和宝贵的鲜血，

为了你的悲怆和哀怜，

为了你的叹息和泪水，

为了你的期望和灾难，

为了你额头上闪光的

殉难者的花环，

现在，我把自己的歌曲向你献上！

我被放逐到异国，

远离你的山林；

我的心在咒骂，

那折磨你的暴君。

请接受这些歌曲吧，亲爱的母亲！

这是你苦心召唤的回应，

也是你温存抚爱的结晶。

这抚爱充满了我的灵魂，

请接受这些饱含愤怒的歌曲吧！

它们像呼啸在大道上的旋风，

有时又如泣如诉，像斯特鲁玛的呼号声，

有时又哀婉低吟，像森林的沙沙声。

啊，母亲，我看见那暴君：

他双手沾满了

你孩子们的鲜血；

也听见了巴尔干山
和你的蓝天在呜咽。

但是透过你在这场斗争中，
由淌下的鲜血汇成的巨流，
我看到了你未来命运的
晴朗的天穹！

但愿这个愿望，这个信念，
不要撞碎在哪个河岸；
但愿你的召唤不要沉陷在
那没有回响的沙漠里面！

一八七六年

（陈九瑛　译）

列夫斯基

为了忘记尘世的罪恶，
频频到教堂来悔过；
在避开诱惑和寻求平静之际，
教堂却成了我心灵的桎梏。
我的良心以新的言语在诉说：
这身黑色祭服与天意不谐和。
神殿前我纵声高唱赞诗，
姑且祈求升入天国；
但我却想，天主听到的是，
那遍野苦难生活的悲歌。
我的祈祷像烟雾般消散，
天主也气恼地掩起他的耳朵，
不再谛听这赞诗与颂歌。

我想谁也不知哪里有天国之门，
这斗室不能通向那里，
人间喧嚣的道路才是通途。
那泉涌般的眼泪，寡妇的啜泣，
那朴实耕耘者的光荣汗水，
美好的言辞、正义的事业，
被勇敢者道出的光辉真理，
和伸向受难者的热情的手臂，
这一切比赞诗和颂歌，
对天主更亲切无比。
我想我在世界上有一个亲人——
被僧侣用诅咒所弃绝了的兄弟；

我想天主指引了更高的目的,
祭服和长髯消除不了我的苦难,
教戒也难于使弟兄的呜咽停息。
我的亲人要的不是祈祷,
要的是危难中的良心与救济。
牧羊者与羊群同经烈日风雨,
同胞们在轭下苦不堪提;
我完好无恙便是罪过,
快与这隔离人世的庭院分离。
走向那拖着锁链的兄弟,
和他们诉说衷肠,共谋利益。
列夫斯基说毕,从此远离。

背井离乡已九年,
他改名换姓,乔装隐行,
没有睡梦,也没有安宁。
他赴汤蹈火无所惧,
那火热的心日益坚贞、赤诚。
他为铁蹄下愚昧的奴隶,
带来思想、力量和光明。
他那质朴通俗的话语,
洋溢着希望和期待的热忱。
他号召暴动与斗争,
预示那全民狂欢的盛景,
尽管胜利的时刻还未确定。
他考察谁最热切真诚,
谁将建树神圣的功勋。
对每个听众他都视为手足,
他在黑暗中窥见了黎明。
他热爱自己美丽的祖国,

漂泊四方，如孩童般天真，

又像苦行僧一样自甘清贫。

森林原野是他的老相识，

荒山野岭聆听他的声音；

条条路径熟悉他的步履，

山间茅屋时刻开门把他迎。

他不怕露宿荒山野地，

没有伴侣，沉思独行。

清晨他翩翩年少，

夜晚他骤变老人；

昨天的客商，今日是褴褛的乞丐，

需要时又是瘸子、病鬼与盲人。

今天在穷乡僻壤跋涉，

明天又出现在喧闹的城镇。

他秘密讲解即将发生的变革，

要在为自由而斗争的行列中现身。

声称起义的时刻就要到来，

幸福属于首先举义旗、洒热血的人，

而需要的是坚强、勇敢与韧性。

他向人民的智慧注入热情，

恐惧最卑鄙，骄傲——醉人心，

在伟大的时刻面前人人平等。

不分男女老少，贵贱高低，

都奋起参加这奴隶的起义；

有钱的出钱，有力的出力，

姑娘们出针线，学者献智慧。

他赤足露臂，一贫如洗，

便把一生献给民族利益。

哪怕千百次钉死于十字架，

为神圣真理，他勇于赴义；

像胡斯[1]与西蒙[2]那样烧为灰烬，

在锋利锯齿下他昂首挺立。

袖头暗暗缝上应急的毒药[3]，

死亡对他有如朋友和兄弟。

必要时他勇猛无比，

腰间总是佩带武器；

在战斗的烈火中千锤百炼，

哪曾有片刻的休憩和安逸。

他所有话语都凝成一团火，

前额紧蹙，厉声斥敌；

眉宇间卷起愤怒的激浪，

性情如铁一般坚强、刚毅。

像是那无形的幻影飘荡，

刚在晚会露面，又出现在教堂[4]，

他来来去去无踪迹，

到处被搜捕，到处可躲藏。

一次他来到大庭广众之中，

安详地向人民祝福健康，

然后猛然给坏蛋沉重的一击，

又悄悄离开这个地方。

他的名字顿时成为警报的信号，

四处布下严密无形的罗网，

1　胡斯：全名扬·胡斯（一三六九年至一四一五年），捷克宗教改革家，被统治当局烧死。

2　西蒙：全名安东·西蒙（一七三六年至一七九四年），法国革命家，被处极刑。

3　毒药：在反土耳其的斗争中，许多革命者都在自己袖口缝着一小包毒药，以备紧迫时杀身殉难，不让自己死于敌人的手中。

4　"晚会""教堂"：都是当时组织革命活动的场所。

霎时间包围了二十个城镇，
妄想捕捉这无所不在的天王。
他沉郁的脸色使人望而生畏，
朴实的农民却将他当圣徒颂扬。
他们秘密聚会，同仇敌忾，
他们战栗着，入神地引颈张望，
倾听他那危险而甜蜜的话语，
感到心胸豁然开朗。
……　……
……　……

神奇的种子已撒落在他们心田，
迅速成长，丰收在望。

一个神父竟然将他出卖！
这肮脏的蛆虫，卑污的奴才，
使天主受耻辱，神殿被污染，
用卑鄙的暗算将助祭陷害！
这獐头鼠目的无耻之徒，
谁把你派到世上来？
这样的人居然忝居神职，
叛徒居然给上帝当差！
他满嘴喷出仇恨的毒液，
狺狺嗥叫："把他抓起来！"
那遭雷劈的手不去为人祝福，
却专干这告密的买卖。
为了不玷污我纯洁的诗句，
那卑微的名字我不屑说出来。
哪个疯婆子养下这个贱种，
和地狱中的犹大同样坏。
这家伙却还在人间苟延残喘，

人民陷入了深沉的惋惜与悲哀。

使徒在监牢中披枷戴锁，

他伤痕斑斑，鲜血淋漓。

但一切折磨都是枉然，

残暴的权柄岂能将那颗巨心窒息？

黑暗中他傲岸不驯地忍受痛苦，

没有抱怨和呻吟，没有祈求和悲泣。

死亡已临近，恐惧却遥远，

他从没吐露出半点秘密。

酷刑审讯中他沉默无言，

对别人的名字只嗤之以鼻；

斩钉截铁一句话：

"就是我，列夫斯基！"

气急败坏的霸王要杀害这精灵，

一个清晨列夫斯基被判处死刑！

君主、群氓和肮脏的霸王，

妄图扼杀崇高的意识和灿烂的思想，

窒息那正义的声音和永恒的真理，

他们抡起板斧，指向永生不死的凤凰，

痴心妄想！

那束缚普罗米修斯的悬崖，

诬陷苏格拉底的地狱牢房，

禁锢哥伦布的镣铐，

烧死胡斯的火葬场，

还有那耶稣殉难的十字架，

这一切看来最悲惨的下场，

编成了未来的花环，灿烂辉煌！

啊！你光荣地牺牲……

列夫斯基啊，被处了绞刑！

不论对你的污辱，还是你的光荣，

都堪与十字架同等。

你的绞架下还有其他的忠魂，

他们高尚的身躯犹在空中晃动。

南来的腥风耍弄他们的遗体，

欣喜若狂的暴徒还在辱骂他们。

啊！你光荣地引颈受刑，

你的捐躯与群英的就义交相辉映。

啊！你多么神圣，

你这力量的标记，自由的象征！

在你的感召下人民奋勇牺牲，

雄狮的勇猛给我们增添了光荣。

在那被奴役的阴暗日子里，

叛徒、奸细出卖了自己的灵魂，

额角上带着耻辱的印记，

一个个卑怯地死去，阒无人问。

啊！你光荣地引颈受刑，

这决不是羞辱，而是大地的光荣。

你的英灵将沿着这条通途，

通向那不朽的高峰，与世长存！

一八七六年

（陈九瑛　译）

保加利亚语

我祖先的神圣语言，
痛苦呻吟了几世纪的语言，
生养我们母亲的语言，
不是带来欢乐，而是带来令人痛苦的烦恼。

卓越的语言，谁不辱骂你，
谁饶恕你，使你免遭卑鄙的诽谤？
至今有谁倾听过，
你那甜美声音的乐曲？

是否有人明白，在你灵活、清脆的话语中，
蕴藏着那么多的美和力量，
悦耳的纯音多么华丽，
有着怎样的气魄和生动的表现力？

没有。在共同的耻辱之下你倒下了，
你被污秽的词语诽谤了，玷污了。
外国和我国的人们
齐声否定你，啊！苦难的语言！

人们说你没能在自身体现出，
创造性思维的产物，
你那瞎了的天才不能用来歌唱，
你注定只能说粗俗的废话。

从我来到世上听的全是这些话，

全是这些恐怖的、时髦的咒骂，

全是这些摧毁我们所珍爱一切的

反响和低级的中伤。

啊，我要取下你黑色的耻辱，

你会成为我的灵感；

我要用喜悦的声音，

把你转交给朝气蓬勃的下一代。

啊，我要拭去你身上的污泥，

把纯净光辉中的你彰显出来；

要用你的美的击打

来惩罚诽谤你的人！

一八八四年

（刘知白　译）

斯利弗尼察[1]的新墓

逝者，你们已转入另外的团队，
那里没有休假，也没有战斗的召唤。
你们兄弟般拥抱在一起，躺在一起，
永恒地互道"晚安！"
直到重生。

然而，淘气的孩子们，你们为什么在这里倒下？
是为了金宝座，还是为了某个偶像？
如果是这样，你们就会活下来，
就不会如此自豪地迎接子弹……
平静地安眠。

保加利亚，他们为了你而死去，
他们因你引以为荣，
妈妈，你也因他们而感到自豪。
他们只要轻声呼唤你的名字，
就会毫无恐惧地捐躯。

但是谁知道你们睡在这些原野中？
在你们的墓上开放的是遗忘之花。
你们是谁？
如今除了笔者和圣洁的母亲们，
任何人都不思念你们可怜的幽灵。

---

1 斯利弗尼察：索非亚西北的村名。在一八八五年的塞保战争中，保加利亚
军队在此大败塞尔维亚军，维护了新近获得的独立。

斗士们，我用生动的歌曲，

用任何人都没有聚拢的声音，

用轰鸣声对抗那狂野的怒吼，

用长满杂草的维托莎山的呼啸，

用你们的"乌拉"，为你们编织了花环。

这个花环不会凋谢，

这首歌永远会在保加利亚的青山飘荡；

在你们的坟茔上，

将永远歌颂你们的荣耀。

在这些冰冷的坟墓下休息吧！

你们已不会听到号角声、首领的召唤、

战斗胜利的光荣轰鸣，

你们最后的进行曲走向永恒。

勇士们，晚安！

一八八五年

（刘知白　译）

在里拉修道院[1]近旁

现在我是在家里。周围是山岳，

山峰耸立，树木修长、美丽，

水晶般的、泛泡沫的溪流在喧哗，

四面八方的生活都在沸腾。

周围的大自然有如温柔的母亲，

给我唱歌，爱抚地把我拥抱。

现在我是在家里，是在自己的世界里，

在我愿拥有的可爱的世界里。

在这里我自由地呼吸，

感到更加光明。

这是神圣的、快乐的世界，

它使我充满了新生活的气息和波浪。

我的身体由于新的体验、

新的力量和神秘的歌唱而颤抖。

现在我是在家里，我又是诗人了。

在这森林的神圣荒漠的怀抱中，

我懂得树木轻声的爱的问候，

懂得溪流的声响和深渊的喧哗。

我同大地和蓝色天穹交换着秘密的话语，

幸运地融入它们的生活。

---

1 里拉修道院：里拉山坐落于保加利亚西南边境，是保最高的山脉，景色雄
 伟壮丽。里拉修道院建于里拉山腰，四周森林密布，流水淙淙，有如童话
 世界。里拉修道院历史悠久，建筑精美，古籍与艺术品收藏丰富。民族解
 放斗争时期曾是反土义士的避难所，现为著名的旅游胜地。

现在我是在家里，在里拉山的心脏。

世上的坏事和担忧已十分遥远，

里拉山给它们挡上了耸天的高墙。

我感到自己的善良，几乎已是一个无辜的人。

在生活的战斗之后，我的精神得到医治，

在歌曲和祷告中我尝到了甜蜜的宁静。

现在我是在家里，长时间静坐，感到幸福，

在清澈的河流边，伴随着它悦耳的歌声，

我遐想或者阅读……

或者有如山鹰站立在深渊之上。

于是我的智能飞翔起来，

在混沌中徘徊，

前往上帝身边，

紧贴宇宙的神秘。

现在我是在家里，在这里我不是外地的来客。

大自然永远生机勃勃，

生活、音响、歌曲和自由把它充实，

曾是我雄伟而又简单的理想。

问候你们，岩石、河流！

问候你们，巨人般的冷杉！

向你们鞠躬，深渊、高地！

向你们鞠躬，壮丽的景色！

现在我是在家里，我是里拉合唱的参与者，

我不是在这里出生的，但我愿在这里腐烂，

在森林永恒的、有如深沉史诗的喧哗下，

在鹿峰上永远的警觉目光下，

在苦难的戴着枷锁般的生活后面，

在里拉山雄伟的怀抱中有我的坟墓。

一八九一年

（刘知白　译）

潘乔·斯拉维伊科夫
（一八六六年至一九一二年）

　　曾在莱比锡学习哲学，阅读德国著名诗人和哲学家的著作。回保加利亚后参与《思想》期刊的编辑工作，是围绕这一期刊的学者中的思想家，后任人民剧院院长和人民图书馆馆长。他学识渊博，文化修养很高，是保加利亚民族解放斗争新文学的核心人物之一。主要作品有《少女泪》（一八八八年）、《幸福之梦》（一九〇六年）、《血之歌》（一九一一年）、《在极乐者的岛上》（一九二二年）、民间文学集《歌之歌》和文学研究著作。离开保加利亚后，于一九一二年五月二十八日在意大利逝世。

永不分离

秀美的琼花在孤寂的岸边挺立，
繁茂的白桵的枝条同琼花的绿枝缠绕。

疲惫的我走到它们的树荫下歇息，
于是琼花把自己的秘密向我倾诉。

用的是树叶胆怯的低语：
"从前我曾是这个浮华世界中的一个姑娘。

"明朗的太阳从天空亲切地照耀着我，
唉，然而另一个太阳已经在我心中照耀！

"这个太阳不是从高处，不是从远处照耀，
它从邻家庭院直接照耀着我，注视着我。"

朝朝暮暮，伊沃从白色庭院注视着我，
悲伤的我听他歌唱和述说：

"我的初恋，初恋的心上人，不要企望，不要叹息，
我父亲和你母亲不赞同我们相爱。

"表示忠诚的话语、忠实的爱能翻悔吗？
对相爱的两颗心来说，连死亡也不是离别。"

他的话是甜蜜的，折磨是苦涩的，

原来我俩注定活着不能相聚……

有一次，我挑着水桶从水池回家，
碰到聚集起来的一大群村里人。

恰好在伊沃院子高高的大门前，
我听到人群中的窃窃私语：

"可怜的人，他直接刺进了自己的心脏，
他的小刀还在那里！"

我战栗了，从肩上放下水桶，
喊叫着飞奔，钻进人群。

我看到了伊沃，看到了血……没有察觉
我如何从他的心脏拔出利刃。

把它刺进我自己的心脏，
我倒在伊沃身上死去，把他拥在怀中。

现在让我母亲喜爱我吧！让他父亲喜爱他吧！
死去的我们依然相爱，死亡对我们也是甜蜜的！

人们没有把爱情的两个牺牲者埋在教堂的庭院，
人们只把真正死了的人埋在那里。

他们把我们埋在这里，在河谷旁的岸边。
他长成了繁茂的白槭，我挨着他长成了琼花。

他用树枝拥抱我，我的小树枝则插进他身体里，

"对于相爱的两颗心，死亡也不是分离……"

在树荫下，出神的我长时间伫立和倾听，

我把听到的在我这首忧伤的歌中吟唱。

一八九五年

（刘知白　译）

在希普卡[1]

在苍穹骄傲地急速飞翔的雄鹰，

降落在高耸的山巅休息。

那里辽阔无垠，

没有任何障碍阻挡它们锐利的目光，

任何事物都无法干扰它们威严的宁静。

罕有其他人到达这里，

来拜访这一神圣的角落。

英雄们在那里倒下，

向自己祖国大地的生命献出了

高贵的鲜血凝成的祭品。

在这坚实的山巅，

白须老人也和少年一样。

命运安排了

他在这里，

同敌人胸膛对着胸膛战斗，

找到了自己的坟墓。

在死神遮住他的眼睛之前，

呼出最后一口气息，

用它欢迎未来的自由时光。

他们在自己亲爱大地的拥抱中长眠，

---

1 希普卡：巴尔干山脉西段的一个重要隘口。一八七七年七月的俄土战争中，俄军和保加利亚志愿兵团同土耳其军在此发生激战。俄保联军大败土军，由此南下攻克索非亚，直指君士坦丁堡。土被迫求和，于一八七八年三月签订《圣斯特凡条约》，规定保加利亚建立自治国家。由此，保加利亚的民族解放斗争取得重大胜利，希普卡也成为具有重要历史意义的纪念地。

大地哺育了他们那伴随灾难的伟大精神。

由于他们建立了丰功伟绩，

日复一日，年复一年，

对曾为他人而牺牲的英雄的追忆，

在新争斗的野蛮吼叫中已经暗哑。

新生活伴随着已经到来的时日，

打开了贪婪的洞口。

只是偶尔，渺小时代中的渺小人物，

认为他们履行了应尽的职责，

会在他们的祝酒词中放进一两个偶然的小词：

为了我们"过去的"光荣而举杯。

远离这种喧嚣和浮华，

在母亲们的心灵中，

在世上独一无二的爱的神殿中，

光辉的记忆将保持到永恒。

她们总会用含泪的目光

注视着过去，

寻找那些亲爱的面孔，

直至最后的日子，

直至她们自己也卧在大地之中。

母亲们为了世上悲伤的荣誉，作为庇护人，

将把这没流完的泪水带给上帝。

远离这毫无意义的喧嚣，

女人——她本身就是命运的孤儿。

把孤儿拥抱在黑色丧服的怀中，

她将生活在无人会听到的哭泣中。

在悲伤中她朝大地低下苍白的额头，

她将轻声对自己亲爱的孩子，

讲述那个赋予他生命的人，

讲述他为什么和如何为他人而死去，

如何用自己的死亡开辟生活的道路，

而生活却把他否定和遗忘。

一九〇六年

（刘知白　译）

黑夜凄凉地哭泣

黑夜凄凉地哭泣，
楚楚可怜的她默默地流泪叹息，
那是因为白昼对她满不在意。
他甚至不想知晓，
她的心为何那样苦恼，
是什么样的痛苦抹黑了她的面貌。

当朝霞重新发出光辉，
地上布满了晶莹的露水——
这乃是黑夜的眼泪，
每一滴小小的泪珠，
都映衬着白昼的魅力，
可他却还是那样微笑着不在意。

一八九三年

（陈九瑛　译）

佩约·雅沃洛夫
（一八七八年至一九一四年）

　　生于奇尔潘。曾在电信局工作，后参加马其顿争取解放的起义者运动。历任编辑、图书馆管理员、人民剧院编剧等。曾几度出国进修文学。主要著作有诗集《诗歌》（一九〇一年）、《无眠》（一九〇七年）、《在云的阴影之后》（一九一〇年）、回忆录传记性书籍《戈采·德尔切夫》《海杜特的向往》、话剧《在维托莎山麓》《雷鸣时，回声如何喑哑》。

　　雅沃洛夫是保加利亚文学中象征主义的奠基者之一。因个人感情问题，他于一九一四年十月二十九日自尽。

你将是全身白色

你将是全身白色——手执橄榄枝

有如身着白衣的天使……

我今天这样想：

世界还没有因为恶而烂透，

既然它是你的祖国。

如今我对此产生怀疑，

瞧，我曾忐忑地缺乏信心，

——我想要和平。

我会充满信心张开怀抱，

注视那双倾慕的眼睛。

我会静静地吸取它们的亮光，

饮下光芒和灵药。

这样，我会再乐观地转身，

在明朗的日子里看见完整的世界。

它其实是废墟，随它去好了！

（难道我在夜半的黑暗中徘徊，

只有一次被废墟绊着？）

甚至在那时我也会找到碎块，

用它们为我们俩

建设新世界，它既是世界，又是神殿。

一九〇七年

（刘知白　译）

召　唤

死亡的怪影在无声地游荡，
用白色的殓衣精心地遮住大地。
被雪覆盖的平原上，深更半夜里
结了雾凇的凛冽的气息，
使干枯的树枝旋转起来。
我在想念你，妈妈，
那里，在坚硬的土地上冰冻的怀抱里，
妈妈，我独自在覆雪的道路上……
为自己而悲伤，
任何事物都没有给我指明道路。
死亡的怪影弯着腰游荡，
在灰色的远方打出坟墓的标记。
夜晚协作般地沉默，
带着永恒的清醒的沉默。
妈妈，——那里，
在黑暗的土地冷酷的怀抱中，
我知道你觉得冷。
妈妈，孤独的我感到恐惧，
不眠之夜的想法用苦涩的汁液
毒化着心情。
被人看见的死亡的怪影停了下来，
天上月亮隐藏到雾霭后面，
黑暗更浓了。
夜里传来庄严的号召，
它准备给我戴上头纱。

一九〇七年

（刘知白　译）

白白地，妈妈

妈妈，你白白地害怕，
漂泊会使我衰弱不堪，
害怕你可能已经成了
被儿子遗忘的母亲。

妈妈，你白白地害怕……
我怎么能忘记
那个可怜的人，
那个赋予我生命的人。

一九〇七年

（刘知白　译）

两个灵魂

我不是活着，我在燃烧。

我胸膛中的两个不可调和的灵魂在斗争：

这就是天使和魔鬼的灵魂。

它们在我胸膛中呼吸着火焰，

火焰使我干枯。

在我触碰到的地方，燃烧着双重的火焰。

在岩石中我听到两颗心脏……

到处永远都是讨厌的分叉，

和在灰烬中消失的敌对的面孔。

风在我后面用灰烬

到处都把我的足迹填平：谁还知道它们？

我不是活着，而是在燃烧！

我的痕迹将是黑暗的天际空间的灰烬。

一九一〇年

（刘知白　译）

迪姆乔·德贝良诺夫
（一八八七年至一九一六年）

　　生于科普里夫什提察。曾在多处任职员，并曾在大学学习法律和文学，后因经济困难辍学。他出版（合编）了《保加利亚诗选》，曾任《环节》期刊的编辑。一战中作为志愿者去到南部前线，担任连长，于一九一六年十月二日牺牲。他的诗歌遗作被收入《诗歌》集（一九二〇年）。德贝良诺夫是抒情诗人、伤感诗人、象征主义者、名士派、幽默作家和翻译家。他在诗歌中走过了一条复杂的、自己的道路。在保加利亚诗歌发展中开辟了新方向。

回到老家

当安静的黑夜展开安静的怀抱，

来抚慰悲伤的、不幸的人们，

回老家去，

把极伤心的日子遗留给你的

黑色的疲惫像包袱般扔掉！

你用胆怯的脚步在院中行走，

唤醒老妈妈见到期待的来客而生出的快乐，

让老妈妈在门槛迎接你吧！

你把额头靠在她衰弱的肩头，

你会融化在她温柔的微笑中。

你长时间地重复着：妈妈，妈妈……

你温柔地走进熟悉的房间，

那是你最后安身和避风雨的地方。

你疲倦的目光盯住古老的圣像，

在寂静中你轻声细语，

我来是要等到平静的晚年，

因为我的太阳已走过了自己的道路……

啊！忧郁的游子发出隐蔽的呻吟，

白白地思念母亲和祖国！

一九一二年

（刘知白　译）

我想记住总是这样的你……

我想记住总是这样的你——
无家可归的、绝望的、忧郁的你，
滚烫的手伸进我的手中，
你垂下的悲伤面庞挨着我的心。
城市远远地在浑浊的烟雾中颤抖，
在我们旁边，在山丘上，树木在抖动，
我们的爱仿佛更为神圣，
因为我们要别离。

"黎明时我要动身，你在黎明时来，
在它将要胜利的时刻，
把你告别的目光带给我，
让我把这忠实的、忧伤的目光记住。"

啊，莫尔娜，莫尔娜，在暴风雨折断的绿草中
把请求隐藏起来！
你应相信我们的春天，
没有做完的梦不会留下，
你仍会回到我身边！

一九一三年

（刘知白　译）

普罗夫迪夫[1]

我的孩童时代是多么悲伤，
啊，多少泪水被隐藏！
在这里我的目光第一次变暗，
无情的暴风雨肆虐在我身上。

在这里我第一次听到呼喊：
不要再相信和寻找——
爱情的果实已被禁止。
在沉重的时代里，
你的愿望将永远被俘虏。

今天我在这悲凉的城市流浪，
它是我孤身的悲伤唯一的家，
不快乐的我为寻找安慰而流浪。

我在巨大的空虚中毫无希望，
如此多黑色的思想压抑着我，
以至于我不想记起任何事物。

发表于一九一九年

（刘知白　译）

1　普罗夫迪夫：位于保加利亚中南部，是全国第二大城市，也是保加利亚最
　　繁荣的经济区之一。

尼科莱·利利埃夫
（一八八五年至一九六○年）

　　出生于斯塔拉扎果拉。大学期间学习过文学和贸易。曾任教师和公务员，第一次世界大战时当过士兵和记者，战后教授法语和编辑《文学研究所学报》。一九四五年为院士。利利埃夫是保加利亚诗歌中象征主义的代表人物。主要作品有诗集《夜晚的鸟》（一九一八年）、《月亮的斑点》（一九二二年）、《诗歌》（一九三二年）、组诗《在海边》。他在保加利亚戏剧文化、舞台语言和外国作家、戏剧家作品的翻译与研究等方面做出了贡献。

我的言语没有希望

我的言语没有希望，
我的爱情也没有希望。
我的诗句是疯狂的光线，
我的歌曲是痛苦的呼唤。

我那无生命的星辰，
在疲惫清晨的孤寂中熄灭。
我的灵魂，颤抖的诗琴，
无依无靠地震颤和痛哭。

一九一八年

（刘知白　译）

静静的春雨

静静的春雨
在我的房檐上滴答作响，
伴随着静静的春雨
产生了多少希望！

大地倾听静静的春雨，颤抖着，
静静的春雨
低声讲述着春天的故事。

在静静的春雨里
有眼泪、喜悦和恐惧。
伴随着静静的春雨
多少小火星烧尽了！

一九一八年

（刘知白　译）

天空如此蔚蓝

天空如此蔚蓝，
田野欢乐地发出银铃般的声响。
我的灵魂将从那里
去到未知的远方。

时间在镀金的波浪上，
将洒出遗忘。
我的灵魂将游向
未知的远方。

精神的憧憬——被忘怀，
无边无际的秋天充满空间。
它将像歌曲一样，
在晃动的波浪上咽气。

一九三一年

（刘知白　译）

两次世界大战之间的诗歌

（一九一四年至一九四四年）

赫里斯托·斯米尔宁斯基
（一八九八年至一九二三年）

　　生于马其顿的库库什村。曾在军事学校学习，因被派遣执行任务提前离开军校。后曾在索非亚大学学习法律。为《保加利亚佬》《祖国的竖琴》《鼓》《文艺周》《菜刀》《红色的笑》《人民军》《青年》《工人报》等期刊撰稿，编辑《笑和泪》文艺幽默周刊，出版《假面舞会》期刊。著有《写成诗歌和散文的各式叹息》（一九一八年）和《让白昼来临》（一九二二年）、《自由放歌》（一九二四年）等。一九二三年六月十八日因病逝世。

节日购物[1]

——爸爸哦，给我买那儿的那些衣服吧，
你看，多好看，我求你啦！
——你怎么会喜欢那些衣服，太沉重。
你不能穿，不适合你！

——那咱们买那个小猪娃吧，爸爸，
你看它多好看，像雪一样白！
——相反，它很脏，我的儿子，
它会使人受到污染！

——你看，爸爸哎，那些苹果多么红啊！
我们也买点，到那儿去吧……
——根本不值当……都是苦的……酸的，
并且要四列瓦[2]一公斤。

——那对面，爸爸，你看那多好的巧克力，
我们去买吧，只买一小块！
——那是擦脸的东西，化妆香膏。
妇女们才买那些东西，儿子！

——那我们买一个那样的小马儿吧，
它们多么可爱，看起来对我们也温顺。
——这是小不点孩子的玩具，

1　当代故事曲。
2　列瓦：保加利亚的货币单位。

可是，儿子啊，你已经够大的了。

——看，爸爸，好爸爸，这些白轧糖块。
我们去买一点儿吧！
——很不值得，儿子啊！你看那白瓜子儿，
不也跟这一样吗，昨天已给你买了啦！

一九一七年

（陈九瑛　译）

红色骑兵连[1]

在光辉纪元的清晨，
举着新时代的火炬，
骑兵连精神抖擞，自豪地飞驰、勇敢地突袭。
在他们上空榴霰弹接连落下，发出轰鸣，
有如猛禽，有如竖起羽毛的老鹰。

骏马竖起身躯，仰天长啸，
一位军人被击中，耗尽最后的气力，倒地而亡。
受到惊吓的骏马停下片刻，
但它重新追上了骑兵连勇往直前的步伐。

在收割过的田地上马儿的长鬃飘扬，
骑兵连有如旋风般陆续驰过。
马蹄下面尘土集成的灰色云朵，
旋转着升往上空，
用青铜的光芒遮盖了火红的地平线。

那边，在柳树旁边，隐蔽的大炮轰鸣。
血红火焰的层层波浪与胸膛相撞，
无情的暴风雨肆虐，冰冷的钢刀叮当作响，
短暂的战斗之后骑兵连重新飞驰……

啊，骑兵连，飞驰吧！
千百万道目光充满希望和爱盯住你们的冲锋。

---

1 红色骑兵连：指俄国十月革命后，苏联红军中的骑兵部队。

今天全世界握紧坚硬的右拳，

全世界站立起来，

人们被你们胜利的召唤惊醒、感动和迷住。

让世界的非正义、压抑的呻吟的每一黑色建筑，

在惊恐和意外中倒塌！

让人们在半开的门后发现，

无情法则的陈旧空想已经死亡。

啊，在屠杀和枪林弹雨中，你们飞翔吧！

你们——晴朗日子的先驱们，飞翔吧！

用暴风雨、闪电和轰隆声，

向造反的奴隶、红色的浪潮宣告自豪的进军！

当古堡的最后一块石头被火焰和毁灭包围，

变为灰烬，

请你们从马上下来，亲吻大地，

请你们在世上建立永恒的爱、永恒的正义！

一九二〇年

（刘知白 译）

在狂风里

我要活到弟兄们的节日，
等到他们展翅高高飞翔。
当命运将死亡的印记，
镌刻在千百万人的额上，
狂风将发出轰鸣的声响，
召唤他们的子孙起来反抗。

透过劳作中不断地喧嚣，
透过悲苦和焦虑的雾霾，
黎明的星辰的光辉犹在；
踏着斯巴达克的艰巨道路，
无名战士将从阴暗的棚屋
成群结队地飞奔而来。

我将看到不熟悉的伟大群众，
昨天还在痛苦地呻吟和哭泣，
无尽的灾难窥伺在他们的家门边，
贫困总也不能同那无血色的苍白脸庞分离；
死神还用那冰冷的翅膀，
在黑暗中击碎他们门上的玻璃。

我将看到奴隶的威严袭击，
也将听到愤怒的雷声响彻云天；
它震惊那沉寂的广场，
从四面八方带来红色的寓言；
它将给那受压迫的人民，

彻底挣断那几百年来的锁链。

沉默而苍白的我举着黑十字架，
同我的穷兄难弟一同向前。
让那血污的手指在我的胸膛上，
标明这战争的最后一天。
让该隐[1]用他的枪弹，
将我的额头和梦想击穿。

而你，尊敬的女伙伴——我最后的安慰，
你可以意气昂扬，勇敢地前进，
奔向那灿烂春天的太阳。
我要在节日清晨的第一时间，
带着那珊瑚色的热的血滴，
亲吻你那圣洁的衣衫。

一九二一年

（陈九瑛　译）

1　该隐:是亚当与夏娃的长子，他杀死了他的弟弟，后被指为杀人犯。见《圣经》创世纪第四章。

黄色的女客

献给烟草女工——患结核病的无数女奴

在被深蓝色黄昏的面纱遮盖的
困倦的柳林山上空，
无云的晚霞在其神秘的厅堂中，
点燃了黄金和红宝石的火焰。

夏天的黄昏又把服丧的斗篷
披在双肩，
城市栖身在黑暗中，
薄薄的金色在玻璃窗上流散成胆怯的斑点。

在有如奴隶的命运般黑暗的小地下室中央，
一位小个子老妇人守在木床旁。
因悲伤而变得迷离的两双眼睛又相遇了，
它们在寻找不速之客——如此生疏而又熟悉的幽灵。

在黑暗的地下室里这是最后的一个夜晚，
无言的灵魂知道这一点，她俩都知道这一点。
威风凛凛的、凶恶的幽灵面带冰冷的微笑在此窥视，
他正在为苍白的少女编织黑色的网。

她一直伤心地、面色苍白地躺在那里，
她是早已认识了衰老的孩子；
她那湿润的、紫罗兰色的眼睛，

溢出秋天花朵的悲痛。

蜡黄的面孔沉浸在
浓密的、沥青般的黑发中。
有着细细的、琥珀色手指的手，
则伸出被盖轻轻悬垂。

小桌上方的煤油灯在无力地颤抖，
忽明忽暗地闪烁和冒烟。
一个老闹钟有节奏地嘀嗒响，
仿佛正下着冬天的细雨。

眼睛透过小窗户张望，
外面，生活像过节般沸腾着。
香椴树——开了花的香椴树，
又透过小窗户送进芬芳。

然而凶恶的魔鬼，
已经在昏暗的额头上画上了死亡的印记。
毫不留情的想法，
如同沉重的铅铸翅膀使人压抑。

今天夜里，这个被星辰照耀的月夜，
冰冷的嘴唇将要亲吻，
被折磨得疼痛的胸膛。
如此的沉重、郁闷和悲痛，
疲惫的胸膛在窒息，
外面送葬车有如黄色怪影在等待……

可是她年轻，她还如此年轻！

在生活中她也喜欢月夜中银白色的柔情，

喜欢爱情火焰般的颂歌。

然而，工厂用有毒的空气，

葬送了朝气蓬勃的青春。

瞧，无情的猛兽，

已用死亡的风冻僵了前额。

某个钢铁巨人把她挤到黑色石墙旁

扼杀她……

出去，你这个不速之客——阴沉的幽灵！

出去，啊，空气！空气！亮光！

顷刻间，死人般惨白的她直起身子，

疲惫的胸膛沉重地喘气，

两眼在散乱的头发下狂热地燃烧。

不祥的喊叫，在昏暗中

悲痛的言语渐渐停下来，

在惊恐中她低下了头，

老妇人哭了起来。

红色斑点状的血液缓缓滑到苍白的双唇，

一束黄色的亮光，

在无生气的眼睛中凝固……

闹钟仍然有节奏地嘀嗒响，

它幸灾乐祸地发出声音，

昏暗的小煤油灯散发着

寒冷的、悲痛的光线。

外面，在小窗户前，

冷酷的人群来来往往；

外面，被月光镀上银色的椴树

散发着芬芳。

但是今天
在荆棘和岩石之间的小路上，
在苍鹰兄弟的问候下，
在烈焰般的暴风雨的颂歌下，
伟大的青春在行进。

生活把美妙的命运献给我们，
当今的青年是奇异的，
他们在白发老人睿智的钢甲下，
携带着自己急切的渴望。

我曾想用光辉的欢乐颂歌
来问候你，也问候春天，
并用最初开放的含笑花朵，
打扮充满喜悦的青春。

但是今天的城市有一个梦想折磨着我们，
城市中我们在一种渴望中燃烧：
我们要把暴动的喷火的玫瑰，
浸入花岗石的花瓶。

审判的日子来到了！
在大地母亲的上空出现了飓风。
在它那高声的呼唤中，
恨与爱交织在一起。
大地母亲踩踏了罪孽，抖掉了耻辱，
自己惊醒了。
因为在奴役的黑暗中那战斗的行列里，

已咆哮着掀起澎湃的浪潮；

因为我们神圣的愤怒已经沸腾，

它的呐喊在轰鸣：

"我们也是大地母亲的孩子！"

一九二二年

（刘知白　译）

格奥·米列夫

（一八九五年至一九二五年）

生于罗德内沃。曾在索非亚大学和莱比锡学习拉丁语言文学，后参加一战并受重伤。回国后，按战后保加利亚文学现代主义流派的要求出版《天平》期刊，后又出版《火焰》期刊，在其中发表了他著名的长诗《九月》。期刊因该长诗被当局责令停刊，米列夫被判一年监禁。一九二五年五月十五日被警察局逮捕并杀害。米列夫同时也是著名的诗歌翻译家、文学评论家和戏剧家。

残酷的戒指

夜晚，在苍白的崇拜仪式之后，
你派遣你的仆人同我联系，
在永恒的金字塔令人窒息的苍穹下，
你带我去参加吓人的豪华酒宴，梦！

啊，我的菜肴中那带血的头颅！
冰冷墙壁的盲目恐惧——
穿过编成无出路的残酷戒指的
阴暗走廊，
走上通往外面幻影世界的道路，在外面。

（啊，白色的小羊羔！在被喷洒了血渍的
尼罗河上空充满阳光的黎明之后，
低下了头，没有罪孽，没有诉苦，没有恶习……）
上帝说。

一九二〇年

（刘知白　译）

啊雨，啊，倾盆的、忧伤的雨

啊雨，啊，倾盆的、忧伤的雨，

人行道上是舞蹈着的水！

醉了、赤裸的、自由自在的、放荡不羁，

但是戴着黑色面具——

你跳着悲伤的无意义的舞蹈。

啊，戴面具的欢乐！

你伴随着——戴着欢乐面具的悲伤，

啊，欢乐的哭泣！在抽泣的扬琴之下的舞蹈！

已来到的夜晚在黑暗中，但是它带着白色的雨被照亮。

雨！啊，葬礼嘉年华中的小丑！

你在飞——光线和笑容——你是白色的，疯狂的，

沿着人行道舞蹈着的水！

在喧闹的舞蹈中，城市的灵车上空，是夜晚黑色的雨。

一九二〇年

（刘知白　译）

现在太迟了

现在太迟了，别了！
（因为我非常爱你！）
但是我不会用激情笼罩你。
（我变得苍白，十分苍白。）
现在已经迟了，一切都迟了。
白天、夜晚、还有我，还有你，
还有迟到的微笑——
那从你目光的花瓶中溢出的
悲伤的微笑……

没有结果的夜晚！
我的心不等待秘密。
（是我抑或这苍白的夜晚——
然而苍白是无穷尽的！）
我懂得，我知道，没有秘密。
现在已经太迟了。

一九二〇年

（刘知白　译）

九　月[1]（节选）

看着：
只一次跳跃，
我们就直蹦天上。
　　打倒上帝！
我们扔一个炸弹到他心里，
发起一次冲锋就占领天庭。
　　打倒上帝！
我们从帝位上把他赶下，
让他跌落到宇宙的深渊里，
那没有星辰的深渊里。
　　打倒上帝！

在那高耸而没有天际的
天庭的桥上，
我们使用绳索，
将幸福的天堂，
向下面
吊落。
让它直达那
沐浴在血中的、
悲苦的、
斑痕累累的大地上。

1　长诗，保加利亚参加第一次世界大战，失败后割地赔款，国内矛盾加剧。
　　一九二三年六月发生军事独裁政变，镇压共产党和工会组织。共产党于
　　一九二三年九月发动反对独裁政府的武装起义。起义失败后，共产党员与
　　进步人士进一步遭到迫害。这一事变在许多文学作品中都有所反映。

那由哲学家和诗人们预言的一切，

——没有上帝、没有统治者的世纪，

都将成为现实。

腥风血雨的九月将变成艳阳高照的五月，

人们生活的水准

将会没有止境地上升，

——上升！上升！

大地将是天堂，

将是天堂！

一九二三年

（陈九瑛　译）

尼科拉·赫列尔科夫
（一八九四年至一九五〇年）

　　从小因故未能如愿进入绘画中学，但得以与当时的象征派诗人接触，受到影响，学会写诗。后从事过多种职务。因参加秘密革命活动被判监禁一百天。出狱后去巴黎，回国后积极参加共产党的革命活动。

　　赫列尔科夫早期的诗歌受象征派影响，后接受社会主义现实主义创作方法，写了不少反映时代风云的诗，如二十世纪二三十年代的叙事诗《半夜审判》（一九二八年）、《三姐妹颂》（一九二九年）、《夜半代表会》（一九三二年）等。这些诗作表达了作者对战争年代社会现实的不满，也表现了他善于利用民歌的艺术特点。

墓[1]

我献出了一切，一切给了你，
我在战斗中倒下。
但在你——自由的名义下，
我复活了。

这儿，我的遗骸埋在了墓里，
而墓外是我永恒的功绩。
它闪耀着遥远的光辉，
直到五角红星那里。

我在死亡时看到，
一个向天空上升的星体。
那上面印有
镰刀和斧头的标记。

快砸断我死亡的锁链吧！
这生活很精彩。它引导着我，
在这墓中的阴暗和痛苦中，
为你光辉的名字而唱颂歌。

1　选自保一九四四年至一九五九年诗集。
　　保加利亚作家出版社于一九五九年在索非亚出版了一本《保加利亚十五
　年诗集》。该诗集辑录了八十余位诗人的二百五十多首诗歌，创作年代范
　围为一九四四年至一九五九年，但并未注明每首诗具体创作于何年。本诗
　选有多首诗歌选自该诗集，其出处均简明标示为"选自保一九四四年至
　一九五九年诗集"，详情不再重复作注。

我献出了一切，一切给了你，
我在战斗中倒下。
而在你——自由的名义下，
我复活了！

我的遗骸埋在了墓里，
而墓外是我永恒的功绩。
它还闪耀着遥远的光辉，
直到五角红星那里！

（陈九瑛　译）

故乡之歌[1]

那里，沙石坡向云朵叫嚷：快行动！
我的家乡正等着在劳动岗位上被唤醒。

你，胜利，踏着沉重的步伐来到我们生活中，
我们的迪卡良[2]困惑地看着你攸关命运的进军。

这里呼啸不停地刮起了劲风，
三株幼嫩的橡树，摇曳在公路旁的河岸。

每户人家中有的不是圣像，而是起义战士。
他们在争取自由的斗争中倒在了田地和原野上。

胜利作为远客坐落在绿荫的河湾旁，
流水淙淙的斯特鲁玛河在停下来叙说什么。

我们的迪卡良在高山深谷中聆听着，
开始把眼光注视未来，将理想指向远方。

它看到千百万人民起来为和平而斗争，
在斯特鲁玛河的远处，水库接二连三地建成。

啊，这不，义务劳动队载歌载舞来支援了，
一位牺牲了儿子、头裹黑头巾的母亲还在其中寻找……

1　选自保一九四四年至一九五九年诗集。
2　迪卡良：诗人的故乡是白斯拉丁纳，迪卡良可能是诗人艺术构想的村庄名。

天上仿佛不止一个太阳，而是上百个太阳在照耀，

那位母亲也在那些闪光的脸上，高兴地看到了儿子的影像。

是啊！你，美好的时代、金色的时代已经来临，

我们的迪卡良在分娩式的战栗中激动万分！

（陈九瑛　译）

阿森·拉兹维特尼科夫
（一八九七年至一九五一年）

中学毕业后当过电报员，曾参加运输业的大罢工，后被政府征召入伍。曾在索非亚大学斯拉夫语文系就读。一九二一年去维也纳和柏林进修美学，最后在索非亚大学法学系毕业，曾当过德语教员。

他的诗歌主要反映一九二三年九月反独裁政府的九月起义，并写有杂文、小品和儿童作品，也是莫里哀与歌德作品的翻译家。

重要诗集有：《屠杀的余烬》（一九二四年）、《相貌相同者》（一九二七年）、《勇敢的戈戈》（一九三一年）、《深山之夜》（一九三四年）等。

泣　血

在家乡的草场上，按照命令
从容舒缓地响起了丧钟，
这初秋的天气就像疯女奥菲利亚[1]
头戴树叶、花朵，提起脚儿，一步步往前跨。

祖国啊，在你休耕待种的田地里，
狼群在为诱饵凶猛地追赶。
在烈火的烟雾和鲜血的蒸汽里，
迟出的太阳光线是那样朦胧惨淡。

遍地都是神圣的、不知名的牺牲者，
险恶的加害者是多么的丧心病狂！
啊，淹溺在血泊里的是我的兄弟，
啊，止不住的鲜血在田野流淌！

我，像夕阳照射的天鹅——
在最后的战斗中无望地受伤。
在血的深坑里浸浴并歌唱，
在严酷的战火里命定伤亡。

一九二三年

（陈九瑛　译）

1　奥菲利亚：莎士比亚《哈姆雷特》中的女主角。

九月九日[1]

在我们国家，强权者举起了屠刀，
我们却蜷缩在温饱的家里。
残暴可耻成了公平正义的替代者，
一切珍贵的价值被埋在了污泥里。

众多不知名的年轻人，唯有他们——
跑到了崇山峻岭中，
将正义与自由视为珍宝，
深藏在他们年轻的心中。

但黑牢的狱吏不容忍自由，
他向他们派出杀手，杀手持有残酷的凶器，
于是每个山谷都赛过了地狱，
每个山峰都成了各各他[2]似的殉难地。

由于鲜血浸透和血气蒸腾，
土地受到伤害。只好期待——
造物主在气恼愤恨中
像装饰兽尸一样来修整安排。

---

1 九月九日：一九四四年九月八日，苏军越过罗保边界进入保加利亚。保反
法西斯武装力量乘机向首都挺进，推翻本国的法西斯独裁政府，于九月九
日成立祖国阵线政府。九月九日后被视为保解放日。
选自保一九四四年至一九五九年诗集。

2 各各他：基督教《圣经》中的地名。《圣经》故事称，各各他是耶路撒冷的
一个刑场，耶稣在此被钉十字架殉难。

但此时发生了奇迹，年轻人手举红旗，

从山上扑了过来。他们的嘴唇

因干渴和震惊而开裂，

额头上张着的伤口直冒血。

今天，大地已苏醒，处在节日的盛典中。

和风吹拂、电灯普照、钟声鸣响，

鲜花遍地、红旗招展。

腾飞吧，祖国大地，在星星之间歌唱吧！

（陈九瑛　译）

尼科拉·弗尔纳吉耶夫
（一九〇三年至一九六八年）

　　毕业于索非亚大学哲学与教育学专业，曾任图书馆馆员和教师，一九四五年至一九四九年任作家出版社主编，后任作协刊物《九月》副主编，发表了近十部诗集。他的诗集《春风》（一九二四年）表现一九二三年反独裁政府起义，享有很高的声誉。本书所选的《惊吓》即表现了诗人当时的感受。后两篇表现的是一九四四年二战结束后人们的新生活和对先烈光荣业绩的缅怀。

　　重要诗集有：《春风》（一九二四年）、《蚌》（一九二八年）、《诗集》（一九二八年）、《伟大的日子》（一九五〇年）、《沿着你的道路前进》（一九五八年）、《最艰难的事》（一九六四年）、《作品四集》（一九七〇年至一九七三年）等。

惊 吓

什么时候也不会有——
不会有人来做客会晤，
乌黑的血盛满了所有的杯盏，
圣像前血污的尸骨已摆满。

天主啊，外面的风多么可怕，
沉重而发狂地哭泣；
它用利爪剥下了那些绿霉，
那沾在墙上的可怕污迹。

在远处有一把板斧闪着火光，
天空注视着我，没有一点怜惜。
傍晚有人骑着黑母马来找我，
邀我去参加一场"婚礼"[1]。

他挥动着那红光闪闪的板斧，
用他那发红的眼光看着我，
仿佛要从我身上跨越；
像从前那样，他们都在此牺牲过。

天主啊，在我的神灯里，
替代神油在灯里照亮的是鲜血；
那匹硕大而威风的黑母马，
与那位手持板斧的人都在成长壮大。

一九二四年

（陈九瑛　译）

1　婚礼：此处隐喻起义暴动。

他们就义了

在六月的一天，蓝盈盈天空的风儿，
轻轻地舞动着那面五角星旗。
那有着水泥围墙的烈士墓前，
摆满了鲜花绿叶编织的花环。

墓上有几张活生生的遗像，其中的烈士好像在看着我们：
那个小村长有着纯净而动人的眼睛，
那颧骨有点高的是山区穷苦人的宝贝儿子，
那个头上歪戴着帽子、脸蛋儿孩子气的是个中学生。

祖国啊，在英雄们面前你也在鞠躬敬礼。
公路上一辆满载儿童的卡车来到了目的地，
山村里的一些居民背着口袋，手挥小旗，
沿着那丁香树的山坡向下走到人群里。

一些姑娘伫立在这里，身穿黑衣的母亲在哭泣。
眼泪像水晶一般在她们脸上流淌不止，
士兵、义务劳动队在儿童后面沉默地肃立。
还有一位是战斗队里被救出生还的同志。

他们牺牲了，由他们带来了神圣的自由。
我们的时代将他们的名字镌刻在新的纪念碑上。
我们的人民在伟大的时期用鲜血写成了历史，
这历史就在我们之中，是我们的职责和担当。

历史是荣誉，是一代人走过的道路，也是基地的根。

在它上面，我们生活的橡树永远常绿常青。

这大树不断茁壮生长，在它的顶上是无垠的空间，

鲜嫩的树叶绿茵茵，树枝被风舞动不停。

一九四五年

（陈九瑛　译）

绿色的旗帜[1]

灰色的天空闪着滞闷的幽光，
地上的泥土发出金属般的声响；
数个月来在晒焦的田地里，
没有过一滴雨水流淌。

地面上飘扬着灰尘，
蜥蜴在田垄上吱吱叫。
那株榆树活像个乞丐，
在石板道边掉了叶子弯着腰。

在下面宽阔的大河那边，
繁茂的地里令人眼睛一亮；
仿佛有人喜不自胜地
挥起了双手向我叫喊：

田地，田地！没有界线，没有田埂，
这样的田地也来到了我们村里；
黏土砌成的水渠在地里纵横布满，
渠水像项链一样银光闪闪。

在大道上我见到一位老年人，
高大的身材穿着汗渍的衬衣，
眼睛发着柔和的蓝光，
迈步走向那绿油油的田地。

1　选自保一九四四年至一九五九年诗集。

——你看到了吗？看到了吗？
抽水机成天在往地里抽水，
老人说着就往地里弯下了腰，
伸手摘下一株青绿的麦穗。

——在五月我们就能成为割麦人，
有人不相信，我们不稀罕！
这不是公有地吗？收割定能超前。
看吧，这麦穗灌浆多饱满！

他停止说话，将他那壮实的老手，
举到他那褪了光的眼睛前，
高兴地眯缝起双眼，
久久地望着那近处的河岸。

从河边吹来了清爽的凉风，
风儿嬉戏抚弄着麦地，
掀起了滚滚的绿色麦浪，
仿佛飘扬着一面新生活的大旗。

（陈九瑛　译）

阿列克山大·武蒂姆斯基
（一九一九年至一九三八年）

早年身患肺结核，就学于索非亚大学古典文学专业，后因病辍学，治病期间写下不少诗，在当时流行的刊物《门槛》《金角》上发表。一九三八年英年早逝，一九四〇年后才出版他的诗集。他多年的病痛使他的诗作含有一些忧郁色调，但有些诗也真实地反映了当时的社会和人们的生活状态，并蕴含爱国感情，深受读者欢迎。

他的诗集有《抒情诗》（一九六〇年）、《作品选》（一九七〇年）、《我不是封闭的圆圈儿》（一九八三年）、《城市上空的光辉》（一九八九年）。

保加利亚[1]

你的天空高爽而明亮，
你的土地宁静而普遍朝阳。
现在，尽我所能，要为你诵出
一首没有喧嚣的、自由的诗章。

我爱你和你那远古的传说，
我爱马尔柯·克拉列维蒂[2]之歌。
你那些巨大的溶洞使我记起，
那位神圣的伊凡[3]的功绩。

我喜欢你那些石砌的饮水槽，
那壁上还有乐善好施者的签名。
他们来自遥远的耶路撒冷，
是由那里谦恭赠送的礼品。

我喜欢你那色彩华丽的修道院，
和那些宁静安详的小教堂。
那里有古代圣像画师绘制的
已然褪色的壁画和祭坛。

你那各色各样的雕刻品和陶瓷器皿，

1　选自诗人一九七九年诗集。

2　马尔柯·克拉列维蒂：保加利亚古代传说中的英雄巨人，力大无比，能抗击土耳其侵略者。

3　伊凡：全名伊凡·里尔斯基，是保加利亚的民间圣徒。他隐居在里拉山，古时其干尸曾多处辗转陈列，成为崇拜的对象。

那五彩斑斓的女士头巾和呢坎肩长裙，

你那些无比亲切、欢欣的节日……

这一切，都孕育和抚育着我成人。

古老、僻静而美丽的保加利亚，

在你那泛着金光的童话般的世界里，

当我还在以往的故园中休憩酣睡时，

婴儿时期就呼吸到了你黎明的空气。

（陈九瑛　译）

愉快的独白[1]

我不是一个封闭的圆圈儿，
我站在世界的无限性之前。
在清晨，在夜晚，
我听到大地在呼吸，
感到它在动弹：
小孩、小溪和幼芽，
怎样地出世和生长完善。

我头上的太阳在循环往复地运转。

我以频密的步履不断行进，
在清晨，在夜晚，
为了返回世界的无限性之前，
我不是一个封闭的圆圈儿。

（陈九瑛　译）

1　选自诗人一九七九年诗集。

你活下去吧[1]

你生活在这个世界——

这战争、钢铁和疾病的时代，

恐怖在暗处窥伺着你，

你好像是被饥饿耗尽了血脉。

你期待着一只兄弟的手，

但遇到的却是赤裸裸的枪口。

然而这确是人间世界，

这样，你活下去能有什么畅快？

你活下去究竟能否美好？

你可以去感受土地的气息，

你可在黎明中把双手张开，

口渴时的畅饮使你备感痛快。

在夜间满可以默默地享受，

你四体放松地甜美的休憩；

还有你辛劳的妻子温柔地

在你脖颈上的抚爱与亲昵。

在这无边的世界里生活，

经常发生种种状况和事故。

它们随时随地都可以开始，

又都可以突然而奇怪地结束。

但这就是世界，亲爱的朋友，

1　选自诗人一九七九年诗集。

天底下会因此而变得琳琅满目。

作为一个不安分的小人物，

你可以狂热而又不安分地去找乐。

（陈九瑛　译）

尼科拉·瓦普察洛夫
（一九〇九年至一九四二年）

生于班斯科。曾在海洋机械学校学习，实习期间访问过伊斯坦布尔、亚历山大港、贝鲁特等地。当过技术员、火车司炉。一九四〇年曾为保加利亚同苏联友好的活动征集签名，为此遭判刑和流放。后从事反法西斯斗争，曾参加过针对德军的爆破行动，于一九四二年三月被捕，同年七月二十三日被判死刑。他的诗集《马达之歌》于一九四〇年出版。瓦普察洛夫的诗歌被译成三十余种语言。一九五二年被追授"国际和平荣誉奖"。

颂　诗

雄伟的城市，星空是你的屋顶，
四处的电灯像太阳一样照得通明；
为了你千千万万的子孙，
你敞开了宽广的大门。

一国人民的远大理想，
在你心中诞生发光，
在每一块石头、每一座建筑物上，
都显现出新生活的希望。

你把千万人的渴望，
汇集在你那混凝土的心脏；
你用双手抚慰着他们的心灵，
给他们带来温暖和希望。

我们要打起精神，聚集力量，
把阻挡我们的障碍排除光。
争取进步的钢铁意志，
跳动在每个人的脉搏上。

雄伟的城市，混凝土的城市，
有着一颗混凝土的心；
像生活一样——永远年轻，
双手直向前伸。

一九三七年

（陈九瑛　译）

信　念

瞧——我呼吸、

工作、

生活、

写诗，

（就像我会做的那样）。

我同生活严厉地

横眉对视，

并且尽我所能

同它斗争。

我同生活在争吵，

然而你不要以为

我憎恨生活。

正相反，正相反！

即使我死去，

我仍然会热爱，

有着粗糙的钢一般硬脚爪的生活。

举例说，

现在有人把我挂在绞索中，

询问我：

"怎么样，你想活一个小时吗？"

我立刻会喊叫：

"卸下来！

卸下来！

坏蛋，快点把绞索卸下来！"

为了它——生活，

我可以做一切事，

我可以乘坐试航的飞行器，

在天空翱翔；

我可以独自钻进会爆炸的火箭，

可以在辽阔的苍穹，

寻找遥远的行星。

但是，我看着

上面，天空如何散发着蔚蓝。

我仍然会体验到，

舒适的愉快的感觉，

因为我还活着，

因为我还有未来。

但是，瞧，假如

你们拿走，多少？

我的信念中

麦粒大小的一点点，

那时我就会吼叫，

有如心脏受伤的豹。

那时我身上

还会剩下什么？

在抢掠之后的一瞬间，

我就被撕碎了。

更清楚地说，

更直接地说，

在抢掠之后的一瞬间，

我就会什么都不是了。

可能你们想毁灭我的信念，

我对于幸福时日的信念——

相信明天的生活

会比现在美好，

会比现在合理！

请问，你们将怎样冲锋？

用子弹？

不！不合适！

别这样！不值得！

装甲的信念，

坚坚实实地在我的胸膛里；

对付它的穿甲子弹，

尚未发明，

尚未发明！

一九四〇年

（刘知白　译）

战斗艰苦而残酷[1]

战斗是多么艰苦而残酷！
战斗正像人们所说的，是史诗。
我倒下了，另一个人就接替我……就是如此。
个人的价值在此又有什么意义！

遭到枪决，枪决之后——去喂蛆虫，
逻辑就是这么简单。
可是我的人民啊，在风雨中我们仍然在一起，
因为我们十分地热爱你！

一九四二年七月二十三日下午二时

（陈九瑛　译）

1　这是瓦普察洛夫英勇就义前写的最后一首诗。

孩子们不要怕

我们辛苦劳作，
从早干到晚，
但是面包很少。
面包不够，孩子们，
你们的面孔，
已经因哭泣而有皱纹，
你们的眼睛干涩、沉郁。

那是令人难过的悲伤的大眼睛……
在一双双眼睛里面，
隐藏着极度的恐惧：
面包！
面包！

你们听着，孩子们，
你们听着，我的小不点儿——
今天是这样，
昨天几乎也是这样。
我，因为没有食物，
没有东西可以喂养你们。
所以，瞧：
我要用信念喂养你们——
那样的年代会到来，
我们能够赶上。
我们要给河流套上混凝土的袖套，
我们不会放走它们，对吗？

我们会对河流说：

"你们该这么走！"

于是它们就这么流动。

那时我们就会有面包。

我们会有面包，

你们的眼中会有欢乐。

我的小不点儿们，

只要我有了，

就意味着你们也有。

你们如果拥有，

就意味着无数的人都拥有。

那时生活会如此美好，

今天的霉菌，

会消失得无影无踪。

我们大家会歌唱，

歌唱将伴随我们工作。

不过我们唱的是

赞美人的欢乐的歌。

假如我已经老了，

那么我就从窗户，

眺望遥远的道路。

我要看着你们，

精神抖擞、身体健康地回来。

我会轻声低语：

"啊，世界多么美好！"

而今天，面包不足，

现在你们母亲们的

乳房干瘪。

小声哭泣帮不了我们，

我们不需要小声哭泣。

但是，剧烈的深深的悲痛，

压抑着我。

由于你们的"现在"，

使我心中隐藏着痛苦。

不过，别害怕，孩子们

别为明天害怕！

一九四六年发表

（刘知白　译）

告 别

——致妻子

有时我会像未被期待的不速之客，
来到你的梦中；
不要把我留在外面的路上，
别把门闩插上！

我会轻轻地进来，温柔地坐下，
在黑暗中把你凝视。
当我凝视到完全满足的时候，
就会吻你，然后离去。

一九四六年发表

（刘知白　译）

迪米特尔·波梁诺夫

（一八七六年至一九五三年）

年轻时在法国学医，受社会主义思潮影响，写诗抨击资本主义制度。回国后，曾主编党的文学刊物《红笑》《铁砧》等。他的诗歌主要反映保加利亚早期无产阶级的革命运动。这里所选的诗，写的是国家解放后人民的新生活。他还写有不少散文作品。

波梁诺夫重要的诗集有：《滴滴海水》（一九〇七年）、《铁的诗句》（一九二一年）、《诗选》（一八九五年至一九四五年）、《白鸽》（一九五一年）、《诗选》（一九五五年、一九五八年）等。

报春花

在公园中，在畦地里，
不知何时，不知不觉地，
冒出了两三棵报春花，
比那快要融化的雪还要洁白。

它是那样质朴、娇小和冷寂，
没有更多色彩，没有香馨。
这些小花儿在雪底下诞生，
它甚至不具备一般的花形。

看到这些似花非花的花儿，
我的心儿开怀欢快地跳动，
在这些预报春来的花前，
那五月鲜艳的花朵又算得了什么？

不，世上所有的公园都有玫瑰，
都有最灿烂的色彩和芬芳。
比起这最早出世的细微的花，
它们未必都有最珍贵的价值。

你们，热情奔放的朋友们，
你们，我很珍重的青年们，
在我们建设的自由大地上，
我不把你们都当成诗人。

我知道将会产生许多技师、演员，

激情饱满的创造者和诗友——

但你们值得自豪和荣耀的是：

你们是新世界最先的歌手。

创作年代不详

（陈九瑛　译）

布兹鲁贾[1]

布兹鲁贾高峰有鲜血换来的荣光，
今天又在我们跟前闪耀着新的光芒。
在我们已实现的理想中，
记忆——传奇，得以鲜活地传扬。

巴尔干山以每一朵鲜花、每一只飞鸟，
号召我们欢庆这光辉节日的来到。
在这儿，今天的勇士不会受伤而呻吟，
太阳也不会像往昔那样愤怒地晒烤。[2]

哈吉·迪米特尔的不朽功勋，
与现时代的功绩融合激荡。
并为进步、贡献和创业的今日，
发出轰轰烈烈的时代震响。

布兹鲁贾开辟了蓬勃发展的历史，
满怀激情地伸手指向前方。
它引领着与自己同行的伙伴，
为实现理想奔向新的战场。

---

1 布兹鲁贾：保境内巴尔干山西路的山峰，高一千四百四十一米。一八六八
年，哈吉·迪米特尔率反土支队在此与土军激战，全部壮烈牺牲。
一八七七年，俄保联军在该峰的希普卡隘口大败土军，直取索非亚，保加
利亚民族解放，重新独立建国。
选自保一九四四年至一九五九年诗集。
2 此处借用爱国诗人波特夫《哈吉·迪米特尔》一诗中"天空的太阳愤怒地
晒烤着"的典故，有力地反衬出"今天的勇士不会受伤而呻吟"的现况。

二战的六载！……交织着
失败和制胜的英雄气概。
由此迎来的是社会主义的兴起，
它的光华使布兹鲁贾更显气派！

（陈九瑛　译）

克鲁姆·丘里亚夫科夫

（一八九三年至一九五五年）

曾在美术学校学习，参加过第一次世界大战，后去维也纳学习艺术史。一九一四年参加工人运动，曾去俄国学习文化艺术，后流亡维也纳和苏联。回国后参加反法西斯斗争，并担任过不少重要的国家职务。一九四四年后任《工人事业报》编辑，高等美术学院院长。他写有数十部诗集和剧作。他的诗风简洁明快，满怀热情地将社会的变迁作前后的对比，充满自豪感。重要诗集有：《盲人化装舞会》（一九一八年）、《进攻》（一九三二年）、《英雄的荣誉》（一九三五年）、《烈焰》（一九四五年）等。

索非亚[1]

我记得你愁眉不展的日子，
那是敌人疯狂扑向你的时候。
在星罗棋布的大街小巷，
我们没有面包，没有归宿地流浪。

暗探们撒网试图抓捕我们，
你就把我们藏在废墟里。
但年轻人都勇敢地站出来斗争，
妇女们也立下功勋，尽了力气。

现在的你已沐浴在阳光里，
你重又欢乐而高傲地在闪光。
你的那些犄角旮旯儿都铺上了瓷砖，
为这些你也曾困苦和心酸。

你，光荣的城市，以那些新的建筑，
达到了以往从未见过的豪华与美丽。
你的双手向广袤之处伸出，
号召我们再去争取新的功绩！

（陈九瑛　译）

1　选自保一九四四年至一九五九年诗集。

游击队的避难所[1]

一座小小的房屋，
它老旧，空寂，破损不堪，
却总是那样地向周围观望——
在这里，我们救助过战斗的伙伴。

正如人们由于时间的流逝
带来遗忘和荣幸一样，
年复一年的灰沙尘土，
铺满在这小屋之上。

它整个儿都被杂草掩没，
更会在风雨岁月里全然坍塌。
但它留下崇高美好的记忆，
将建立起一座阳光灿烂的大厦。

（陈九瑛　译）

1　选自保一九四四年至一九五九年诗集。

尼科拉·兰科夫
（一九〇二年至一九六五年）

中学毕业后积极参加进步运动。一九二三年加入共产党，作为战斗组的指挥员参加了当年的九月起义，失败后被捕入狱。出狱后，于一九三四年毕业于索非亚大学法律系。曾与《舵手》《回声》等文学刊物合作。一九四四年后，任《人民文化》报主编等职。重要诗集有《在冰下》（一九三九年）、《儿童歌曲》（一九四五年）、《南风》（一九五八年）、《射出的箭》（一九五四年）、《诗与长诗》（一九七三年）等。

请你相信

我记得我们的初吻，
是在那黑麦扬花的季节。
月儿在我们顶空遨游，
射下的辉光宛如洒落的白雪。

你在田野里急促地喘气。
作为一个没恋过爱的小伙，
我吸入了你全部的气息，
神思恍惚地坠入了爱河。

今天我凭着乐观的目光，
依旧在思想上亲吻你。
我这颗被监狱闭锁了的心，
多么渴望着能见到你。

请相信那桩我们温存时
曾经悄悄说过的事情；
那反叛的春天已开始行动，
我们期待的时日就要来临。

当我们将要成为一对的时候，
我们的全部生活将会自由自在。
那时候对于我们的爱情，
全世界都会显得狭窄！

一九二九年

（陈九瑛　译）

枪　决[1]

在这蓝色的星夜，
火样颜色的月亮显出几分诡异。
远处传来悲苦的呼号声，
是一个女人在哭泣。

在黑魆魆的葬墓丛中，
二十名不屈的共产党员，
在带刺铁丝的捆绑下，
在等候深夜的枪决。

由他们自己挖掘好了
即将葬身的墓穴，
开火，杀！——枪响了，
他们的生命大无畏地就此了结。

二十位坚强的灵魂——
勇敢、自豪的男人、女人，
中了敌人恶毒的枪弹，
不久就像冰样变得僵硬。

但是，他们就像那雄鹰，
高高飞起，唱出了壮丽的歌。
歌颂就义之后的自己，
将活得比生前更乐和。

（陈九瑛　译）

1　选自保一九四四年至一九五九年诗集。

拉马尔
（一八九八年至一九七四年）

原名拉柳·马林诺夫·庞切夫，商贸中学毕业后应征入伍，进预备役军官学校，参加过第一次世界大战和二战末的反法西斯战争。一九四四年后任作协检查委员会主席。早期作品受印象派影响。后期写作反独裁政府和反法西斯的作品，但在语言文字上仍有前期作品的痕迹。主要作品有：《铁圣像》（一九二六年）、《和平的不安年代》（一九二六年）、《西方—东方》（一九四五年）、《祖国的早晨》（一九五一年）、《天亮了》（一九五六年）等。

爱

我无意给你讲故事聊天，
我胸前没有任何闪光的奖章。
我的情爱滋生在千斤顶上面，
一个笨拙的吻使我们彼此牵连。

我曾经徜徉在梦魇和激情里，
我的翅翼下水磨轰响旋转。
在我这农村人想象力的沃土上，
那些极乐鸟满怀情意地下蛋。

我年轻时背负着祖传的沉重口袋，
启程到集市去卖一大批土豆。
但遇上些脸色像面包样焦黄的小伙儿，
他们将我带到了抗争中的索菲亚街头。

我们在群众集会和大会上高呼口号，
在索菲亚郊区张贴标语，表达诉求。
我们在胜利的希望和挫折的懊丧之中，
滋长了一个信念——坚决争取自由！

噢！现在的我，背离了基督的信条，
带着七张长长的警察言行录。
我唾弃他们——连同主教和神甫的道行，
我是同志，是印刷工人、无政府主义者和诗人！

一九三〇年

（陈九瑛　译）

136

人——胜利者[1]

我就是人——胜利者！

保加利亚闪现在鲜花丛里，

我也以深情和花朵装饰过你，

为的是追求多少世纪以来的洗礼[2]。

我不仅停留在平坦的低处，

在日晒前我还要攀上高地。

我的锤子已砸碎那些山岭，

岩石中开掘出了金属的讯息！

建设事业如同萤火虫，

吸引孩子们去注视天空。

这个世纪在他们金色的记忆里，

将写下辉煌灿烂的内容。

幽深的山林和白生生的烟囱，

在空中汇聚成顶峰。

人，奔向未来的人们，

将飞向其他星球旅行。

透过明亮的窗户，

看清明亮的道路，

再深入到那蓝色的旷野，

这便是倚窗人的信念。

人——森林中的贫苦居民，

1　选自保一九四四年至一九五九年诗集。

2　洗礼：此处指保加利亚从二战中支持纳粹的国家转变为人民的新国家。

用两支胳膊和粗糙的双手，

将那水渠中的水，

输送到那些耕种着的田园中。

这是多少积聚而成的

人民大众的信念，

也是渴望丰衣足食的意愿——

今天的保加利亚已变成了花园。

啊！让以爱贯穿的

对未来生活的远大理想，

变成永恒的记忆，

成为走向美好社会的动力！

（陈九瑛　译）

竞　赛

年年都在开展竞赛，
人们都在恐后争先。
犁铧耕过的田野上，
机器歌唱人人欢。

母亲啊，如果你能从祖辈——
冥间世界那里回家，
你会看到房梁曾被烟熏火燎，
但尚未朽坏，修整后可撑住房厦。

那放在一边忘了捧出来的
是两个大瓦罐和长方形的发面盆，
小女儿用来发酵，做了两个面包圈，
月光下显得比斧子还耀眼。

在世道的变革中生活发生了变化，
影响人的服饰、发型和脑袋瓜。
老年人说那都是错误，
但这可是服饰时尚开新花。

谁要想成年后穿大裆呢裤，
他也没法找到过去流行的饰物。
青春——它总是想象丰富不同寻常，
在朗朗蓝天下憧憬着美好的理想。

年年都在开展竞赛，

人们都在恐后争先。

犁铧耕过的田野上，

我将永远为它歌唱。

一九六六年

（陈九瑛　译）

柳德米尔·斯托扬诺夫
（一八八八年至一九七三年）

　　未完成中学学业，但自学成才。参加过第一次世界大战。一九二三年任象征派刊物《西佩利昂》编辑。二十世纪三十年代成为反法西斯战士，出版《反战运动观察》报和进步文学刊物。一九三五年参加过保卫和平与文化的世界作家代表大会，后被流放到其他城市。一九四四年以后任文学研究所所长等职。他写有诗歌、小说和剧本。早期写作象征派诗歌，后来转而写作反映火热现实的诗。诗质朴自然，隐含哲理思考。一九四四年后写作反映新生活的诗。重要诗集有：《十字路口的幻影》（一九一四年）、《箭与话语》（一九一五年）、《大地》（一九二三年）、《人间生活》（一九三九年）、《在铁幕后面》（一九五三年）等。

伟大的一天[1]

这一天，有蔚蓝爽朗的晴空，
草场已收割，道路很宽阔。
到处一片宁静，殷红的鲜桃挂满枝头，
在炊烟袅袅的院中，孩子们在逗公鸡作乐。

这早秋，在沉重劳动的一天中，
隐约散发出肥料和薄荷的气息。
在另一处，闪现着火红的飘带——
罂粟花一般的红旗，人们在啧啧称奇。

一霎时，钟声像个亢奋的醉汉，
疯狂的响声打破了四周的静态。
社区里的媳妇们伸开了双手，
一群男士呼喊、歌唱、欢跳起来。

直到夜里，他们才紧锁眉头结束，
两位领头人面对兴奋的人群，
声称光荣属于大家的努力，
今后将同大家一道向美好生活看齐。

新闻像机关枪一样传开，
奔来广场的人群弯弯拐拐；
山丘、树林和空地旁挤满了人，
绿色的护卫们也飞奔前来。

1　选自保一九四四年至一九五九年诗集。

山毛榉树丛有如游击队的枪支，
深绿色的枞树冠恰似他们的皮帽。
好似迎来了波特夫、海杜特的时代，
游击队的歌声如火如荼般唱起来。

那位司令官开口说话，嗓音洪亮，
显示出坚毅和沉痛的自豪；
——现在已没有绞刑，没有了监狱，
自由属于我们，我们有了护卫和依靠。

在人们的欢呼、喧闹和扬起的尘土中，
无数的喀秋莎在大道上飞驰而去，
拱门上闪耀着不朽的字句：
向红军——解放者致敬！[1]

这一天[2]，是我们大地上耀眼的一天，
鲜艳的红旗照亮了原野。
它开启了人们的心灵，打开了牢笼，
驱散了黑暗，到处洒满了光明。

从多瑙河到斯特兰贾[3]，
人民有如强烈的风暴和烈火，
他们自由地挥动着强壮的右臂，
在自己的土地上作为主人阔步前进。

（陈九瑛　译）

1　二次大战中，保政府站在德国纳粹一边。一九四四年九月八日，苏军进入
　　保加利亚，被保人民看成是解放者，热烈欢迎。
2　这一天：指一九四四年九月九日。参见本书阿森·拉兹维特尼科夫《九月
　　九日》注1。
3　斯特兰贾：在保加利亚东南部，为丘陵山地。

和平的土地[1]

和平的土地多么珍贵，
这是祖宗遗留下的故乡。
它的山峦沐浴在碧空里，
它的原野散发出泥土的芳香。

那拔节的庄稼看不到边际，
在清澈的河流旁繁茂地生长。
肥沃的休闲地和雨露滋润的河湾，
景色五彩缤纷，日落时相映辉煌。

志愿劳动队的歌声响彻在
田地、黑麦和杨树林里。
在夏天阵阵雨水的纱帐中，
一群群的云雀轻轻飞起。

一辆辆载重的高速火车，
隆隆地驶过巴尔干的山涧，
路途密布的高压电线网，
将白色多瑙河同黑海连成一片。

田地上的拖拉机充满青春活力，
新建的水库面积大，水又深。
人们以爱心和强壮的胳膊肘，
建设着一座季米特洛夫城。

1　选自保一九四四年至一九五九年诗集。

霞光万道的清晨和满天繁星的黑夜，
这里的一切都是那么高尚和纯净。
那些层出不穷的工厂的塔顶，
仿佛在向容光焕发的领路人致敬。

母亲们不再惊恐和惧怕死亡，
或在深夜里骤然从噩梦中惊醒。
她们深知，在和平中孩子们都很平安，
会像那些枞树一样健康成长。

拖拉机手们欢快地吹着口哨，
面对着宽广的田地直往前冲。
为达到理想的指标而不懈奋斗，
若遇上敌人，兴许还能开动坦克打冲锋。

（陈九瑛　译）

阿塔纳斯·达尔切夫

（一九〇四年至一九七八年）

毕业于索非亚大学哲学系，曾旅居法国、意大利，受过象征派影响，但又力图以自己的"具象诗"打破象征派的美学传统，即着重描写具体物象来表现人的主观世界，善于以凡人小事突显人间生活的真实画面，并在其中寻找引人入胜的诗意，或发掘出生活的真谛，对生活作哲理的追求。他的这种诗学原则给当代诗人以很大影响。

重要作品：《窗》（一九二六年）、《诗选》（一九二八年）、《巴黎》（一九三〇年）、《夏特大教堂的天使》（一九四三年）、《诗文片段》（一九六七年）、《达尔切夫文选》（两卷，一九八四年至一九八五年）。

书

我的面前是一本打开的书，
在白天，在黑夜，
我独自一人，不与他人往来，
也不知晓世界。

小鸟飞来，又飞去，
天亮太阳升起，天黑太阳落山。
日子如同书页，
我疲惫地将它翻篇。

为了解他人的别样生活，
成年累月，你埋头于书的世界；
而你自己的书呢，则谁也不需去看，
要么束之高阁，或者不理不睬。

啊，爱情的呼唤，
从来也不曾到来，
为了书籍，我已失去
生活和眼前的世界。

一九二〇年

（陈九瑛　译）

搬运工的爱情

在那片老市场的天幕下，
飘着一朵像红番茄一样的晚霞。
那名穷苦的年轻搬运工人，
显露出匀称的体格与青春年华。

周围已是朦胧的暮色，
已将他的眼眉笼罩。
但那个绿色眼睛的女人，
今晚依旧没有来到。

有一次，她以自己的眼神，
对他无言地加以呼唤。
因为他背负沉重的货载，
她送给了他一个淡然的笑靥。

她可能就成为他的媳妇儿。
如果她今天夜晚到来，
他会将她置于那宽大的背篓内，
直到进坟墓前都愉快地将她驮载。

他想着下坡走过城区，
驮着她向家里飞奔。
他那鞋上的每一颗铁钉，
在夜里都像闪光的星辰。

他在做梦吧？这人群中的光棍——

搬运工在爱河中期待守望，
夜幕从他的脸面上野蛮地
擦掉了他最后的一点容光。

一九二八年
（陈九瑛　译）

致祖国

我从没有在这大地上挑选过你，

在一个炎热的夏天，我平凡地诞生在你的怀里。

我爱你不是因为你富有，

而是因为我的祖国就是你。

不是因为你的光荣、功绩与坚强，

我才当一个保加利亚人，

而是因为我无法忘记，

萨穆伊尔那些剜去眼珠[1]的士兵。

怀着追逐利禄、名位和权力的欲望——

有人想来到你这里，去他的吧！

苦难使你和我联系得更加紧密，

我们的爱变成了共同的命运。

一九六五年

（陈九瑛　译）

1　剜去眼珠：一○一四年，拜占庭皇帝巴希尔二世率大军侵入保加利亚，大败保加利亚军。由萨穆伊尔统帅的一万四千名保加利亚士兵被俘后，惨遭拜占庭军剜目。

后 院

楼房庄重的正面我不喜欢，
它们是多么虚伪与威严；
后院的一些奇异景观，
才会使我兴趣盎然。

这里装着铁栏杆的阳台，
一个高出一个直到顶层。
墙上挂着的排排木匣，
好似鸟笼在此扎根。

每天从清晨直到天黑，
鼎沸的声音很少停息。
有人们的欢歌笑语和谈天说地，
有小鸟的叽喳和儿童的吵闹哭泣。

一些面色红润的妇女，
袖子卷到胳膊肘，
衣领袒露到胸口，
直到夜里收拾打扫不停手。

她们时而弯下几乎要折断的腰肢，
双手使尽力气将衣服一一洗净，
拧干的水流淌到院子里，
仿佛从天上袭来暴雨中的水滴。

时而她们在邻居的眼前，

不避忌讳地晾晒内衣。

这些衣服仿佛船上的风帆，

把阳台变成了一条要启航的小船。

这些琐碎的家务操持中，

有着节日的喧闹，有时还有礼炮的轰鸣。

那就是拍打地毯的灰尘时，

不断发出的砰砰砰砰的响声。

也许是藏匿在楼房的背面，

这儿的生活完全透明公开。

这既是固定不变的生活常态，

也是在凡人小事中展示的幸福与真爱。

一九六五年

（陈九瑛　译）

埃丽莎维塔·巴格梁娜
（一八九二年至一九九一年）

　　毕业于索非亚大学斯拉夫语言文学系。曾任中学教师，一九四四年后任作协刊物《九月》的编委，参加过多次国际作家会议和国际笔会。她诗歌的主旋律是表现妇女对个性解放的追求和对自由与爱情的渴望。她的许多诗常以巨大的感染力表现爱情给女性带来的甜蜜、幸福、痛苦与惆怅等复杂的心理感受，深受读者喜爱与好评。她还写有许多歌颂祖国的诗。

　　重要诗集有：《永恒的与神圣的》（一九二七年）、《海员的星》（一九三二年）、《人心》（一九三六年）、《五颗心》（一九五三年）、《诗选》（一九五七年、一九六四年、一九六八年）、《对位》（一九七二年）、《浅影》（一九七七年）等。

爱　情

你是谁？在我的旅途上悄然来临！
从我的眼帘下你赶走了我的睡梦，
从我的唇边你夺走了我的笑靥。
你，莫非是什么妖魔、精灵？
在陈旧的神像前我看到了你的身影，
在深夜的梦中我听到了你的声音；
你用那偷窃者的眼光凝视着我，
你嗓音中的每一个震响都抚慰着我的心。
你是谁？是靡菲斯特[1]，还是克列斯蒂[2]？
你搅扰了我的神思与安宁！

有如百花园中小鸟的啁啾，
我的心儿已唱起了信赖的歌曲，
它千百次地呼唤着你：我的神主！
就像玛格达林娜[3]面对着耶稣，
我温顺而幸福地喃喃低语：
领我走吧，我的双臂已向你伸出！

一九二七年

（陈九瑛　译）

1　靡菲斯特：指歌德诗剧《浮士德》中的魔鬼靡菲斯特。
2　克列斯蒂：指耶稣的施洗人约翰·克列斯蒂。
3　玛格达林娜：为耶稣最虔诚的信徒之一。

信

我久久地在地图上寻找你走的道路，
此刻你在这儿，一会儿就将越过边界。
这细雨霏霏的三月多么令人讨厌，
我阅读着，却老是停留在这一页。

我知道，天南地北都使你心满意足，
包括世上的都市、房舍、草木、花朵……
我知道，你也许成为了另外一个人，
而我在这儿——依旧是无望的同一个我。

那离别时令人揪心痛苦的顷刻，
已变成无穷尽的漫长时间。
同你在一起时，岁月是多么短暂，
现在却已变成使人惆怅的度日如年！

一九二九年

（陈九瑛　译）

二十世纪的佩涅洛佩[1]

我不是古希腊的佩涅洛佩，

我不会安分地织衣又拆衣，

我不会二十年苦等奥德修斯[2]。

他在海上陆地四处漂泊，

被那岛上不可知的女神所迷惑，

直到有一天他回到我这里——

那时候，

甚至连家犬也不易将他认出。

我不愿像僧侣居室中，

那半明半暗，闪闪烁烁的

小神灯，

或在无功地燃烧中，

被忘却而熔化的蜡烛。

也不愿在那摊开的地图上，

对着基督的遗体哭泣。

更不愿费尽心思去天涯海角，

或异国他乡去将他追寻。

我不害怕大地上所有的夏娃——

那洁白而冷峻的北方淑女，

以及黝黯而热情的南方女子。

1　佩涅洛佩：古希腊神话传说中人物，斯巴达王之女。奥德修斯与其成亲后
　　远征特洛伊，二十年音信杳然。许多贵族子弟向佩涅洛佩求婚，她推说需
　　替其父织好一件衣方可改嫁，实则每到夜晚都将已织好部分拆掉，以此坚
　　守了对爱情的忠贞。奥德修斯战后归来，终与佩涅洛佩相认复婚。

2　奥德修斯：此处乃抒情主人公借此指自己的丈夫。

我不稀罕各种各样的发明创造。
那无数纵横交错的电线、电缆，
在空气中、在地上、在水里，
因此才有那打来的快捷的电报，
那是他在别处散布爱情的信息。

我想随同那些最原始的发明创造，
去感受那震撼人心的爱情。
作为这地球上最后的人，
作为世界上最贫化的造物，
作为最后和最先的女人，
用与生俱来的五官去感受爱情。

一九三六年

（陈九瑛　译）

蹈火女[1]的命运

——致多娜·加贝[2]

祖国啊，你多少世纪以来，
屹立在那攸关命运的十字路口，
在那四面八方狂风吹刮过的
无数次火灾焚烧过的十字路口。

在你的天空中和土地上，
有什么神奇的力量，
使你在悠久历史的多次灾难中，
能保持得这样结实健壮？

在杂草和荆棘丛莽中，
你孤苦伶仃，鲜血淋漓。
在你奴隶的土地上，
诞生了伊瓦伊洛人[3]和波戈米尔[4]人。

鉴于他们那严峻的命运，
在斯特兰贾密林深处，
你教育你的女儿们，

1　蹈火女：跳蹈火舞的女子。跳蹈火舞是保加利亚一种古老的民间祈福仪式。每逢君士坦丁和艾连娜节（五月二十一日），赤脚女子在篝火燃烧后的火炭上跳舞以驱邪除疫，祈求平安和丰收。现今只在保加利亚东南部的个别农村还保留着这种习俗。
2　多娜·加贝：保加利亚二十世纪著名女诗人。
3　伊瓦伊洛：保加利亚十三世纪末反封建的农民起义首领。
4　波戈米尔：保加利亚十世纪上半叶兴起的社会宗教运动创始人。

在烧得通红的火炭上赤足步行。

难道不是因此之故，
由于那祖传的沉重遗风，
直到今天还有人在火炭地上跳舞？
这难道还是我们女人的宿命？

一九六八年

（陈九瑛　译）

我的歌[1]

载我而去的一叶扁舟，
默默划破胶漆似的水流，
开辟一条通往天际的小路，
仿佛勇敢的海鸥追逐自由。

迎着涌浪驶往开阔的水面，
咸味的水滴溅到我的唇边，
南来的熏风吹胀了扬起的风帆，
白色的船儿着魔似的飞驶向前。

船夫啊，我要唱一支罕有的歌，
这歌儿关乎我弱小的祖国。
她的名字像萦绕在我上空的彩云，
她的歌曲像蜜糖和葡萄酒那样甘醇。

唱这样歌的有收获时节的姑娘，
小伙子唱着它傍晚倚门而望，
婚礼和缝纫会[2]上有众人的应和，
母亲们唱着它——那是在倾诉衷肠。

这歌声沉闷低回，预兆不祥。
你不曾听到过——不论在什么地方，

1　选自保一九四四年至一九五九年诗集。
2　缝纫会：旧日保加利亚农村常于夜晚举行集会，会上姑娘们缝纫，小伙子
　　谈天，共同唱歌逗闹。

没有比我的人民更不幸的遭遇，

可他们在苦难中仍奋力自强。

我们的高山，夏日山顶也白雪皑皑，

我们的海域不大，可它叫黑海。

巍巍的黑峰[1]紧锁着眉头，

这黑色的肥田沃土也多难多灾。

载我而去的一叶扁舟，

默默地划破胶漆似的水流，

开辟一条通往天际的小路，

仿佛勇敢的海鸥追逐自由。

（陈九瑛　译）

1　黑峰：巴尔干山一座重要的山峰。

多娜·加贝

（一八八八年至一九八三年）

先后在索非亚、日内瓦、格勒诺贝尔攻读法国文学。主编过《少年文库》。一九二七年后为保加利亚国际笔会的创始人之一，并担任该会主席。她小学时开始发表诗歌，近八十岁时创作了富于理性精神的系列诗作，在一些普通事物的隐秘关系中折射人生的际遇问题。诗集《请等一等，太阳》被认为是当代抒情诗的典范。她还是著名的翻译家。

重要诗集有《紫罗兰》（一九〇八年）、《人间之路》（一九二八年）、《夜游症患者》（一九三三年）、《薇拉》（一九四六年）、《动乱时期》（一九五七年）、《请等一等，太阳》（一九六三年）、《深渊同大海对话》（一九七六年）、《诗选》（两卷，一九七八年）等。

渔　夫[1]

加拉沓[2]的灯塔柔和地眨着眼睛，
天上的星星闪烁不停。
——有两位英雄要从这里
乘坐小木船启程远行。
——去哪儿？
——去俄罗斯，朋友们！
——怎么？乘小木船能到那里？
黑海这样广阔的海面情势不稳，
不怕暴风雨把小船打沉？

没什么奇怪，不必担心！
有那位大胆的人敢于启程。
他能载着我们的领袖，
向着共同的目的地航行。

——干吗要这么莽撞？
年轻的渔夫肩膀一耸地问。
——世上，人饿着肚子不会去游荡，
也不会穿着破衣去远行。

陆上吹起的夜风呼呼吼叫，
海水汹涌澎湃，一浪推着一浪，
不远处燃烧着的什么发出光芒，
人们的脸庞也被照亮。

1　选自保一九四四年至一九五九年诗集。
2　加拉沓：黑海边上的一座小城。

——莽撞有时也是一种力量，
男子汉的意志，强有力的臂膀，
我们这个小小的国度，
诞生了许多莽撞的儿郎。

他们走了："开小船去俄罗斯"！
他们敢乘风破浪远行。
——小伙子，我们要为真理，
同那些没长脑袋的人作斗争！

友好的笑声立即传开，
渔夫的歌声在海面回响，
月光下波光粼粼的海面起伏荡漾，
后退的城市在月光下进入梦乡……

（陈九瑛　译）

不妥协的我

伟大的宇宙，
你吓着了我。
你以你的不可测量性，
占满了我的头颅。
我们的大地只是你的一个小点儿，
在这个点儿里，有我们的爱，
有我们的恨，
也有我们的力量。
我不能将他们扩展到，
你那样的规模和尺度。

你给了我：
对自己规模和尺度的企求，
对渗入你那里所需要的智慧，
和认识你的渴望。
而在我该消失的那天到来时，
我就把一切都退还给你。

我迎着朝霞，
望着暮霭，
吞咽着你的永恒性，
等待我消失的结尾。
不妥协的我……

一九六六年

（陈九瑛　译）

请等一等，太阳

请等一等，太阳！
为了进到夜晚，
我还没有准备好。
这一天我还没过完，
我还没有准备战胜自己的良心，
以便给你休息的权利。
我刚学会与石头和树木
对话沟通；
我还没有吸取它们的智慧，
来填满这一天，
你就逼我睡下。
然后你就带着维托莎闪亮的峰巅，
带着以晚霞刷新了色彩的
那些小小的村庄，
安然而庄严地
离开了。

怀着对明天的憧憬，
请等一等！给我一点时间弄明白：
在这无比繁忙的世界里，
当无眠就是良心，
而良心就是白昼，
我怎能安然入睡？

请等一等，太阳！

一九六七年

（陈九瑛　译）

神　思

自从我出生以来，
我成了几代人的
同龄人。
我吸取了两个时代的空气，
年年岁岁、日日月月，
这么久违的时间，
简直使我感到，
我好像成了永垂不朽者……

而时间
变为了永恒性；
空间成了无边的世界。
它们承载着我，
我则幸福地遨游着，以致
不知道会把我带向
哪处的河岸。

一九六七年

（陈九瑛　译）

问　题

我心中充满了恐慌、兴奋，
充满了爱和恨。
这野蛮天才的世纪，
这人与星星结拜兄弟的世纪。
为解决这无限世界中
未曾解决的问题，
从微不足道
到最高超的
这个幅度里的东西，
我怎能将它们
装进一个人的心灵里？

我羡慕那个小麻雀，
它站立在那棵光秃的树上——
它相信的那个地方，
即从这根树枝，
到那儿的地平线，
这个就是它的世界……

一九八二年

（陈九瑛　译）

卡门·吉达罗夫
（一九〇二年至一九八九年）

戏剧家兼诗人。小学时即在《曙光》杂志上发表诗作。中学毕业后任图书馆管理员，同时在多种进步报刊上发表诗作和戏剧评论。一九四五年后任作协书记，一九四九年后任军队剧院及人民剧院经理。

吉达罗夫诗歌创作的主题一般都与工人和贫苦农民的反法西斯斗争紧密相连。一九四四年后写作歌颂新社会的诗歌。主要诗集有：《安静》（一九三六年）、《无线》（一九三八年）、《九月之歌》（一九四五年）、《诗选》（一九五五年）、《诗选》（一九六九年）等。他的戏剧作品被翻译成多国文字。

少年时光

我在摇篮里已开始唱不愉快的歌，
屈辱的贫穷像破旧的纺车纺那不幸的纱锭。
由于我出生在一个普通的农民家里，
必定要履行人世间最沉重的责任。

我熟悉土地，喜欢那不平静的风，
和山后顽皮摇晃着的嫩绿麦穗。
在那儿，最早的金色星星指引着我，
清晨，迷梦未醒的凉棚上洒满了珍珠似的露水。

处在贫困落后中的人们，我不埋怨你们，
我也相信你们对未来满怀期待。
但当你们对现时的蟊贼熟视无睹时，
我心中涌起的不满就难以忍耐。

在风暴与冰雹猛烈地摧残树林时，
你却能安然地整理那些无叶的枝干。
你认为那是上帝在惩罚自己的子民，
为的是某种永续的罪孽和有毒的祸患。

这样，在我心中引发了愤怒，
在我的血液中涌动着山洪。
冲动中，我听到了骑兵践踏的铁蹄声，
于是，我的痛苦生成了火焰，我燃烧了我的痛苦！

一九三〇年

（陈九瑛　译）

纺织女工之歌[1]

快快纺吧，这一排排的纺锤，
快快操作吧，我麻利的手指！
我有三个儿子在前线作战，
这儿的纱线不能被扯断。

我三个儿子都去了前方，
同那些可恶的敌人在厮杀。
在那遥远的异国他乡，
不时经受着风吹雨打。

快快纺吧，不辞辛劳的纺锤，
你们用不停的旋转诉说自己的遭遇吧！
经受过这么多的折磨和痛苦，
我是多么理解你们的话语。

二十年来，我在沉重的劳作中，
操作和整理你们精纺的纱线。
在那些困惑与艰难的时日里，
你们也听过那么多威胁、咒骂、歌唱和喘息。

在我青春年少的美好时日，
你们从我的鬈发里窃取了黑色的丝光。
我满怀憧憬，用鲜花装饰自己，
在你们那里，我获取了白发人智慧的光芒。

1　选自保一九四四年至一九五九年诗集。

我从来也没有以这么多的爱，
来疼惜你们——我的"小鸟们"！
这工厂中平凡而又繁忙的劳动，
使我明白做母亲的严肃责任。

只要我还有力量，我仍会同你们在一起，
让乡间各地甚至废墟都能听到我们的回忆：
我曾经怎样地搏斗、流泪和歌唱，
而今天又如何在晚年能自由呼吸。

美好幸福的生活使人返老还童，
受苦人甚至也能从坟墓中复活。
为了我宝贵的三个当兵的儿子，
在耄耋之年我还要不知疲劳地干活。

快快纺吧，老纺锤，
快操作吧，我麻利的老手指！
我有三个儿子在前线作战，
这儿的纱线不能被扯断！

（陈九瑛　译）

克鲁姆·潘内夫

（生于一九〇一年，卒年不详）

中学时即加入共产党，一九二一年去意大利学习戏剧专业，回国后当技术员。一九二六年后与多位著名诗人交往，在《铁砧》等进步刊物上发表诗作。后创办党的地下刊物《晴朗》，团结了许多反法西斯青年。不久《晴朗》被迫停刊，自己也被捕。一九四四年后任音乐剧院、人民剧院编剧。他的诗歌以自己的亲身感受表现了二十世纪的革命风雷及其在保加利亚的社会反响，富于感染力。重要诗集有《反映》（一九三八年）、《时代》（一九四八年）、《云上星》（一九六〇年）、《生活与诗》（一九六〇年）、《接近大众》（一九七六年）等。

出自我的手册

杀敌的热血会在一位英雄身上冷却吗？
一些正直的思想会被腐朽观念征服吗？
在战斗中因贪生怕死会使不少人被葬送，
在斗争中因恐惧会使弱者变得不知廉耻。

盲目的蠢人会把我们这里想成天堂，
以为世界上会有永恒的欢乐和悲痛，
以为建立功勋只是别人的事，
在风暴之后有的是阳光和彩虹。

当死神作为永恒之梦来召唤我们时，
每个人都会听到他对自己所作的裁判。
我们中会有人被隆重地送进坟墓，
也有人会因欺骗和耻辱而深藏悔恨。

无论在何处我都是一个平凡的人，
对待敌人我的子弹却毫不留情。
路上的那些石板能记住我的足迹，
这个世纪不会怠慢我的姓名。

我有着一种比泉水还清澈的理想，
我的道路上夜晚也像清晨那样明亮。
贫困倒霉时不会丧失斗志和勇气，
在我身上不会辱没共产党员的荣光。

我的时日是对人们的尽责，

面对我的奉献，敌人的包围不会放宽。

只是在我们中以少有的孤独为遗憾，

星星在秋夜的天空也为之伤感。

一九三九年

（陈九瑛　译）

天　职

创作者的天职是凭良心，
逢乱世唯人民的声音是听。
他不应是那摇晃的芦苇，
风从四处刮起都将头摆个不停。

在骄横、虚荣的统治者面前，
他不卑躬屈膝、点头哈腰；
在玩偶和圣像面前，
他不只是一支烛光飘摇。

在一个伟大的时代，
他不会去赞颂馨香的小草；
在不幸的时期，他也不会搭理
夜莺在林中婉转的鸣叫。

人民大众将会接受你奋进的歌曲，
你若发出阴郁的细语悄声，
将会使亲者感到异样消沉，
他们会把你当成陌生的路人。

你得有骨气，不在灾难中趴下，
不从显赫的势利小人处获取桂冠。
作为给你的赠礼，高贵的奖赏
自会停落在你坟墓的上方。

一九四三年

（陈九瑛　译）

民　歌[1]

请给我一串马林果，
和一株麦穗上的麦粒，
给我一把家乡的泥土，
和有铜铃般音响的风笛。

我的歌喉就会放出，
甜蜜蜜的马林果汁；
麦穗就会叙说，
那耕地上收割女的故事。

一把泥土可代替我，
亲吻祖国的大地。
我的祖国有毛白如雪的羊群，
有着美丽的梅花鹿，活泼喜人。

响起风笛我就放开歌喉，
歌唱我们神圣美好的生活，
歌唱勇敢自豪的海杜特，
歌唱他们的功绩满山河。

（陈九瑛　译）

1　选自保一九四四年至一九五九年诗集。

赫里斯托·拉德夫斯基
（一九〇三年至一九九六年）

　　曾在索非亚大学攻读拉丁语言文学。毕业后长期从事革命报刊的编辑工作。一九四四年后，曾任《文学阵线报》和《九月》杂志主编。他在文学创作中善于驾驭重大题材，具有战斗性与号召性。他的诗作格调昂扬而又深沉凝重。其讽刺诗单刀直入，犀利泼辣，语言简练。一九四四年后写有大量不同体裁的作品。重要诗作有：《心向党》（一九三二年）、《脉搏》（一九五六年）、《天空近在咫尺》（一九六三年）、《大众》（一九七〇年）、《讽刺诗》（一九七五年）、《诗选》（一九七八年）、《瞳孔》（一九八〇年）等。

索非亚

夜晚你听着流行的音乐，
早晨你在烦恼和躁动中苏醒。
索非亚，你有着美丽多姿的面目，
索非亚，你也有着坏得流脓的狠心。

无轨电车的当啷声，出租汽车的沙沙声，
双轮运货马车的辚辚声，马蹄的嘚嘚声，
时而使你哭泣、时而欢笑地湮没在
噪音、气味、烟雾和尘埃里。

清晨，你以愤怒的汽笛声，
以掠夺者万恶的嗥叫声，
以工人们极度饥饿的哭泣声，
吞没着劳动世界的洪流。

夜晚，当黑暗笼罩着你时，
你眼中开始闪烁浑浊的薄雾。
你手里拿起了速射的手枪，
在各个角落伺捕着自己的猎物。

索非亚是阴险而粗俗的凶手，
可却穿着燕尾服，戴着白手套。
终于，你这淫荡者在黑窝里腐烂掉，
而一个新的索非亚，就在此地报到。

她诞生在那些工厂的厂房里，

扎根在街道上频繁的争斗中。

曾经的罪恶稳定一旦乱了阵脚，

她就扬起鞭子向着新的阵地猛冲。

尽管从前的凶手枉然地龇着牙，

可新的索非亚已扎了根，不可动摇。

索非亚，她有了战斗的强悍的心，

索非亚，她有了炙热而粗犷的面貌！

一九三〇年

（陈九瑛　译）

致我的一位熟人

我们在宽阔、空旷的大街上相遇，
沙什卡，你远远地走在街道的另一边。
但是在你戴的军帽之下，
我认出了你这老伙伴的脸面。

我十分清楚地记得你，
你曾是一个很懒、很任性的小学生。
我们常玩那尖头四棱木块的游戏，
使住宅楼里整天都变得乱乱纷纷。

在班上的课间休息时，
我们各自占据着课桌的后面，
手拿着圆规与铅笔当武器，
彼此进行像模像样的战争。

而在上作业课时，
我们签订了一个交换的合同：
你从我这里抄袭有关但丁[1]的答案，
我则从你那里写下有关毕达哥拉斯[2]的内容。

在夏天，暑假即将开始，
我们面临分别的时候，

---

1 但丁（一二六五年至一三二一年）：意大利文艺复兴运动的先驱者，伟大
   诗人。他所创作的长诗《神曲》，严正批判了宗教神学，无情揭露了教会
   僧侣的腐败，热情歌颂了现世生活的意义，提出了政教分离的思想，在中
   古文学史上享有崇高地位。
2 毕达哥拉斯（约公元前五八〇年至公元前五〇〇年）：古希腊数学家、哲
   学家，提出勾股定理及对奇数、偶数和质数的区别方法。

相互以神圣的真诚许诺：
我们要彼此记住一辈子！

然而，生活是怎样地给我们以教训，
怎样地把我们完全拆分：
使你成为一名像样的陆军中尉，
而我呢，不过是工人们的一名蹩脚诗人。

我们在宽阔、空旷的大街上相遇，
沙什卡，你远远地走在街道的另一边。
但是在你戴的军帽之下，
我认出了你这老伙伴的脸面。

但不论是毕达哥拉斯还是但丁，
今天也不能再把我们联系在一起。
这并不是因为你是那样的光鲜，
也不是因为我是这样穷酸。

而是因为我们身处两个敌对阵营，
我与你现在又都是军人……
因此，你是那样地憎恨我，
我也是那样把你憎恨。

在你戴的那顶军帽之下，
我现在认识的是自己的仇敌。
……
我们依旧会相遇，沙什卡，
为了我们最后的游戏……

一九三〇年

（陈九瑛　译）

三月三日[1]

这是一个平常的日子，
但它光芒四射，使人难以忘怀。
这一天，曾经在多个世纪中，
有最为频繁而凛冽的大风袭来。

啊，这是血腥的风，它在怒吼，
它冲击、回荡在每一个角落。
它来自沉沦百年之久的地狱之底，
旧的秩序被它带着的火花与尸骨冲破。

在这轰隆声中，你听到怎样的回应？
帕依希[2]的激扬文字像铁鞭在抽打，
冬卡奶奶[3]的歌声震撼天下，
列夫斯基[4]在绞架下挣扎。

---

1 三月三日：一八七七年七月，俄保联军在巴尔干山希普卡隘口大败土耳其军，土被迫求和。俄土于一八七八年三月三日签订了《圣斯特凡条约》，规定保加利亚脱离土耳其统治，建立自治国家。自此，三月三日被视为保民族解放、国家独立的日子。一九九〇年二月二十八日，保国务委员会决定三月三日为保加利亚国庆日。

2 帕依希：十九世纪保加利亚民族解放运动的启蒙思想家。他的名著《斯拉夫——保加利亚史》，在当时的启蒙运动中起到了号角的作用。

3 冬卡奶奶：伐佐夫小说《一个保加利亚女人》中的主人公。她援助海杜特，致力于民族解放事业的形象，对当时的民族解放战士起了很大的激励和鼓舞作用。

4 列夫斯基：保加利亚十九世纪民族解放运动的领袖之一，一八七三年二月因叛徒出卖被土耳其统治者处以绞刑。波特夫、伐佐夫均写诗悼念和歌颂他。

我的祖国啊，你这罕见的苦难之邦，

你在自己的血路上已像太阳般升起。

在你的土地上，驰名的和无名的英雄，

都以不屈的信念勇于为你牺牲自己。

我们的祖先在唤醒我们，

嘹亮的国歌由我们的子孙高唱不息。

祖国，你已充满活力，但应提高警惕，

祖先们开启的战斗，必将由我们挺身承继！

一九三五年

（陈九瑛　译）

我们的城市[1]

你来信说，我们城里处处是玫瑰，
空气中散发着浓郁的芳香。
我的心儿已飞到了那里——
我那馥郁馨香满城的家乡。

我在思绪中见到它，沉浸在
轻纱般的雾霭和欢乐的喧闹里。
我仿佛在梦境的绿荫中听到鸟啼，
并吸吮这爽朗清凉的气息。

城里的那些街道我很熟悉，
如同深知自己的十个手指。
街两旁有许多院落，院里鲜果压满树枝，
土生土长的人们在那里生息行止。

那漂亮的新住宅星罗棋布，
住宅间纵横交织着小径小巷。
按照规划，城市还在一步步更新，
为了更好地净化空气，吸纳阳光。

在火车站后面是一片坡形的、
泛着红色的新楼群区，
那里还有着喧闹的体育运动场，
它们像禽鸟的脚爪伸展开去。

1　选自保一九四四年至一九五九年诗集。

在河的那边矗立着许多烟囱，
那里工厂林立，近乎一座新城。
它们为祖国制造各种机器，
并在生产中培育出一批批新人。

在轻烟薄雾的笼罩下，
椴树和玫瑰散发的香气格外温馨。
我们新的美丽的城市，
总是同过去一样使我们亲切贴心。

（陈九瑛　译）

安格尔·托多罗夫
（一九〇六年至一九七七年）

　　曾在索非亚大学学习法律。学生时代即在革命刊物《铁砧》工作，曾去法国进修，在此与法国共产党员作家密切接触。后在《星》等进步刊物上发表诗作。二战末参加过反法西斯战争。先后写有不少小说与诗歌等作品。一九四四年任《文学阵线报》主编、作协书记等职。重要诗集有：《俱乐部与工厂》（一九三二年）、《没有谎言的长诗》（一九三六年）、《有益的叙事诗》（一九三八年）、《在人民中》（一九六六年）、《我们的太阳、我们的空气》（一九七一年）等。

德拉瓦河[1]

赶路的鸟群在德拉瓦河上飞行，
河里银色的波浪呼啸奔腾。
两岸稀疏的树林，
在春天曾是一片绿荫。
玫瑰花绽放芬芳一时，
天空已是无比的洁净。

当时，敌人栖息在对岸的树林中，
有掩体、战壕和地道。
他们的胸中积满了仇恨，
怀揣着血的记忆寻机来到。
他们杀人未遂、无可奈何地恼怒，
我们在夜里也听得到他们的嗥叫。

我们扎营在德拉瓦河的北岸，
待在隐蔽的地道和战壕里。
我的记忆中充满了当时的画面：
地上是被榴霰弹打断的树枝，
我们的后面是匈牙利广阔的田地，
但从去年春天以来就没有人耕犁。

在枝叶繁茂的山毛榉掩蔽下，

---

1 德拉瓦河：多瑙河右岸的主要支流。起源于阿尔卑斯山脉，流经奥地利、斯洛文尼亚、克罗地亚、匈牙利等国，成为匈牙利部分边界。故从此处眺望，可见匈牙利国土。
选自保一九四四年至一九五九年诗集。

设有通向阴暗地道的入口。
那以深情构筑的地下工事，
隐藏在那密密的灌木丛里。
平静时战士们在通铺上憩息，
畅谈不久后将要取得的胜利。

和平时期的夏日熏风，
吹动着汪洋似的金色麦浪。
过路人都要停下脚步观望，
倾听那穷苦收割者的歌唱。
他的歌声饱含痛苦，也带有希望：
对没有风暴和未来幸福的梦想。

在春天，耕作者佝偻着身躯在种地，
那一行行的田垄冒着热气。
一直干到晚霞合上了眼睛，
金星以闪烁的光亮催促人们歇息。
无边大地上布满了无数的村庄，
万家灯火亮起时如同繁星落地。

哎！现在也该看看那个农民——
我们的这个小兵，现在一面注视着
那杂草丛生、荆棘遍布的田地，
一面悲伤不已地叹息：
何时才能最后结束战争。
才能锄掉这些野草荆棘？

他的目光开始注视前方：
那无边的匈牙利地面。
美丽少女似的春天，

步入了绿油油的田间。

那些铁丝网阻止不了她，

不停的炮声和地雷也无法阻拦她向前。

（陈九瑛　译）

一首民歌[1]

一首民歌成天在我脑海中回旋，
我开始听到它，是在我往昔的童年。
那是在多瑙河边窃窃私语的垂柳下，
面对着河水层层叠叠卷起的浪花。

嗨！在那大学的宿舍里，
在摆放着苦涩茵陈酒的书桌旁，
我们久久地辩论着什么，深夜里
皮林山[2]的民歌从我们胸中释放。

我的记忆还把我带到了异国的苦难中。
那时在我国，在为自由而斗争的战士头上，
万恶的绞索像影子样在绞架上摇晃，
可我们流亡者们——坚强的男人仍放声高唱。

在地下掩蔽部或在多瑙河边，
流传了几个世纪的民歌鼓舞了斗争的人民，
讴歌了牺牲的首领和众人奋起的今天，
也仿佛窥见到了祖国和平的蓝天。

我还在哪儿听到过这首民歌？

1　选自保一九四四年至一九五九年诗集。
2　皮林山：位于保加利亚西南边境，平均高度一千零三十三米，为全国第二
　　高山。山区雨水充沛，森林茂密，为国家的宝贵财富。

是不是在马里查河¹闪光的水域？

那里晒黑的朋友唱着歌在建设码头，

还建设着各种工厂和高楼。

在我们祖国——我们祖辈的大地上，

每逢受洗仪式或婚礼庆典，

我们年轻的小伙儿会手举酒杯，

祝福人民，或是欢乐或是痛苦地歌唱。

一首民歌:《山啊，皮林山啊！》——

你，会在我们面前闪光，

也会在晨露中震颤。

祖国啊，你在我胸中，

把我的心儿照亮！

（陈九瑛　译）

1　马里查河:保加利亚最大和最长的河流，经希腊流入爱琴海。保境内长
三百二十一公里，基本不能通航，个别河段可通小船。

姆拉登·伊萨耶夫
（一九〇七年至一九九一年）

出生于贫农家庭。在索非亚上技术学校时，因参加罢课被开除。曾参加一九二三年的九月起义。长期从事新闻工作，多次被捕。二战末曾参加反法西斯战争。一九四四年后任作家协会副主席，《文学阵线报》副主编，《保加利亚军人》杂志编辑等职。一九五六年曾访问中国，著有诗集《在中国的阳光下》，他的诗歌创作遵循保加利亚民族文学传统，题材广泛，抒情和叙事手法多样。主要诗集有：《烈火》（一九三二年）、《火》（一九四六年）、革命叙事诗》（一九四六年）、《和平之星》（一九五〇年）、《爱》（一九五四年）、《《愤怒》（一九七三年）、《诗选》（一九七七年）、《我羡慕飞鸟》（一九八一年）等。

囚　徒

今天，通过这铁栅栏，
春日天空的光亮，
照进我这监狱的囚笼，
就像射入了儿童炯炯的目光。

我听到了小鸟们的歌声，
见到了它们自由地飞翔：
在那旷达的天空中，
越过麦田、森林和草场。

啊，我要能有它们的翅膀，
能够自由地飞翔，
我将让大家在远方都能听到，
我在祖国原野上的歌唱。

在那片幼嫩的密林上空，
我愿像年轻的山鹰高高展翅。
可这墙壁是如此的厚重，
铁栅栏打造得又是如此的坚实……

一九二三年

（陈九瑛　译）

无眠的孩子

在阴暗的天空下，你没有入睡，
这城市的警报，使你惊慌。
难道你也预感到，那烈火的风暴，
明天可能会将我们一起埋葬？

在你这小床顶上，探照灯老在乱晃，
那不是月儿的光亮。
鸟儿凶恶的嘎嘎叫声在夜间回荡，
并从你眼里把你赶出梦乡。

昨天你对阳光和人群感到欢欣，
现在应该感受到睡梦的安详。
可城市的警报从窗外涌进，
像飓风那样吹刮、扫荡。

你像发高烧一样在小床上翻动，
像流浪儿在风暴前那样流浪。
你们，鸟群何时才停止嘎嘎叫？
你，城市，何时才能使孩子进入梦乡？

一九三九年

（陈九瑛　译）

北　京

古老的北京屹立在阳光下，
你的那些宫殿和寺庙闪闪发光。
在明朝和清朝……
这里受到人民心血数百年的滋养。

在每一座宫殿的坚实基础中，
都砌入了人民数千年的痛苦和艰辛。
那北海小丘上的白塔，
像洁白的花环辉映着四周的绿荫。

多少世纪统治者在此奢侈作乐，
人民只能蜷缩在窒闷的小屋里。
当他们追求真理抬起头来，
死亡以血的阴影笼罩着他们的躯体。

人们开始了伟大的长征，
从延安刮来了温暖的风。
战士们高举红旗继续前进，
在闪电和雷鸣中迎来了光明。

强大的军队比鞍山的钢还坚硬，
他们在战斗中取得了胜利。
毛泽东像歌声一样来到北京，
鼓舞了人民高昂的士气。

现在，北京，你自由而年轻，

绿宝石般的树林包裹着你的身影。
街道旁摆放着洒上水珠的鲜花，
阳光中国的子孙在此来往穿行。

你的宫殿、公园、湖泊辉煌灿烂，
青年与儿童们的笑貌像鲜花盛开。
你的红旗——巨大的朝霞，
鲜明地标志着你无限美好的未来。

北京！你，中国的伟大心脏，
充满着活力与青春。
我遥远的保加利亚家乡，
与你感到多么亲密与贴近！

一九五六年

（陈九瑛　译）

致快落山的二十世纪

噩梦的世纪，

残忍的世纪，

你以灾难充塞我的梦境。

受屈辱的人们在期待，

你在浮华中赶快沉溺，

而换上一个，

更美好的世纪；

在这欺凌性的星球上，

就像那些天才诗人所期待的那样，

换上和谐、美丽而富饶的天地。

二十世纪啊，

你给予人们什么了呢？

你给予的是疯狂行为、烈火怪物，

而人们所渴望的是高飞，

要创造未曾见过的宝库！

噩梦般的世界，

同你的耻辱一起落山吧！

你在不幸的人面前，

怎样才能赎回你的历史罪过？

一九八二年

（陈九瑛　译）

第二次世界大战后的诗歌

（一九四五年至二十世纪八十年代）

亚历山大·格罗夫

（一九一九年至一九九七年）

　　毕业于索非亚大学法律系，一九四四年因参加反法西斯地下活动被捕。出狱后在索非亚广播电台任编辑，后在《电影艺术》杂志、保加利亚作家出版社任编辑。他的诗作主要反映二战时的黑暗现实，表达人民大众对统治阶级的反抗和不满。一九四四年后，他多抒发对于人生、爱情、死亡等问题的思索。重要诗集有：《我们大众》（一九四二年）、《诗集》（一九五六年）、《最美好的事物》（一九五八年）、《诗集》（一九六一年）、《选集》（一九八一年）等。他还写有科幻小说《幻想故事集》，很受读者欢迎。

空 袭

所有的房屋都敞开了大门，
街道上霎时间一片慌乱。
警报声像幽灵的哭丧，
撕碎了城市的天空与夜晚。

汽笛不断地鸣叫，人群哗然呼喊！
那边火光冲天，燃烧得噼啪作响。
在窒闷的地下室和防空洞里，
千百颗心拧成了一团。

让我们站在出口处，
我想随时看到维托莎山，
广场上响声不断，它后面是沉睡的村庄。
祖国在揪心地倾听，它正蒙受着苦难。

在这可怕的夜晚，我们紧跟她在一起，
能够较近地接触星星和空气。
我明白有一处比较安全的避难所，
最可靠的地方那就是土地。

如果我们死去，过些时候我们能听到，
田地里的庄稼会在我们上面沙沙作响。
小鸟啁啾，姑娘们歌唱，
农民会以响亮的、胜利的步伐，
在田野上大力推进他们的犁杖。

一九四一年

（陈九瑛　译）

感　情

我俩的感情已飞走，
在那天，我们已经分手。
你在告别时对我说：
"有时还请想一想我！"

"有时还请想一想我"，我却没有想你。
我曾像看电影一样感受过你。
我忘记了你，总沉迷于
各种各样的生活路子里。

现在，我既无出息，也很孤寂。
渐渐进入自己生命的末期。
有时仅有电话的铃声响，
且多是错打电话的响声不息。

一个短发蓬松的姑娘，
身穿长裤和旅行风衣。
她在迅速路过我家时，
已不再呼喊："有信……"

一种无以慰藉的渴望攫住了我，
竟在偶尔遇见的人面前，
我窘迫地想喊：
"啊，请想一想我！"

但愿你不会像我现在这样没出息，

但愿这些时日里人们会跟你在一起。

他们以爱照亮的眼睛来看待你，

正如我从前看待你那样有意义。

一九四四年

（陈九瑛　译）

五一庆祝游行[1]

飞机在空中盘旋飞行，
节日的城市装点一新。
顿时响起雄壮的音乐，
庄严隆重地开始了五一游行。

空间飘扬着鲜明的旗帜，
广场上发出了兴高采烈的呼声。
勤劳的人民踏着威武的步伐，
行进在全国各处的城镇。

他们来自冒烟的工厂，
来自矿井、库房和牧场，
来自封闭的小办公室，
来自广阔的田野和林莽。

他们怀着坚定的意志，
伴随着劳动的紧张红火；
为了在这明媚的春天，
欢庆和平、自由的新生活。

一位父亲停在主席台前，
用双手高高举起他的小孩。
微笑而深情地对他看着，
脸上露出幸福的神采。

1　选自保一九四四年至一九四九年诗集。

他的心激动得像在童年。
在城里这么多人的面前，
他感到一切都像在童话里面，
生活是这样的可喜和遂人心愿。

时间匆匆。请相信：年年岁岁，
将会换上更加美丽的容颜。
在原野、公园和无数的家庭，
将会洋溢着更美好的笑靥。

时间匆匆。在蔚蓝的天空，
映照出我们祖国的巨变。
她以巨大的飞跃在突进，
把贫穷、落后和苦难甩在后面。

在这惊诧的小孩面前，
我们为将来的时日许愿：
当他若干年后长大成年，
将会有童话真正地实现。

（陈九瑛　译）

放　言

天穹像个帐篷罩在我的头顶，
缀着星星、月亮和太阳。
宇宙中刮来阵阵和风，
带着企望充溢在我的胸膛。

在这恐怖莫名的宇宙空旷中，
亲爱的朋友，快快来到我身旁。
我热爱人们，热爱这尘埃飞扬的土地，
和这城市上空高耸的楼房。

我幸运地生活于这人间仙境，
时间像河水那样向前奔流；
我淌下最后的热泪，
幸福自豪地站在这世界的前头。

一九八五年

（陈九瑛　译）

维塞林·汉切夫

（一九一九年至一九六六年）

毕业于索非亚大学法律系。二战末期参加过反法西斯战争。一九四四年后，曾在索非亚电台、歌剧院、讽刺剧院、电影制片厂任编剧。

汉切夫的诗歌多以战时生活为背景，表现普通战士的戏剧性命运，揭示他们炽热的爱国情怀。作品感情浓郁，富于打动人心的力量。一九四四年后，他诗歌中的生活内容更加多姿多彩，并以独特的艺术魅力凸现抒情主人公的心理世界，受到评论界和读者的好评。

重要诗集：《十字架上的西班牙》（一九三七年）、《子弹夹中的诗》（一九五四年）、《抒情诗》（一九六〇年）、《风的玫瑰》（一九六〇年）、《为了留下来》（一九六五年）、《愤怒的夜莺》（一九六五年）等。

戒 指

为了你那次悄悄地到来，

这对我仍有如雷声轰鸣。

为了你给我而没索回的一切，

为了在一起时和背后你对我的宽容，

为了有时你简略的话语，

为了你慷慨的温情，

为了你虚弱无力时

给我注入的力量，

为了你的不佳或最佳时刻，

都以我的名字受洗，

我在你的小指上放的不是戒指[1]，

而是我热烈的亲吻。

一九五九年

（陈九瑛　译）

1　戒指：西俗，小指上戴戒指表示终身不嫁。

不，我不能睡觉

不，我不能睡觉，我要到外面去，
到那繁星照耀和狂风吹拂的地方去，
同你一道去说说什么——
那从前没能说或许也不敢说的话。

我的爱人，我没爱够你，也没有疼够你。
为了有爱，有未来的理想，
今天大清早，我就要动身上战场。
责任让我们离别，你别流泪、别悲伤。

如果我在草地上、在冰冷的星空倒下，
你要记住我的好，可你别在我坟上哭泣。
你要迎接我艰难争来的欢乐，
你要替我继续过有爱和有理想的生活！

我会融入自然，我会幸福，会心安，
我不是为悲痛、为眼泪而作战。
我的上空天已快亮，同志们正在赶赴战场。
晚安！我亲爱的妻子，晚安！

一九五九年

（陈九瑛　译）

我的建言

为了你能立足于世，为了能成为人之所需，
甚至为了在你离世后人们心中有你，
你对身边存在的每一事物及每种现象，
都要重新发现和再加以创造。
你再创造时就像在葡萄园中，
把大片的空间关进一小颗葡萄内，
像把那株大树关进一个果实里，
像蜜蜂由土地和阳光酿成蜜糖，
像爱哭泣的女人追求持久的爱情，
像回报丰厚的土地，还有云朵、鸟儿、树叶……
是啊，你应该对每样事物都去感受、去琢磨，
你经手的每一种素材都要重新检验，再次诞生；
你遇到的每一个形象，
都要让它闪耀出以前不曾见到的光亮。
许许多多的思想，可能会使你感到纠结，
会使你久久地产生苦恼。
然后，种种构思便得以最终确立，
就像你肉体上的伤疤又长好了一样。
否则你所选的素材，
怎样才能不断地结出硕果？
有强烈色彩的诗歌和尖锐的讽刺，
亦如在宇宙飞行或炼铁炉中，
否则你拼命追求的目标怎能实现？
即使有短暂的霞光，有给你的美好祝愿，
你跌倒了也须能自己爬起来，
脚步能重新向远处迈开。

那在你头上的抚摩，可能也不怀好意，

还有那地平线上的启明星着实诱人，

啊，这世界应该多加体验，

你身边的一切事物和形象，

都应该在你心中重复地再次诞生，

并用你的心去再加以创造。

为了你能立足于世，为了能成为人之所需，

甚至为了在你离世后，人们心中有你。

一九六〇年

（陈九瑛　译）

安　静

我的心需要安静。

这间房，我把它变成
海底，
把它变成
林中无声的阴影，
以便我的心，
像唯一的一片树叶
在其中婆娑起舞。
我把所有的屋门，
脚步、
劲风、
雨滴、
地板、
大小铃铛的响舌，
全都拔掉。
勒令嘴唇不出声，
不准在街头议论，
以保持绝对安静。
但是，没有安静，
啊，没有，没有。

我全身被铁轨切割，
被话语、
被子弹
穿透；

被犁铧、

脚步

踏过。

我的身上铁锤在击打，

双唇在唠叨，

轮船在吼啸，

鸟群在鸣叫，

在这可笑的宁静中，

那些呻吟和歌声，

强烈地响彻我全身。

啊，没有，

绝对没有安静。

当果汁

变成酒浆，

为了溢出，

它在器皿中来回冲撞，

这也构成为动态和声响。

云彩，

当它默然到来时，

那一团团白絮，

越膨胀越大，

夹带着闪电，

和搏击的翅膀。

这些喧闹，

这些呼声，

哪儿可以去躲避？

不，没有安静。

心儿啊，

它们从你那里迸发出来，
聚集在你那红色甲壳里，
我好随身携带着它们。
我听到：
它们在我身上诞生，
却又将我宰割；
消灭我，
然后又将我复活，
又怎样夺取我的，
每一个角落。

为的是再度
把世界还给我！

一九六六年

（陈九瑛　译）

美[1]

我是那么费心地找着了你，
因这片土地，
整个儿地
都像你。

我是那么地需要你，
我的每一样东西
称呼起来，
都曾用你的名字垫底。

你存在吗？
或许是我想象中的你？

也许这样更好，
也许，
由我想象出的
与我在一起最久的是你，
最后的也是你。
如果偶尔地、
仅一分钟，
用另一个
来替换你，
我就会恨你，
也会最严重地
使我疼痛不已。

（陈九瑛　译）

1　译自诗人一九七九年的作品选集。

伊凡·佩切夫

（一九一六年至一九七六年）

　　中学时因支持罢工被开除学籍。为工人青年联盟成员。后接触文艺界，一九三九年开始发表诗作。一九六八年任讽刺剧院剧作家。

　　佩切夫的诗作多表现工人青年联盟时期的战斗生活，歌颂爱情和大海。他二十世纪六十年代的抒情剧《每个秋天的夜晚》，被誉为当代剧的典范。重要诗集有：《诗集》（一九四八年）、《进攻的时刻》（一九五五年）、《远航》、《抒情诗》（一九六七年）、《发怒的旗帜》（一九七三年）、《影子与翅膀》（一九七七年）等。

同妈妈聊天[1]

妈妈，大概您现在还不想睡，
我也同样没有卧床。
既然黑夜对咱俩都还很长，
为什么不一道发挥点想象？

现在您待在家里的桌子旁，
戴着眼镜，白发如霜。
我是您最小的儿子，
您握着我的手不放。

您沉默不语，目光如电，
报纸摊在您的面前。
您的身影与窗帘一道，
被风吹在了一边。

一位编辑说，"在书的扉页，
打印机打上的是平行的两行。"
您同您当兵的小儿子，
走在队列中也排成两行。

您见我站在战壕中，
有一支枪口对准了我。
我的额头好像已被击中……
您见到蓝天似乎都在慢慢塌落。

1　选自保一九四四年至一九五九年诗集。

别急，您放心，请看着我：
敌人的子弹很难使我玩儿完，
像我一样的儿子有几百万，
妈妈，有几百万！

尽管火药的烟雾弥漫着我们的青春，
苦涩的气味渗入了我们的嘴唇，
妈妈，我们也不会允许，
在产粮食的地里会有人牺牲。

地毯式的爆炸永远遮不住太阳，
也遮挡不了我们的理想。
如有必要，我又能上战场，
横扫千军的炮声会震天作响。

妈妈，一切都将过去，
您会含笑地回想起那次夜晚的惊吓。
我们在路边种植的椴树苗，
今年夏天已经茂盛地开花。

在花儿的下面，黎明的晨光，
抚摩着您因操劳受损的双手。
初学迈步的小孙子，银铃般的
牙牙学语声，使您总也听不够。

（陈九瑛　译）

玛利娅·格鲁贝什利耶娃

（一九〇〇年至一九七〇年）

生于军官家庭，在索非亚中学毕业，一九二七年开始写诗。发表第一本诗集即被吸收为作协会员，写有不少诗歌与小说。二战中，与丈夫一起参加反法西斯活动，同被流放。一九四四年后，积极参加社会主义文化活动。一九五六年后，任《火焰》杂志散文部主任。重要诗作有：《面包与红酒》（一九三〇年）、《快乐的接待》（一九三八年）、《街巷》（一九四二年）、《旗》（一九五〇年）、《愁与乐》（一九六〇年）、《每一天》（一九六五年）、《诗选》（一九七〇年）等。

祖　国[1]

对于我，你就是我故乡的老屋，
周围茂盛的竹葵和蓼丛无际无涯；
在老屋陈旧的屋檐下，
燕子年年来筑巢安家。

对于我，你就是一滴晶莹的露珠，
在竹葵中你好像在以泪迎秋。
你还存在于我对母亲歌声的记忆里，
你使我们的盈盈蓝天上白云悠悠。

在我儿时学习的美妙第一天，
我结结巴巴地念着字母表；
念到保加利亚的名字时，
它在我心中震响得特别自豪。

我无比热爱我故乡的巴尔干山，
和永远回响在山林中的海杜特歌谣。
我的祖辈们手持格杜尔卡[2]
弹唱得如醉如痴，余音缭绕。

但是祖国啊，你不仅总是吐露
那玫瑰花香的浪漫气息。
在你的原野上还烧起了大火，

1　选自保一九四四年至一九五九年诗集。
2　格杜尔卡：一种三根弦的民间乐器。

你宽阔的空间已难于呼吸。

在山毛榉丛中和一些背阴之处，
你像慈母一样收容了一群孩子。[1]
谁是你家的，谁是别人家的，
只有你自己才能清楚地辨识。

法西斯分子像一群恶狼，
夜里追赶并在树林里杀害了孩子。
你听到了孩子们不朽的豪言，
他们牺牲时嘴里还呼唤着你的名字。

我的祖国啊，现在这春天的雨水，
洗去了你在大地上留下的血迹。
青春的歌声已在你空中飞扬，
自由劳动的钟声已四处高昂地响起。

（陈九瑛　译）

1　这里指在保加利亚的本国和外国的反法西斯战士。

小孙女[1]

你在四月和煦的艳阳天出生，
那时玫瑰色的木梨挂满了树梢。
你那幼小的胸中，第一次
发出了不大放肆的喊叫。

那时在春光明媚的原野上，
田地垄沟中一片白雾蒙蒙。
一群白鸽从空中飞来，
轻盈地降落在和平宁静之中。

小孙女在初梦中开始微笑，
我望着她，不由得想到
那朝鲜成千上万的孩子们，
在残酷的炮火中悲惨地呼号。

她们也曾是这样的微笑，
挥动着粉红色的小拳头。
她们也曾是这样的小女孩，
妈妈们的手轻轻地摇动她们没个够。

血腥的世道将要过去，
你不会遭到那些坏蛋的欺压，
在这样丰衣足食的生活里，
你将欢快自由地长大。

---

1 选自保一九四四年至一九五九年诗集。

你未来的事业是什么？
劳动英雄、女诗人或是行医？
我知道，你想做什么就做什么，
世界会完全属于你。

你究竟会手握笔杆还是铁钻？
或是在你心灵中下到矿井里？
你将经过那座宽阔的大桥，
通向那国泰民安的广阔天地。

（陈九瑛　译）

伊凡·布林
（一九一二年至一九九一年）

　　学过兽医学和法学，大学时积极参加进步学生运动，创办过《大学生旗帜》报，二战末作为志愿军事记者参加反法西斯战争，出版过报告文学作品《我们怎样渡过德拉瓦河》。一九四四年后，任作家出版社编辑等职，并研究出版保加利亚民间文学作品。

　　布林的诗歌反映了二战前后的重大社会事件，不少诗被谱成歌曲广泛传唱。共出版近三十部作品，重要诗集有：《葡萄锈病》（一九三八年）、《英雄的日子》（一九四二年）、《祖国》（一九四六年）、《虹的色彩》（一九七〇年）、《保加利亚人的葡萄园》（一九七三年）等。

保加利亚人

做一个保加利亚人，听起来很自豪，
这也是一个符合实际的古老定见。
直到他最后闭上双眼，
他也不会出卖自己的信念。

作为保加利亚人，他的种族，
曾为布兹鲁贾和维拉[1]献出自己的子孙。
这外族曾经淌过血河徒涉地，
也熟知巴拉贝尔[2]之死的真谛。

作为保加利亚人，他的血不是水，
而是浓烈的葡萄酒浆。
那些颂扬保加利亚人的歌声，
都来自斯特兰贾，直达伊林－皮林山上。

作为保加利亚人，他曾闪光在
远古的壁画和海杜特歌曲中，
而不是那出卖自己的兄弟，
出卖过列夫斯基的劣种。

一九七三年

（陈九瑛　译）

1　维拉：一座小山。
2　巴拉贝尔：可能是一位海杜特。

226

我们曾是七名铁汉[1]

我们曾是七名铁汉，
七名铁打的游击队员。
既没在子弹和绞索前吓得发抖，
也没因沉重的锁链和创伤而失颜。

在为祖国、人民严肃的尽职中，
我们不知道什么是眼泪。
那家乡果园的葡萄熟了，
姑娘们逡巡的眼珠永不疲惫。

我们曾是七名硬汉，
还有一名女游击队员——依琳娜，
她橄榄似的眼睛目光有点忧郁，
从各方面看，年纪不过十七岁大。

在严峻与艰巨的任务来临之际，
她赶到我们战斗的核心组。
我们劝她别参与，她却紧皱眉头，
随即同我们上阵，被暮色卷走。

我们光荣履行了艰巨的任务，
几乎没有错失地完成了作战计划。
这次行动我们至今还记得清楚，
可是，我们付出了牺牲者——伊琳娜。

1　选自诗人一九五二年至一九六四年诗集。

我们曾是七名铁汉——

七名在艰苦的战斗中，

无论面对子弹、绳索或铁链，

从未吓得颤抖的铁汉。

但这一次，七名铁汉再也把持不住自己，

七对泪眼在男人的睫毛下颤抖不已，

在那儿，在荒芜了的葡萄园，

在那儿，在耕种者抛下的田地里。

七名铁汉痛哭——

为了一名女游击队员。

为了那橄榄似的眼睛的忧郁目光，

为了那看起来不过十七岁的姑娘。

（陈九瑛　译）

斯特凡·斯坦切夫

（一九〇七年至一九九一年）

　　曾学过图书馆学。在布尔加斯城任图书管理员时，发表诗作，后任索非亚图书馆高级管理员，并先后任《电影与摄影》《旅游者》杂志主编。与多种杂志合作写诗、杂文、小品和游记。

　　重要诗集有：《被打断的射击》（一九二九年）、《友谊》（一九三〇年）、《色雷斯之歌》（一九三九年）、《黑海的水手》（一九四〇年）、《为儿童而歌》（一九四三年）等。

希普卡[1]

我的头上现已堆满白霜，
却仍然会想起童加河[2]旁。

我满怀深情地思念我的故乡，
五月玫瑰装点了我童年的时光。

在汹涌的流水边与嫩绿的垂柳下，
我从河岸向着老山[3]凝望。

我的目光追不上白云的飞驰，
我的思绪却依旧向北方翱翔。

它像老鹰一样飞行在布兹鲁贾山上，
转瞬间，我听到"鹰巢"有枪响。

旋风似的搏斗与血的厮杀中传来了口令，
在本土的语言中掺和着俄语的声音。

雄伟的巴尔干山淹没在烟火里，
它随爆炸而呼叫，因流血而被污染。

一群士兵呼啸着冲上山顶，

1　选自保一九四四年至一九五九年诗集。
2　童加河：位于保加利亚西部，是马里查河的支流之一。
3　老山：即巴尔干山。

土耳其屯垦兵在尸体中爬行。

士兵们的军刀砍杀使他们号叫与哭泣，
山岩向他们倾泻石块，山峰则巍然挺立。

子弹像雨点般倾泻了三天三夜，
直到大片白云涌现，时光才翻过新的一页。

哥萨克[1]跟随将领冲向前方，
手执长枪，英勇地面对死亡。

胜利的消息传来，俄国的英雄归来。
我们的人民重又新生，成为国家的主人。

在汹涌的河边，在垂老的柳树下，
今天的孩子们又嬉戏在河岸边。

当一架飞机的轰鸣声响起，孩子们向它一路追去。
他们的目光投向了"鹰巢"所在的山间。

飞机在希普卡上空盘旋，似乎屏住了呼吸，
那是在向创造了昔日传奇的山峰致意！

（陈九瑛　译）

1　哥萨克：原为俄罗斯人中的农奴，因逃避压迫剥削流亡至顿河、库班河流域。性骁勇，善骑射，俄对外用兵时，常被作为冲锋陷阵的先锋。

潘特列依·马特埃夫
（一八九八年至一九五七年）

毕业于军事小学，当过军官，后就读于自由大学的商业经济专业（一九二三年至一九二七年）。一九四四年后在电影制片厂、索非亚电台及《晚报》工作。

一九二三年开始发表诗作，主要诗集有：《喜马拉雅山与我》（一九三三年）、《子午线》（一九三六年）、《胜利的这年》（一九四五年）、《和平的叙事诗》（一九五〇年）、《诗选》（一九五七年至一九六五年）等。

罗多彼[1]的白昼

你幻想有一扇童话似的奇窗，
从中看到世界的真实景象。
不是吗？这世界已舒展在你的眼前，
就像在你年轻时的梦幻中一样。

罗多彼的山峦巍然矗立，
高耸地透过云层直达天际。
从那阶梯似的幽暗森林处，
放射出霞光万丈的晨曦。

你陶醉在无比纯净的愉悦中，
清新爽朗的空气沁入你的心房。
在这明媚春天的清晨，
身旁水库的水波辉映着金光。

白昼在罗多彼飞快地拉开了帷幕，
渗入到层层叠叠、迷梦般的密林里，
渗入到那些昏暗潮湿的洞穴中，
并以铃铛的声响唤醒了沉睡的牧场。

在广袤无边的崇山峻岭中，
阒无声息的寂静浸透山岩。

---

1 罗多彼：指罗多彼山，位于保加利亚南部边境的高山。它的北面是富饶的平
原，西面有丰富的矿藏、充足的温泉与矿泉水，也是风景幽美的旅游地。
选自保一九四四年至一九五九年诗集。

这里是土地镀成金色的人间白昼，
也是宇宙射线充盈弥漫的空间。

这光亮永远不会在人们的心中熄灭，
这光亮让白昼渗入到罗多彼的工厂。
在昏暗中，巷道工正小心翼翼，
用钻孔机挖掘着引水的河床。

渠水按设想的标尺汇集到高处的中央，
沿着电站的梯级向下流淌。
人们劳动的热情之火永远不会熄灭，
在不平静中永远不会烧光。

你过去曾经梦想的那扇奇异的窗，
从那儿能看到世界的真实景象。
不是吗？这世界已舒展在你的眼前，
祖国就如同你梦幻中所见到的那样！

（陈九瑛　译）

兰·鲍西列克

（一八八六年至一九五八年）

原名根乔·内根措夫，毕业于索非亚大学斯拉夫语言文学系与法律系，一九一六年获法学博士学位，曾任律师。因对文学有兴趣而放弃旧业，创办《萤火虫》《儿童之乐》等刊物。他写有大量儿童散文与诗歌。其诗作充满人情味，细腻而逼真地表现了儿童心理。他还翻译了大量世界经典儿童文学作品。其重要诗集有：《啾啾叫声》（一九二五年）、《未出生的姑娘》（一九二六年）、《紫罗兰》（一九四三年）、《老家的屋檐》（一九六四年）等。

新　歌[1]

我动听的芦笛啊，

你能奏出悠扬的旋律；

我和你同卧同起，

带着你干活也不费力气。

春夏秋冬，一年四季，

我同你唱歌都有新意；

唱那满载荣誉的义务队，

和那小队长助人的事迹；

唱那养鸟人与牧羊女，

和那猪倌与挤奶员；

唱那英雄的拖拉机手，

和那收割机的驾驶员；

唱那些歌唱家与竞技者，

和那闻名遐迩的演奏员。

我同你，芦笛，轻快地唱奏，

让昂扬的旋律响彻云天，

让动人的新歌，

在四面八方回旋。

（陈九瑛　译）

1　选自保一九四四年至一九五九年诗集。

年轻的车夫[1]

河水欢快地哗哗流淌，
马车昂扬地放声歌唱，
两匹马儿奋蹄前行，
奔驰在阳光耀眼的大道上。

驾，飞吧！我的小快马。
小鸟啊，你也在花枝上欢唱吧！
我是年轻的车夫——
我已经接替了我的老爸！

我牢牢地把握着缰绳，
策马行进在原野上、森林里；
在那农场的田地上，
骠勇的马儿奔驰不息。

在合作社的大院中，
在敞亮洁净的马厩里，
马儿贪婪地吞食着精料，
随后就快乐地嘶鸣，打起了响鼻！

丰收的喜悦充盈着夏季，
马车满载沉甸甸的麦粒，
还拉着金黄色的新鲜水果，
让工作着的人们分享我们的劳绩！

（陈九瑛　译）

1　选自保一九四四年至一九五九年诗集。

阿列科·安德列埃夫

（一八九九年至一九六七年）

毕业于索非亚大学哲学系，后任中学教师。一九一八年发表诗歌，主要表现两次世界大战间革命知识分子的思想情感。一九四四年后，也写诗歌颂新的社会生活。主要诗集有：《平原中的钟声》（一九四〇年）、《在恐怖之下》（一九四五年）、《诗与长诗》（一九五一年）、《诗与长诗》（一九七〇年）等。

朋　友[1]

你将友好的手伸向了我，
高兴地拍着我的肩膀，
朋友式地喊出了我的名字，
我们的搭话开始有些入港。

我俩已慢慢笑逐颜开，
我的眼睛、脸色顿时又显深沉。
不久，我俩又互表亲昵，
两人的谈话也更显真诚。

现在我也用你的眼睛，
观看世界、人们、生活与书本，
我的灵魂也随之提升，
听到了黑暗里枷锁的断裂声。

（陈九瑛　译）

1　选自保一九四四年至一九五九年诗集。

自由呼吸的空气[1]

我见过来势凶猛的倾盆大雨，
形成排山倒海的洪流。
从峰顶的峭壁奔泻而下，
拆裂式地直冲山谷深沟。

我见过五彩缤纷的长虹，
在碧空映衬着雨后斜阳。
那雨水构成的巨大喷头，
将地平线冲洗得一尘不染。

祖国啊，不是这样的风暴，
不是这样爽快的雨水，
冲刷走你的苦难，
直落那大海的深处了吗？

祖国啊，母亲！那悲痛、死亡的日子，
都不会再有，一去不复返！
现在，周围充满了自由呼吸的空气，
我们的生活进入了新的循环。

（陈九瑛　译）

1　选自保一九四四年至一九五九年诗集。

韦塞林·安德列埃夫

（一九一八年至一九九一年）

曾在索非亚大学攻读法律。因从事革命工作遭迫害转入地下，后参加游击队。一九四四年后，曾任《人民军报》和《文学阵线报》主编、作家协会书记等职。他的作品以描写游击队的战斗生活和歌颂反法西斯战士的献身精神为主，著有诗集《游击队员之歌》（一九四七年）等。二十世纪七十年代，他的诗作曾被译成二十余种文字，具有广泛的影响。

海杜特之夜[1]

巴尔干山今夜欢乐开怀，
海杜特的青春焕发，笑逐颜开。
一些古老的山毛榉被砍断了枝叶，
生长了多年的森林相形变矮。

从远处刮来了凛冽的劲风，
深夜里寒风的呻吟异常恐怖。
飞雪尖锐地扑面抽打，
还传来了饿狼的嚎哭……

坑道里爆发式地响起了年轻的歌声，
嘿！这是自由游击队举行的游艺会。
游击队在歌颂那勇猛的杰出伙伴，
歌颂他们敢于冒死的精神可贵！

他们的歌声压倒了风暴，
他们自豪地歌唱着海杜特歌曲。
他们的眼里冒着愤怒的火花，
还将那铁扇似的大手不停地飞舞。

他们歌唱着并开口放声大笑，
这个世界上没有什么能将他们吓倒。
他们何止一次与敌人厮拼，
何止一次地敢将死神赶跑。

1　选自保一九四四年至一九五九年诗集。

这是我喜欢的黑夜，

我喜欢在营地的岗哨上担任守卫。

我醉心于那黑夜的残酷无比，

和它那无比强烈的野性美！

（陈九瑛　译）

共产党员[1]

纪念我的游击队战友——斯特凡·米内夫·尼科洛夫-安东

多少天来的拷打——没有吐露只言片语，没有哀号和呻吟，
只是嘴唇犯了错——轻轻嘀咕了一声：安东！

自己的名字他说了，但这之后一直默不作声。
可遍体鳞伤，伤口流着血和脓……

"你的同伙在哪儿？"……他仿佛见到了亲爱的队伍，
他微微睁开了眼睛，身体抽动了一下，但不屈服。

丧心病狂的特务在他身旁开了一枪，
他斩钉截铁地回答："刽子手，向我开枪！"

他们在他伤口上撒上了盐——如上火海刀山，
他咬紧牙关……竟如此默默地忍受熬煎。

在无可奈何时，他们又一再将他拷问，
在痛不欲生中他缩成一团，但仍旧默不吭声。

后来他们慢慢缓和了一下……不禁诧异和惊呆，
他们暗暗盯着他，他仍然沉默、骄傲、豪迈。

---

1 选自保一九四四年至一九五九年诗集。

"不是人，简直是铁！"法西斯特务咬牙切齿地狂喊。

九死一生者说：

"不是铁，是共产党员！"

（陈九瑛　译）

尼科拉·马兰戈佐夫

（一九〇〇年至一九六七年）

　　曾在德累斯顿和柏林学习建筑学。一九二三年至一九三二年在德国工作。回国后为建筑学家，后任《画廊》杂志主编，是索非亚机场等大型建筑物的设计师。他八岁时在《小夜莺》报上发表诗作；后在许多杂志上发表诗歌作品，并创办文学与文艺批评杂志。他的诗歌主要歌颂英勇睿智的人民大众，后期着重表现祖国的建设事业和与苏联的友谊。在工作之余，发表了三十余部诗歌和散文作品。

　　重要诗集：《盛开的椴树花》（一九一七年）、《年轮》（一九一九年）、《传奇》（一九四七年）、《家谱》（一九六九年）等。

在日出前[1]

你已经敢于梦见，
和平年代的日出。
但它不会白白送给你，
而是要你用艰苦去换取。

从前线回来的士兵，
取下了护身的十字架。
他喜见这块阔别的土地，
以及那繁星闪烁的天际。

等着你的是家，牲畜，
和那些生了锈的器具。
可你自己也不知道，
对什么东西更有兴趣。

也欢迎你，女士兵，
你与丈夫勇敢地同行。
面对那殊死搏斗的场面，
你强忍的眼泪也会沾满衣襟。

你坐在盛开的樱桃花下，
或在家中的火炉边，
回想过去以为那是梦——
二次大战的整整六年。

---

1 选自保一九四四年至一九五九年诗集。

坏事这么快被人遗忘，

获救者都会以固有的坚强，

搭建起一座新的桥梁，

以通向美好生活的殿堂。

只是有一位披着黑巾的母亲，

在那破旧的五斗柜中，

翻找她儿子的衬衣，

作为对战火中牺牲的英灵的念记。

（陈九瑛　译）

达维持·奥瓦迪亚

（一九二三年至一九五九年）

出生于烟草工人家庭，毕业于索非亚大学俄罗斯语言文学系。年轻时因参加进步学生运动被送进劳动教养营。逃出后参加了游击队。一九四四年后从事编辑工作，曾任人民青年出版社文艺部主任、《九月》杂志编委。

奥瓦迪亚诗歌的重要主题之一是游击队生活，讴歌了经过残酷斗争考验的共产党员的英雄形象。主要诗集有：《相见太晚》（一九四六年）、《游击队员的日子》（一九四八年）、《最后一瞬间》（一九五〇年）、《游击队员还活着》（一九五一年）、《讽刺诗》（一九六一年）、《必须活下去》（一九六七年）、《白雪地毯》（一九七五年）等。

青　春[1]

我们不经意地走过
美丽、温柔的姑娘身边；
既没看清她们身着的服饰，
目光也没在她们身上流连。

我们只是参加会议，分发传单，
只是辩论，用火热的语言。
而她们玫瑰似的脸庞火样的烫，
殷红的嘴唇令我们垂涎。

沿着幽暗隐蔽的小径，
走向李花盛开的公园。
她们大概在讪笑我们，
对我们的木讷不以为然。

一切热情的小故事，
都向平静的时代退去。
我们只是战斗、战斗，
向着伟大的未来冲锋在前。

对那没有抒发激情的年代，
我们迄今也不觉得可叹。
只是为那些不曾亲过吻的
牺牲了的同伴而感到遗憾！

（陈九瑛　译）

1　选自保一九四四年至一九五九年诗集。

历史用鲜血写成

历史用鲜血写成……

我曾经以为，这不过是陈词老调。
但是，当同志们被杀害、惨死倒地，
鲜血溅湿了我们的眼睛，
我们会义愤填膺而哭泣！

我们不为荣誉，不为金钱，
迎着敌人的子弹前进。
敌人的枪炮向我们射击，
我才明白了这普通字眼的真谛：

历史，我们用鲜血写成！

一九五六年

（陈九瑛　译）

阿森·鲍谢夫

（一九一三年至一九九七年）

　　师范学校毕业后，当过教师，此时开始发表诗作。后学习法律，并任《晨曦》报记者。因参加反法西斯活动被投入集中营。一九四四年后，任《晨曦》报主编。一九四五年至一九五二年任《九月》杂志主编，一九六一年任《黄蜂报》主编。

　　鲍谢夫的诗作主要表现独裁政府统治下，人民尤其是少年儿童的痛苦生活以及他们追求幸福的理想。一九四四年后则着重表现劳动者献身建设事业的积极奋斗精神。重要诗集有：《欢乐的生活》（一九四一年）、《奇妙的时间》（一九四五年）、《九月的儿童》（一九四六年）、《献给十月的花》（一九六七年）等。

为了你们，孩子们

我们祖国一系列的五年计划，
成为和平劳动的腾飞指引。
孩子们，为了你们，祖国遍地
展现出看不完的动人美景。

为了你们，孩子们，新建的水库，
灌注着蜿蜒曲折的流水；
为了你们，田地没有了边埂，
它延伸到了巴尔干的山麓。

为了你们，在马里查河的河边，
亮起了季米特洛夫城的无数灯光；
为了你们，多布罗贾[1]的麦田中，
壮实的麦穗沉甸甸地低头摇晃。

为了你们，果园里的葡萄滴翠，
桃花的姹紫嫣红平添了玫瑰的芬芳。
为战胜荒野的凋残枯萎，
茂密的森林更加蓬勃地生长。

为了你们，布列什梁[2]有密布的渠道，
银光闪闪的水流可解除田地的干旱。
城市的科学家们在明亮的实验室里，

1　多布罗贾：位于保加利亚东北部，是从东欧进入巴尔干半岛的走廊，多瑙
河下游经此注入黑海，形成秀丽的三角洲。
2　布列什梁：保加利亚南部的村庄名。

为你们的成长施展着自己的才干。

为了你们，工厂里一班接着一班，
工作中屡创新的业绩。
为了你们，工人们辛勤地在机床边操作，
纺织女工们织出了金色的布匹。

为了你们，体魄健壮，健康成长，
学校的校园里普照着灿烂的阳光。
展板上张贴着各色英雄和先烈们的照片，
那都是为你们牺牲的志士仁人的遗像。

在划着白线的区域里，
为了你们，竖起了红旗。
战士们坚定地守卫着祖国的国界线，
严防着敌人对我国国境的闯入和袭击。

人民像慈祥的父母一样，
时时处处把你们挂在心上。
从一个钳工、一个生产小组，
直到部长会议的成员无不都是这样。

我们的党和国家，
指引和鼓舞着我们，
向着未来勇猛前进！
为了你们，
为了你们！

一九五五年

（陈九瑛　译）

多布里·若特夫

（一九二一年至一九九七年）

上中学时因从事反法西斯活动被判十五年徒刑，越狱成功后参加了游击队。一九四四年后曾在《人民青年报》编辑部、人民青年出版社、《黄蜂报》报社任编辑。一九四二年开始发表诗作。他的前期作品主要表现敌人的残酷迫害和游击队的艰难斗争与困苦生活。诗歌感情浓郁、色彩鲜明，战时景象，跃然纸上。后期作品多抨击社会的消极现象。

主要诗集有：《渴望》（一九五一年）、《劲风》（一九五八年）、《在魔鬼家做客》（一九六二年）、《呐喊》（一九六六年）、《鹰的盘旋》（一九七七年）、《礼仪之歌》（一九七九年）、《途经走过之地》（一九八一年）等。

传　说

黎明的清风吹拂着、抚摸着
因炎热而变得发黄的黑麦；
那宽阔的金色麦浪在沙沙作响，
从纵横阡陌的田间传出了声浪。

在小麦田里那株山楂树旁，
躺着一位受重伤的游击队员。
一位脸色苍白的游击队姑娘，
在为他包扎血污的枪伤。

她被血染的手指迅速地包扎着，
唯愿能在夜幕退去之前收场。
他已奄奄一息，但仍喃喃低语地说：
"我烧干了，烧干了，水，水！"

她枉然地望着宽广的麦地，
见不到一处水源，无边无际地枯干。
甚至清晨的露珠也被风儿那
看不见的、滚烫的嘴唇吸干。

他是她亲密难舍的伙伴，
她是多么地热爱着他！
她在少女的热恋与沉痛的悲伤中，
簌簌不断地落下了清泉似的泪珠。

后来怎样了呢？在那小麦田里，

在那因干旱变枯黄了的山楂树旁，

在那被眼泪湿透的土地上，

冒出了一股股晶亮的清泉！

一九五一年

（陈九瑛　译）

一名未成年者[1]

"我感到十分幸福，

因为我是在未成年者中第一个被判处死刑的人。"

——摘自工人青年联盟盟员佩特尔·基里亚科夫的遗书

我们目送就义的人岂止一位，

我们哭泣着，没有话语，没有眼泪。

在临刑前的最后一刻，

昂首不屈的英雄好汉岂止一位！

他毕竟很小，还是个少年。

"那些万恶之徒真会判他死刑？"

我们在窒息的宁静中侥幸观望，

迎来的却是这未成年者被判极刑。

在这惨痛的诀别中，义无反顾的

工青盟员好汉岂止一人！

可是在牺牲前这娃娃样的脸上，

谁能塑造出这视死如归的义勇气概！

"同志们，不要为我悲伤，

狠狠打击法西斯豺狼！"

那名看守脸色惨白地站在一旁，

惊诧的两眼盯在这少年的小脸上。

---

1 选自保一九四四年至一九五九年诗集。

判决后他威武不屈地来到刑场，

赴义时他更加英勇刚强，

——这也许是因为他还年少，

还不懂得死神就等候在他的身旁。

不，不——在这少年深陷的双目里，

在这未成年者被击穿的胸膛中，

你，我们鲜活的时代，

正以伟大的成年向前猛冲！

（陈九瑛　译）

"一带一路"沿线国家经典诗歌文库

（第一辑）

主编　赵振江

副主编　蒋朗朗　宁琦　张陵

保加利亚诗选

下册

陈九瑛　刘知白　编译

作家出版社

目　录

第二次世界大战后的诗歌（续）

第二次世界大战后的诗歌（续）

（一九四五年至二十世纪八十年代）

勃戈米尔·莱诺夫

（一九一九年至二〇〇七年）

　　索非亚大学哲学系毕业，早年从事反法西斯地下报刊编辑工作。一九四四年后曾先后任《文学阵线报》等数种报刊主编、作协副主席、美学教授、保加利亚科学院通讯院士。他早年写作诗歌，正当象征派诗歌盛行时，但他多受现实主义诗歌的影响，诗中主要表现战时索非亚的社会现象和人间百态。一九四九年后以满腔热情歌颂祖国的建设事业。二十世纪六十年代写作大批小说，也写有诗歌。此后的诗歌常表现对以往社会现象的反思和对眼前事物的审视与感怀。

　　重要诗集有：《诗》（一九四〇年）、《爱情的历书》（一九四二年）、《诗集》（一九四九年）、《五年计划的诗》（一九五一年）、《城市的风》（一九六九年）等。

重新开始

生活并非起始于
我们生下来的那一天；
也并非终止于
我们逝去的那一天。
当我逝去时，
那天堂的安乐世界，
是胆小者的臆想；
而那坟墓则是
劳累者的理想。

我们开始走自己的道路，
遵循着祖辈搏斗的轨迹；
并在子子孙孙的事业中，
继往开来走这条路。
我们经历了和平的时期，
也遭遇过腥风血雨的事件。
在战争与革命中，
死亡迎接过我们。
为了争取幸福，嘿，
刚刚迎来了胜利……
我们在胜利后，
却又重新犯下错误。
当在街垒上遭到杀害，
我们又挺身而起。
祖国啊！在你的名义下，
我们继续迈步前进！

到何时，我们还要起步？

为什么，又总要返回？

我们是在黑暗中寻找光明，

在重大的精神打击下寻找希望。

请问那无底的黑夜，

为什么要吞噬着我们？

请问那威严的

重又引领我们的太阳，

谜底究竟在哪一边？

在拐弯处的那条蛇蝎路，

在那山脊、山峰的中间，

还是那云雾缭绕的神殿？

不论怎样，广阔的原野，

伸展在我们面前。

我们且以衣衫褴褛的平日，

和五彩缤纷的梦想，

再一次迈步向前，向前！

一九六六年

（陈九瑛　译）

诗人爱美

诗人爱美，
诗人到死也为那些动人的东西奔忙。
他们创作了千百本诗集，
写那些幸福的爱情，
和成千上万的
其他不幸的爱情。
而那些既不是幸福，
也不是不幸福，
平淡无味的、
无足称道的、
不用订婚戒指装饰的爱情，
却一首诗也不曾写过。

诗人们跟在美的事物后面，
不停地奔跑，
就像那捕蝴蝶的人。
他们坚定地歌颂，
那绿荫中的春天，
金黄色的夏天，
铜红色的秋天，
白花花的冬天。
把月亮拟人化，
向太阳提问题。
却看不见
那对面的入口处，
一位小个子老太太，
栖身在风雨中的
避风处。

因为那不是情侣们富有诗意的风雨，

而是我们平淡无奇的、

不值得一提的、冰凉的、

充满烟尘的风雨。

诗人爱美，

一路上小心地采集美，

直到那最后的一星半点。

我跟在他们后面，

收集残留、剩余物，

在那些平淡无奇的东西里，

寻找——可能枉然——诗意！

不然，对这些东西，

谁也不会为沾一下边费力气。

因此，不要问我，

为什么写平庸的爱情，

写那些普通住宅里的平常拥抱，

写香烟烟雾里单调的无眠，

写因时间流逝而褪了色的

记忆中的破烂，

写无悲痛的死亡，

和无呻吟的别离。

请你们不要问！

难道会有人问那些穷苦人，

为什么要在垃圾箱里，

而不是去银行的钱柜里，

去翻找东西！

一九八八年

（陈九瑛　译）

帕乌林娜·斯坦切娃

（一九〇九年至一九九一年）

中学毕业不久即开始发表诗作。一九四五年至一九五〇年任《今日妇女》杂志编辑，一九五一年至一九五六年任索非亚电台编辑，同时是妇女运动的活动家。早期作品反映小资产阶级知识分子厌恶法西斯主义的情绪，后期表现人民群众的反法西斯斗争。一九四四年后着意表现新生活中的种种美好现象。这些诗歌，感情真挚，表现手法细腻，深受读者喜爱。写有十余部诗集及多部散文集，也写有不少儿童诗。重要诗集有：《日日夜夜》（一九三四年）、《山间小学》（一九四六年）、《有鸽子的窗》（一九六一年）、《白昼是债务》（一九六五年）、《岸》（一九七七年）、《绿色万岁》（一九八〇年）等。

窗[1]

你见过那面三扇的窗子吗？
它就在被熏得发灰了的墙上。
墙上那最后一场战争的痕迹，
至少还没被时间清洗光。

这面窗像其他许多窗一样，
它经历过世道翻覆的沧桑。
同住宅区其他的窗一样，
紫色的清晨总以阳光将它照亮。

这很平常，但多少也有些异常。
它成了少见的、引人入胜的景观——
在夏季不宁静的时日里，
这里是鸽子群热闹聚集的乐园。

是什么诱惑了、吸引了它们的到来？

两只纤细的手——少女的手，
像鸽群中两只幼鸽那样稚嫩的手，
不太熟练地捏碎着面包，
十分慷慨地养活了这一大群，
多姿多彩、嘴里爱唠叨的禽鸟。

那双饱含着人类善良的手，

1　选自保一九四四年至一九五九年诗集。

给予鸽群以面包，也给予了我

对世界的深切关爱，

并祝大家，一生幸福平安！

（陈九瑛　译）

天竺葵与大海

天竺葵有几枚老叶已经枯萎，
我已将它们拾掇干净。
之后我的手好像浸入到
带着清香的古双耳酒瓶里。
这芳香不由得把我与往昔相连，
如同脐带将胎儿与妈妈系在一起。
我祖母种植着天竺葵，
是为了万灵节[1]，也是为葬礼；
她用线绳将花朵穿成花环，
供奉到新老坟墓上表达敬意。
在妈妈为我扎辫子时，
她轻软的手也散发着花的香气。
在我还未谙事的幼小年纪，
记得那金色的太阳从东方升起，
照射着窗台上的天竺葵，
并透过那一簇簇的枝叶，
照在那火红的多瓣花朵上，
成为在地毯上爬动的花影。
我甚至断然认定，
那香气也来自天竺葵的花蕊。
在那个同样朝东的窗口，
给屋里传来了哗哗的浪涛声，
那是大海不平静的呼吸。
由此，我心中萌发了大写祖国的意念，

1　万灵节：悼念亡灵的节日。

并这样一直延续存在到今昔。

沐浴着天竺葵不消散的芬芳，

倾听着大海之滨那爽朗的喧哗，

即使那声音来自极遥远的距离，

如今也能顺利地到达我这里。

一九七五年

（陈九瑛　译）

姑娘们

昨天你们还在摆弄玩具娃娃，

今天已将它们扔进废物筐。

在无意义和可笑的打闹中，

昨天你们都还在哭天抹泪，

今天雨过天晴，你们已成长为小姑娘。

处在一个窘迫而又难以理喻的年龄段，

这会把母亲们的心情推向惴惴不安。

你们的愿望往往盲目而不够明晰，

感情往往不够持久、不够专一。

这像那青嫩不成熟的果实，

它们是那样的发酸与苦涩。

你们还常被指责为三月里无常的天气，

白费充盈的情感而不知珍惜，

还以所谓安琪儿犯错不为过来安慰自己。

那不可靠的梦魇、紫铜的合金，

你们视为真理和黄金；

而明白无疑的事物你们却予以否定。

你们敏感的心灵误入迷途，

母亲们合理的劝诫和闺训，

有如危险十字路口的交通信号灯。

有益的指引本可使你们头脑清醒，

可是你们不领教、不容忍。

你们一旦度过这个年龄段，

成长为真正的大姑娘，

就会为不可挽回的损失而悔恨，

为被人识破的谎言羞愧难当，

为不能再返回的童年而深感惋惜。

一九七五年

（陈九瑛　译）

镜中的太阳

三扇窗户大大地敞开，
清晨一轮辉煌的旭日，
从窗户中无所顾忌地照射进来，
直接落脚在那面镜子的胸怀。
这既非真实的，也不是假的太阳，
而是太阳连同各色风景的映照：
其中有山丘上空缭绕的云雾，
有几棵白杨树枝叶的招摇，
还有那洁白的高楼大厦——
这构成了画面色彩斑斓的全貌。
啊不，这画面实际上有两幅，
一幅在那油漆木框的窗户上，
而镜子中的则是它的复制物。
两个太阳是那样的雷同无异，
因此你可能会怀疑：
它竟然是对复制品的再一次重复！

窗外有灰里透红的鸽群在飞翔，
它们同镜中的映象可以彼此融合。
一架歼击机轰隆隆地从低空飞来，
在镜子中疯狂地穿行，
几乎要将镜子撞破。
我时而看着窗外的画面，
时而看着镜中的景物掠过，
竟然失去了平衡的感觉……

于是我寻找第三幅真实的画面：

一轮巨大的太阳来到我寂静的家中，

它印刻在我的心中永无讹错！

一九七五年

（陈九瑛　译）

种子的故事

这没加保护的勇敢的种子，
小鸟也没敢啄食它！
它依偎在泥土中，
如同人在妈妈的子宫里。
它耐心地期待着，
极力地向上伸出身躯。
这小小的种子可以诞生出麦穗，
或者是红艳艳的草莓，
也可能——是苦的、有毒的杂草。
面包可以使我们消除饥饿，
草莓可以使午餐有甜美的点心，
而苦涩有毒的杂草呢？
它能提示我们：
关于生活中好坏平衡的
伟大哲理！

一九八四年

（陈九瑛　译）

爱

麦秸容易点燃，容易烧尽，

枯木干柴火焰高，也易于烧尽；

只有鲜活的树，

不易点燃，不易烧尽。

但是一旦着火，就成为烈焰，

成为持久的炭火释放热力。

我在生活中是什么样的呢？

是麦秸，还是干木柴？

最大的可能是树枝——

刚从活生生的树上砍下的树枝。

它向地上流出新鲜的汁液，

我心中旺盛的火焰，

困难而又久久地才将它点燃。

不过，直到今天——尽管它还蒙着灰烬，

这老的炭火还生意盎然地温暖着我的心田。

一九八七年

（陈九瑛　译）

佩尼奥·佩内夫
（一九三〇年至一九五九年）

　　曾参加劳动建设队运动。一九四九年至一九五九年在季米特洛夫格勒当建筑工人兼该市《真理报》编辑，曾任《黄蜂报》编辑。他的诗主要表现二战后保加利亚的社会主义建设，充满爱国热情和以天下为己任的社会责任感。诗风朴实无华，跳动着一颗赤诚的心，其感情性与音乐性深受读者好评，被认为是表现工业建设题材的佳作。主要诗集有：《早安，人们！》（一九五六年）、《我们是二十世纪的人》（一九五九年）、《当浇灌地基的时候》（一九六五年）、《诗集》（一九六一年、一九六七年、一九七〇年、一九八一年）等。

我，人民中的一员

我并不梦想

道路轻松

和永垂不朽，

我只求有一件

冬日御寒的棉衣。

愿我在

这里

建造的一切，

成为

永恒的

业绩！

一九五六年

（陈九瑛 译）

谁是迁入者

我弯着身子，
在那梁柁上
钉紧最后一块板条；
天上的太阳高兴地看着这儿，
不断地对着我瞧。

几天之后，
这楼顶的屋瓦
将连成红艳艳的波浪。
由此构成的住宅群，
以它那雪白的外墙，
热烈地庆贺着
这房屋竣工的吉祥。

我不得而知，
谁将迁居到这里，
谁将在此度过平静的时光？

但是我们只要
将脚手架拆掉，
报告入住时刻的钟声就会鸣响。

从现在起，
我很明白，

人类最大的幸福是：

明天将会迁入

这片已建好的住宅！

一九五六年

（陈九瑛　译）

当浇灌地基的时候

日暮终将有尽时，人们及其
往事、情感和梦想莫不如此。
庭院中的槐花会凋零，
晚风也将在枝头低吟。

我们的生活中即使有东西消失，
仍然会像屋檐滴水那样欢唱不停。
当我们的后代来到这里，
终将成为我们的继承人。

我们的心灵仍会在歌唱中交流，
鸟群也会将新巢筑成，
并依偎在妈妈的怀抱中；
新生的宝贝耀眼得像金色的星辰。

紫罗兰和矢车菊即将开放，
放射出蓝色的光芒。
新人辈出，接替了旧人，
故园今胜昔，改换了天地。

历史会不会以鲜活的记忆，
向他们述说，或者默不作声？
那曾用眼泪浇灌的期望，
是怎样在我们心中发芽滋长？

在饱经战火，腥风血雨的道路上，

我们是如何把最后一个地雷除掉？

我们的欢乐怎样从模框里，

随着楼房一层层向上增高？

我们才只有二十五岁，

头发就已经挂上了白霜；

我们踏着凌晨的初露出发，

而不是把一己私利作为期望。

后辈们，你们即使费尽心思，

到头来也未必能想象，

我们去浇灌地基的时候，

所经历的生活是什么模样！

啊！我们经受了多少苦难，

我们的命运仍然值得称赞！

我们度过的不是平庸的日子，

我们度过的是战斗的时光！

发表于一九六五年

（陈九瑛　译）

迪米特尔·麦托迪耶夫
（一九二二年至一九九五年）

在索非亚大学农学系毕业，参加过反法西斯游击队，后去苏联高尔基文学院学习文学。二战末期担任过反法西斯军队的副指挥员。一九四四年后，曾任《九月》杂志、《工人事业报》等报刊的主编。他的诗作充满战斗的公民激情，表达出站在时代前列的责任感。其重要诗集有：《猛攻》（一九四五年）、《季米特洛夫的一代》（一九五一年）、《梦想的国度》（一九五六年）、《杨树哗哗响》（一九五八年）、《俄罗斯之歌》（一九六七年）、《大迁徙》（一九七〇年）、《一切都将重复》（一九七五年）、《秋高气爽时》（一九八〇年）等。

羊群在路上慢慢走[1]

羊群在路上慢慢走，
披着厚实的茸茸皮毛不停留。
它们的铃铛发出各种响声，
对着小羊羔奏的是《光荣》曲。
它们从巴尔干山回到村中，
一路上排队有序，歇歇走走。
一头小毛驴驮着褡裢踏步而行，
和着铃铛声傲慢地在前面领路。
它的后面跟着弯角的公羊，
再后才是群羊和一条监护的小狗。
小狗时而跑前，时而蹿后，
身披厚厚绒毯的小羊羔儿，
在牧羊鞭的挥动下才入列"阅兵式"殿后。

大山上已有雪的气味，
最后的落叶已遮盖了道路。
金色的麦粒早已打包，
进入劳动合作社的仓库。
新的葡萄酒已经酿好，
平整的田地上麦苗儿快要破土。

来我们这儿做客吧，这个冬季——
不会只有面包和盐招待朋友。
地窖中藏着陈年的葡萄酒，

1　选自保一九四四年至一九五九年诗集。

这不？还有肥美的羊肉。

毛茸茸的羊群在路上慢慢走，
膘肥的绵羊归家晃悠悠。
它们的铃铛发出悦耳的音响，
为我们的合作劳动唱的是《光荣》曲。

（陈九瑛　译）

因为你养育了我这颗心[1]

我曾经自豪，现在我也自豪，
为了即近的往昔和久远的过去，
为了当今生活的时代，
党啊！同你在一起，我永远自豪。

因为你在严峻的时刻，
永不战栗、永不动摇，
因为你像燧石一样坚硬，
你在你的所爱中永远不屈不挠。

你在祖国、人民的上空，
像雄鹰一样展开翅膀。
为的是使和平的天穹永远蔚蓝，
为了田地中麦穗肥大苗壮，
为了冒烟的不会是废墟，
而是那烟囱林立的工厂；
为了昨天还一贫如洗的国家，
你主张向世界前列奋力赶上。

啊，我明白我是在饶舌老的真理，
但是真理虽老，确实是新的先知。
为了老的和新的谆谆教诲，
我无限地感谢你的深情。
你养育了我的这颗心，

1　选自保一九四四年至一九五九年诗集。

让它能面对未来的生存。

你培育了我的爱和恨，

为了对往后的挑战进行斗争。

（陈九瑛　译）

瓦列里·彼特洛夫

（一九二〇年至二〇一四年）

生于索非亚。索非亚大学医学专业毕业。在索非亚电台工作，后作为军旅作家参加了反法西斯战争。曾创办《黄蜂报》，先后任军医、外交官、故事片制片厂编辑。他于一九五六年至一九五七年访问中国，后写有一部六百多页的《关于中国的书》。他的诗歌体裁多样，内容丰富，既善于抒写现代人、尤其年轻人的精神生活，也善于着墨风云变幻的时事画面。轻松幽默、辛辣讽刺也是他诗作的一大特点。他还是位著名剧作家和翻译家。

重要诗集：《北飞的鸟》（一九三八年）、《诗集》（一九四九年）、《我们生活的日子》（一九五二年）、《温和的秋天》（一九六一年）、《非洲笔记》（一九六五年）、《又晴又雨》（一九六七年）等。

车钥匙

昨天深夜我把汽车停在房前，
黑暗中把车钥匙丢失在车门的外面。

早晨快七点，我出门寻找那钥匙，
惊奇地打量着人行道的旁边。

莫斯科人 [1] 停放处落满了多齿的树叶，
干枯的叶片同钥匙的黄铜色难以分辨。

天气转凉，烟囱上冒出缕缕青烟，
稀疏的枝杈间现出盈盈的蓝天。

我不知不觉走进街对面的公园，
那辆车子在远处的薄雾中隐约可见。

一派金黄，一片宁静，到处是深秋的气息，
略显潮湿和枯萎，但又清爽与新鲜。

我忽然感到，生活流逝得过于快速，
有如飞奔的激流，似在眼花缭乱地旋转。

啊！坟墓同摇篮相距得并不遥远，
为何还有那么多妒忌，哪儿又来那么多愁怨？

---

1 莫斯科人：苏制小汽车的牌号名称。

可在那宽阔的草地上，又天外有天。

秋日的阳光见到我，笑着同我寒暄：

"老小孩！你在草丛中寻找什么？"

我回答说："一把金钥匙——一个小小的物件。"

一九六七年

（陈九瑛　译）

感　怀

我脑海里今天浮现出
一派寂寥的风景；
在深空的月球，
第一位造访者向我们发出了邀请。

他不过是被无名魔力差遣的穷汉，
对自己的生命是那样的无所谓。
他看起来离我们相当邻近，
似乎跨几大步即可彼此相会。

时间过去了一年之久，
我们相隔的距离依然如旧。
至今我们并未升空旅行，
这使我们产生了深深的歉疚。

请看，他像一朵花儿在星空显现，
仿佛在天际向我们呼唤：
——快快起飞吧，你们大家，
你们不要把我一人留下！

一九六六年

（陈九瑛　译）

灯塔看守之歌

从前，在远远耸立海中的小岛上，
住着一位灯塔老看守。
他曾沿着所有的经纬线旅行，
去过无数地方。
他下定决心：作为老水手，
应该执行古老的海洋天职，
让自己最后的日子，
在蓝色的海浪中度过。
于是，在那个小岛上，
他独自承担重要的任务，
当一名灯塔看守。

于是他弹着吉他
"特啦，塔啦啦，特啦，塔啦啦"，
唱着古老的灯塔看守之歌。

然而人不能无休止地唱歌，
他心中开始隐隐地感到寂寞。
他下象棋和达玛棋[1]，
可是这些棋都该由两个人来下。
天空苍白空旷，
大海简直令人生厌。
除去利物浦至伊斯坦布尔的班轮，
再没有任何其他多姿多彩的事物……

1　达玛棋：对阵双方用不同色的石子或豆粒等玩的一种游戏。

于是，那时他有一个想法，

并为实现它而开始行动：

"由于世界分成两个阵营，

并且保存灯塔的任务已扩展，

特请求增设支付基本工资……的职位

——编内的灯塔助理看守。"

因为当时，

轮船航运部的一个科长，

有一个表弟未在生产部门工作，

让岛上有两个人工作并非难事。

灯塔看守

和灯塔助理看守

两人可以各司其职。

但是助理是个年轻人，

他总是漫不经心。

他不想下棋，

而是对女孩子们感兴趣。

他不想和老看守下达玛棋，

而是想同女士跳舞。

于是那位灯塔看守又有了一个想法，

并为实现它而立即行动：

"由于运输繁忙和暗礁增加百分之三十二，

我请求任命一名女打字员到灯塔……"

而我们谈到那位姑娘：

考试曾得二分，

还曾很有名气：

一分钟打三个字母，

每个词都要用橡皮来擦拭。

可是因为她面容可爱，

又是人事处长的熟人，

几天以后就被任命，

并且甚至已开始领工资。

就这样，岛上有了三个人，

他们勇敢地为灯塔冒险：

灯塔看守、

灯塔助理看守、

打字员。

于是他们弹着吉他，

唱着古老的灯塔看守之歌，

"特啦，塔啦啦，特啦，塔啦啦"。

在这个打字员之后，

有人突然想起提出要求：

"……气象员，为了使灯塔正确地起作用，

十分需要气象员，

因为大气的影响……"

海岛上比较愉快的生活开始了，

因为凑了四个人。

不过，每个人都寻找着

不承担直接责任的途径。

又因为在委员会待着很好，

在你外出时有人替你拿着大衣。

编制在增长、增长，在膨胀，

原先一个人下达玛棋的地方，

伸展着由办公桌、号码、电话、铃铛、钢笔尖和印台

组成的庞大全景画。

老老少少，每个从他们的灯塔走过的人

都会为钢笔的森林、

衣架的山岭、

大头针和订书针的河流

惊讶不已。

所有人都颤抖着大腿：

灯塔看守、灯塔助理看守、女打字员、

气象员、文书、档案员兼登记员、

汽笛处长、天线处长、（红色和绿色）信号处长、

娱乐处长、两名工会干部、监察员、司机、

海鸥和信天翁计数员、

各种问题咨询专家。

他们弹着吉他

唱着古老的灯塔看守之歌，

"特啦，塔啦啦，特啦，塔啦啦"。

新来的人一批又一批，

他们准备好为灯塔服务，

带着自己的孩子、亲戚、老婆，

一个爬到另一个身上

用尖尖的指甲相互狠掐。

因为可怜的小岛没法挺住，

带着轰鸣声和拆裂声在泡沫和拍溅声中

从中间碎裂，

顷刻间隐入水底……

就这样所有人都溺毙，

从第一个看守的司机。

唉，没有来自任何方面的援助。

此前灯塔所在的那块岩石，

奇迹般结结实实地留在水面，

为操心事忙碌的人们从水岸上仍能看见灯塔。

直至一百零一年后，

由于汽油耗尽，灯塔才会停止发光，

因为它是一个优良的、自动化的灯塔。

这就意味着

根本就不需要看守；

还有，说实话，甚至第一位灯塔老看守，

也没有任何古老的海上义务。

他根本不是老水手，

而是兽医专业毕业，

只是想休养一两年。

他弹着吉他，

"特啦，塔啦啦，特啦，塔啦啦"

唱着那首古老的灯塔看守之歌。

一九六二年

（刘知白　译）

康斯坦丁·巴甫洛夫

（一九三三年至二〇〇八年）

　　曾在索非亚大学学过法律。后在索非亚电台、《文学阵线报》、保加利亚作家出版社、保加利亚电影厂工作。一九九二年后任保加利亚电视台第一频道的艺术指导，同年获巴黎国际艺术研究院诗歌奖。他还写有许多剧本和电影脚本。他的诗歌多为讽刺诗。重要诗集有：《讽刺诗》（一九六〇年）、《诗集》（一九六五年）《旧物》（一九八三年）、《安乐死》（一九八九年）、《熟睡者被杀案》（一九九二年）、《伤痛的乐观主义》（一九九三年）等。

伤痛的乐观主义

真是见鬼！
这么长的时间了，
我仍被困在这深渊上方的悬崖里。
我的两腿将在岩石的缝隙中扎根，
与那些坚韧、弯曲、丑陋的灌木丛，
完全一样地生长在一起。
在这儿，
连那山羊也不敢把腿再迈上一级。

然而，从这会儿往后坏事会变好，
这样的困窘和难堪不会再折磨我。
在色彩缤纷中我将开出奇异的花，
并会结出人所未见的硕果。
每个果实都会有不同的形状和滋味，
有人估计它们会很甜，
也有人断定它们会有毒！

嗨！那帮不甚高明的画家，
将会来给我画像，
摄影师们也会登门来凑趣，
几个人可以在此聚一聚！

一九六五年

（陈九瑛　译）

一群夜莺在歌唱
——献给西边公园里的夜莺

啊！那么多的夜莺……

我一面走，一面听，
简直忘乎了所以。
不想猛摔了一跤，
绊倒在一片僵死的尸堆里。

他们是谁？
这是怎么发生的？
谁能告诉我，
为什么随着每具尸体的倒下，
都会有趾高气扬的夜莺在唱歌？

快住口，夜莺，
可恶的夜莺！

但愿在即将到来的宁静中，
会有一只乌鸦来回应。
它能告诉我事情的真谛——
那凶残恶毒的真谛！

一九五六年

（陈九瑛　译）

再告夜莺

可爱的夜莺啊，
你每天晚上的歌声都追踪着我。
你唱的那些歌曲实在可疑，
我只好把我的门窗紧紧关闭。
如果你不是这样的冥顽不灵，
我早就会毫无保留地依赖你。

今天，你那饱含爱意的歌曲中，
那仅有的一点震颤力，
像闪电一样将我触及。
你梦想长出尖利的铜牙利爪，
是你尚未实现的主意。
为此，可爱的夜莺啊，
我只得把门窗仍然紧闭。

我钦佩你歌喉的曼妙，
但是我害怕，
在哪个没有月色的黑夜，
你会一下子长出
那老鹰般的爪牙如铁似钢。
你会不声不响地钻进
我那满是浪漫意味的卧室，
并从我的胸膛中
啄走我那柔软的心房。

一九五六年

（陈九瑛　译）

迪米特尔·潘特列埃夫

（一九〇一年至一九九三年）

在索非亚中学毕业后即辍学，卖过报纸、当过图书管理员、图书馆馆长。担任过索非亚人民剧院编剧，后任作协书记。十七岁开始发表诗作。作为对象征派诗歌的反拨，早期诗歌注重诗中的生活气息，注意表现平凡事物的内在价值。一九四四年后，写作反映新生活的诗作，也针砭社会中的阴暗现象，抒发内心的困惑，反映出社会不同思潮的斗争和现实生活的矛盾。他的诗作至二十世纪七十年代末共有二十来集。他还翻译了许多外国诗。重要诗集有：《桥》（一九二三年）、《射手》（一九二四年）、《樵夫》（一九二八年、一九四二年）、《小窗》（一九三三年）、《诗》（一九六三年）、《活的灰烬》（一九四五年至一九六九年）、《一朝一夕的十四行诗》（一九七八年）等。

我的家[1]

我没有自己的门庭、没有家，
没有故居街道的一个角落。
在我遥远的跋涉之后，
不能随时地回家歇脚。

据我可怜妈妈的回忆，
我降生在一个严寒的十二月里。
在那破旧低矮的棚屋中，
空间狭小、没有光亮、令人憋气，

对那小小的棚屋我已没有印象，
只是在寒冷阴暗的时日里渴望着，
我能停歇在温暖的家门里面，
不做祖国无家可归的流浪汉。

如今我无论何时奔向哪里，
在富饶的色雷斯平原[2]，
或在那山野小客栈中歇息，
我已完全扔掉那忧虑痛苦的心结。

在斯特鲁玛河畔的乡下，

1　选自保一九四四年至一九五九年诗集。
2　色雷斯平原：色雷斯为古地名，色雷斯人为巴尔干半岛最早的居民。后其地由希腊、土耳其、保加利亚等国家分割。现保属色雷斯平原位于保加利亚南部，土地肥沃，物产丰富，为保最重要的农业地区。

或在我国大地的每个角落，

处处都感到这是我的家，

每家门前都能听到温暖相迎的话。

（陈九瑛　译）

关于星光的诗

在老家古老而破旧的门楣内，
我身为父母的长子，
在玩耍中有时是奴仆，有时是主子。
我怀着激情暗暗地期待着光明，
什么光明呢？我自己也说不清。
最初我年纪幼小，后来我又少不更事。
但我以鹰的目光在茫茫尘世中注视，
时而是崇高的面孔，时而是陨落的金星。

而后，当大地平息了灾难时，
我仍在无火的时日里期待着光明。
可是，清晨的霜冻却降临于我。

今天，如同晨星的光明已经来临，
但我依靠它能做什么？
我想，我只能昏然地发出疯狂的笑声。

一九七三年

（陈九瑛　译）

爱的表白

我爱这古老而又广袤的土地，
以及她所有现实的物体。
在这里，我第一次看到白昼和黑夜，
在这里，交织着她深藏的秘密。

我爱她，好像爱我的最受宠爱者，
我爱她，在欢乐和痛苦的时日里。
我爱在我的肩上，毫不犹豫地
将她的春天和冬天通通扛起。

我飞高了，就在她的土地上降落，
或降落在她的平原雨林里，
或降落在她的山岭雪堆里。

当黑夜来临，苦难想摇撼我时，
我爱投递那些没有地址的信，
因它们都浸透着这土地的信息。

一九八九年

（陈九瑛　译）

临街的窗口

各各他街道[1]上的居民，
多的是可看和可取的东西：
住宅区的影院轮回上映，
那再现旧时生活的影片；
市场上已不再喧闹地平静下来，
五光十色的广告在集市上随处可见；
在那三层楼上，今天又重复演绎
那陈旧老套的家庭戏。
我依凭在自己的窗台前，
暗自注目这住宅区里的衣食住行。
瞧，那挖土之人快乐地往回走，
就像条怪蟒那样钻进自己的家门。
他那位邻居摇摇摆摆地跟随在后，
其酗酒的嗜好既受罪，又遭人嫌憎；
他老婆日渐肥胖，面无血色，
可怜她第六个孩子也快要临盆。
夜幕降临，晚风习习，
与那压低了音响的钢琴里
传出的肖邦抒情短曲相呼应。
乐声一停，我即躺下。一切耳闻目见，
及每一张面孔、每一句问候语、每一种噪音，
又在我梦中活生生地重新出现。

而明天，这样的生活又会从头开始！

一九八九年

（陈九瑛　译）

1　各各他街道：以耶稣受难地各各他的名字命名的街道。

真诚的十四行诗

我扔掉了笔，摘下了眼镜，
按熄了烟头，对那椴树致意；
带着混沌的头脑在院中穿行，
经年的委屈和疲劳使我压抑。

在每一次争议和吵架时，
过去时光和现在时光之间，
那些曲折无谓的搏斗，
都使我不愿纠缠，也不愿写作。

我摆脱抒发情感的引诱
和对没意思荣誉的追逐，
我决心在生活中走自己的路。

同我的良心作简要对话后，
从明天起我开始全心全意地工作，
即在这工作室内开始我的新生活。

一九八九年

（陈九瑛　译）

不安的十四行诗

白昼来临，黑夜已过去，
而你还没聚精会神地倾注于
这篇十四行诗的开头。
不感难为情，也不觉不顺手吗？

你缺乏什么呢？经验，还是睿智；
或是无限充足的时间？
可能因那半夜庞杂的辘辘声，
可能因那粗野人群的歌声？

或者因新的严重不安，
或者因疯狂的民间闹事？
在我们这严峻时代的蔓延已经开始。

写每一个抒情文字都很为难，
不过，你不愿永远地被遗忘。

于是，就提起笔，重新写下去了！

一九八九年

（陈九瑛　译）

伊凡·拉多耶夫

（一九二七年至一九九四年）

　　毕业于索非亚大学法律系。参加过一九四四年后的青年义务劳动队。先后任《黄蜂报》和《保加利亚战士报》编辑，保加利亚电视台主编，并担任过"泪与笑"、"索非亚"等剧院的编剧，是保加利亚当代著名剧作家。

　　拉多耶夫早期的诗歌创作多表现义务劳动队的服务活动，充满火热的劳动生活气息。二十世纪六十年代后他的诗作多为讽刺诗，锋芒指向当代社会的种种弊病。其重要诗作有：《旗帜哗哗响》（一九五一年）、《春的苏醒》（一九五三年）、《迪莫·迪莫列耶》（一九五六年）、《诗集》（一九五八年）、《一张白纸》（一九七二年）、《抒情诗与叙事诗》（一九七八年）等。

青年义务劳动队员的一件外套[1]

不知是谁，在寒冷的日子里，
穿过这件磨旧褪色了的呢外套。
在我之前，可能有人为了作纪念，
将这衣上的领章摘掉。

在外套胸前的旧衬里上，
还能略见些字母的印迹；
但主人的姓名早已磨灭掉，
只留下了连队的番号。

在荒野里阵亡了一个勇敢的士兵，
匈牙利的土地收留了他。
他安详地睡在犁过的田地里，
从此没回过家。

呢外套啊，呢外套，你要是能说话……

这件旧衣对我十分珍贵。
它经历过无数次的风吹雨淋，
接受过血与火的洗礼，
遭遇过失败，也建立过功绩。

在它里面有那些不知名的
为祖国献身的忠魂在呼吸。

1　选自保一九四四年至一九五九年诗集。

为赞颂他们，我们高唱英雄的歌，

为悼念他们，我们默哀下了半旗。

因此，每当夜晚我穿上它，

我的心就不安地跳动。

未来，会更强烈地吸引我，

我的人生目标，也会因此更加清晰。

这件旧呢外套的主人，

仿佛无形地站在我身旁。

我——一个第二班的劳动队员，

扛起铁锹替代了枪。

（陈九瑛　译）

绿色的自白

我在所有的书中待过，

我在许多的呐喊声中漫游。

我从来也没把谁当救主——

现在已是春初！

那些种子的心脏，

因需绿色而爆裂开来。

种子——地下的星辰在死去，

雨水，

将为它们燃起一支绿色的蜡烛！

一九七六年

（陈九瑛　译）

关于灵魂的传说

每年秋天，我们的灵魂都集中去旅行。

啊，那暖和的国家、暖和的国家！

我们的灵魂去到了暖和的国家！

而在本国，我们的躯体里却迎来了

狐狸。

在春天，我们的灵魂回来了——

经由格林威治[1]。

于是，在本国的老躯体内产生了自己的蛋，

蛋里的小灵魂啄破了外壳。

请看——居然在南来的香蕉皮里，

它们长着橙子的小脑袋、橄榄果的

小眼睛。

并且，所有的、所有的——

它们都长着狐狸的尾巴。[2]

一九九二年

（陈九瑛　译）

1　格林威治：英国伦敦东南的小镇。一八八四年国际经度会议决定以经过格林威治的地球经线为本初子午线，作为计算地理经度和世界时区的起点。

2　本诗讽刺的是热衷于旅居国外的社会现象及这种现象给本国社会带来的不良后果。

鲍日达尔·鲍日洛夫
（一九二三年至二〇〇六年）

中学时期从事进步文学活动，在索非亚大学学过医学和法律，后长期从事编辑工作。曾任《火焰》杂志、《文学阵线报》主编、人民文化出版社社长、作协书记。他的诗歌题材广泛。其中，政治诗眼界宽阔，视觉敏锐；写社会问题和日常生活的诗观察细致，具有理想色彩；爱情诗含蓄委婉，感情真挚，也被视为其强项。后期写作剧本、中篇小说和儿童文学作品。重要诗集有：《三辆火车》（一九三九年）、《爱情的故事》（一九四二年）、《为了真理和自由》（一九五五年）、《南方的诗》（一九五九年）、《历史的长诗》（一九六〇年）、《瓦尔纳的空气》（一九六一年）、《勇敢的节奏》（一九六四年）、《自豪的颂歌》（一九七〇年）、《爱情诗》（一九八一年）等。

富　人[1]

他在这世界上什么也没有，
没有房屋、没有田地、没有亲人，
忍饥、挨冻，但从来也没伸手
向任何人索要过一块面包。

没有，在当时，党员们
连党证都还不曾拥有。
在黑夜寒冷的风雪里，
他因愉快的思想而信步漫游。

他患了什么病，迄今也无人知晓，
他不曾吭一声一句，悄无声息。
他被恶毒的铅弹追逐，
被枪决后，一头栽倒在雪地里。

春天来到，雨水才为他哭诉，
和风为他吹散满身的尘土。
他身旁没有五角星，没有十字架，
没有签字落款，也无歌词一首。

他没有父母、兄弟，没有遗像，
没有妻子来安魂、留守。
他没有墓地，但却很富裕，
巨大的财富为他所有。

1　选自保一九四四年至一九五九年诗集。

在田野中泥土为他绽放花朵，

山岭为他的血迹增光添寿。

甚至你，我并不熟悉的读者，

今天，我们大家都是他的朋友。

（陈九瑛　译）

艺　术[1]

无论在诗歌创作，
还是在音乐、绘画和舞蹈里，
你主要应锁住情感。
它像空气在你的胸中腾起，
并与天空中的空气融为一体。

你应锁住它直到最后一刻，
将它锁在色彩、诗句和音调里；
然后，你自然就会惊呆于
那普遍而伟大的规律——
它以你的痛楚、你的渴求，
以你的快乐和不能忍耐，
最后，以你那疾走如飞的情感，
创作出了音乐、芭蕾与诗篇……

你已不是那个原来的你，
那个有期待和自信的你。
你不再因烦恼、拘谨而失态，
快乐已不再使你甩着鬈发的脑袋。

爱的情感已化成了艺术，
在你的心中顿时会一片空白。
不过，那只是一瞬间，你又再次奋力，
然后，你又会高兴得急不可待。

1　选自保一九四四年至一九五九年诗集。

而这就是可靠的标志：

你创作出诗歌、音乐、芭蕾等作品来，

这均出自一个诗人胸中的挚爱。

（陈九瑛　译）

诗人——诗人的孩子

今天的人们十分忙碌，
心儿由于劳累而窒息、梗死，
不过，总会有诗人的父亲，
养育出新的诗人——孩子。

人们都觉得时间不够用，
因为热血总是在沸腾。
儿女们用复写纸给我们写信，
难怪看起来似有雷同。

孩子们的姓名得自家族的传承，
名字也是由我们给他们拟定。
那社会风尚的熏风，
更是扇燃着他们的激情。

孩子不愿成为生活中的配角，
我不以为有什么不妥。
他们终究是我的合法继承人，
可继承的不应是金钱，而应是才能。

这棵梨树结出的香梨，
不会远离树根落地。
"有这个奖赏就足够了"，
这缘于那字母表教育的功绩。

这也是教师鲍迪尤

对自己年轻儿子的叮嘱：

不仅对面包和玫瑰要有渴求，

更要以继承满是荆棘的理想来立足。

诗人们，以自己的儿女们，

引以为荣和自豪吧！

你们留给他们的不是颂歌，

而是没有写完的诗作。

一九七五年

（陈九瑛　译）

慰　藉

如果你在世界文选中获得了一个位置，
哪怕你有上百部优秀著作，
我们国家的人不论是谁，都别指望，
在那里会采用得比几首短诗更多。

在那里你不会有名，谁了解你呢？
你的大名今天在这里众所周知，闪闪发光，
堆满了多少奖赏和尊崇的光环。
在那里，你只是一个赤身裸体、无声无息，悄悄死去的诗人。

在那些显赫的过世者面前，在荷马[1]、但丁面前，
在那高傲火红的天才群体之前，
你的出生之日与离世之日，
都不会给世界提示出任何人的任何事。

可是，如果你的几节诗句，即使不出名，
能对某某人提供幸运的两分钟，
并通过你能记住你祖国的一个角落，
那你就没有虚度一生，也不会忌讳无法避免的寿终。

一九八○年

（陈九瑛　译）

1　荷马：相传是古希腊诗人，可能生活在公元前八世纪。其《伊利亚特》和《奥德赛》合称《荷马史诗》，是希腊乃至欧洲保存下来的最古老的文学作品。

祖　国

"没有我，你总是伟大的，
可没有你，我能是什么？"

——柳德米尔·斯托扬诺夫[1]

在最静谧的深夜里，
我听到一个男人的声音：
"没有我，你总是伟大的，
可没有你，我能是什么？"

为什么有的国家最富有，
有的国家最广阔，
在最混乱、惨痛的时刻，
你虽贫穷，却将它们超过？

你的财富是人民大众——
他们永不屈服，奋发向上，
以至于自由的空气在我们头上震响，
并像鲜血那样在闪光。

你不是那么广阔，
但我们明白，你的每一块土地，
都会让你成为诗歌，
为你道出复兴誓愿的隐秘。

1　柳德米尔·斯托扬诺夫：保加利亚当代著名诗人（一八八八年至一九七三年）。

在你神圣的国土上，

对于任何一双想插入的手，

你会将永恒的巴尔干山，

举起到高处，将它阻拦。

一九八一年

（陈九瑛　译）

一九五六年

我在海关人员面前不是清白的，
我的旅行箱里秘密地带着一部手稿。

在莫斯科—索非亚快速行驶的火车上，
我带着帕斯捷尔纳克 [1] 的《日戈瓦医生》。

他给我不是为了将它出版，
我明白，因为我当时还很年轻。

他交给我是为了替他收藏，
如果敌对方连他本人也要消灭的话。

假如作者为一部小说宁愿付出如此的代价，
那是为应对一种众所周知的威胁。

缉查者、车站、海关、恐吓，
在海关人员面前，我胆怯、害怕。

假如扣下了我，火车开走了，
我知道等着我的是什么。

1　帕斯捷尔纳克（一八九〇年至一九六〇年）：苏联诗人、小说家。其长篇
　小说《日戈瓦医生》一九五六年被苏出版界视为"仇视社会主义"而拒绝
　发表。一九五七年，小说在意大利发表后引起西方的轰动，作者被苏作协
　开除。一九五八年，小说获诺贝尔文学奖，作者在压力下拒绝受奖，成为
　当时的国际性事件。一九六〇年，帕斯捷尔纳克逝世于莫斯科市郊的彼列
　杰尔金诺别墅，一九八二年，恢复名誉。

我的箱子里会少了那部手稿——
我曾经一页一页温馨地抚摸过的手稿。

现在，我已从那位诗人那里，
带来了我们两人在雪中的合影。

彼列杰尔金诺的上空依旧在下雪，
那不是在履行职责，也不像对谁的奖励。

而是像宏伟而快乐的冬天的
多元和探索的旋律。

一九八九年

（陈九瑛　译）

莉阿娜·达斯卡洛娃

（生于一九二七年，卒年不详）

少年时期即在《保加利亚语言》杂志上发表诗歌，一九五一年毕业于索非亚大学法律系，曾参加过青年义务劳动队。她早期的诗作凸显义务劳动运动的热忱与社会主义建设欣欣向荣的图景，并为不同国家之间的和平交往与友谊奉献了许多热情洋溢的诗歌。主要诗集为：《当理想实现时》（一九五三年）、《承认》（一九五七年）、《献给你的诗》（一九五九年）、《黑天鹅》（一九六七年）、《玫瑰》（一九六九年）等。

祖　国[1]

高峰连着高峰，像山岭串成的明珠，
千年古树夹道装点着蜿蜒的道路；
绿油油的田野长满了罂粟花和樱桃树，
还有那些树苗在迎风低声哼着小曲。

如果你喊一声"我爱你"，
你拉长的声音会传送得很遥远。
传到多瑙河、传到科尼卡[2]会折回，
传到皮林山、罗多彼山，直到黑海才听不见。

同我一起旅游的金发孩子们，
你们看我们的祖国多么美丽动人，
你们走过的山丘和小溪都要牢记在心，
这里是你们的家，你们是这里的主人。

就像这田地，你们在此是在自己的国土上，
就像这山岩，你们在此是扎进了自己的根。
你们的幸福就像多瑙河浩荡的流水，
只有在这里，你们才会成长为勇敢的山鹰。

你们看这道路旁有多少坟墓，
碑石上刻着十字架、五角星和海杜特的匕首。
多少人就义时嘴里还念着祖国的名字，

1　选自保一九四四年至一九五九年诗集。
2　科尼卡：保加利亚南部边境一地名。

在这神圣的土地上有多少玫瑰色的鲜血遗留。

孩子们，她多么值得你们热爱，
同我相比，她给予你们的珍宝多得无可算计：
英雄的祖国和她的光荣历史，
钻石般纯洁的忠诚和非凡勇敢的范例……

如果我不在你们中了，这位曾诞生过
波特夫和季米特洛夫的母亲将代替我；
如果你们忘记了我，只有我会责备你们，
但如果忘记了她，谁也不会原谅你们——包括我。

（陈九瑛　译）

节 日

看到那些葡萄鼓着脸蛋儿，
圆嘟嘟充满阳光的汁液；
巴旦杏在绿色的果荚中鼓鼓胀胀，
麦粒堆扎扎实实直往高长。

核桃在颅骨般的硬壳中已经成熟，
像雕刻而成的智慧脑髓；
在神话般的森林中，空中的月亮
采摘着青紫色的布朗李。

在我看来，宴席上的美酒品种丰富多样，
钟楼前的水果堆逼它发出当当的声响。
那么多的烤面饼用古法精制而成，
年轻人的起舞像劲吹的旋风卷动舞阵。

宴席上响起频频的祝酒声和勇士的歌声，
星空下也传出轰隆的喧闹声和争吵声。
巴克科斯[1]酒神啊，你应挑选诚实的人赴宴，
不要允许不诚实的坏人玷污这节日的欢腾！

一九七五年

（陈九瑛　译）

1　巴克科斯：古希腊神话中的酒神。

尺度比尺度

我在高处有恐高症，
我不爱在埃菲尔铁塔上瞭望，
也不爱在电视塔上
或从飞机窗口往下望。

我不愿见到人类
像羊群、蚂蚁和缩略语字母那样渺小，
而喜欢平地上准确的尺度。
两个同类项的尺度相同，我也认同：
微笑：微笑
眼光：眼光
爱：爱
敌：敌
否：否
是：是

一九七五年

（陈九瑛　译）

乌森·克里姆

（一九二八年至一九八三年）

曾在巴尔干山当伐木工，参加过义务劳动队。后在矿业部门工作，并任《祖国阵线报》通讯员。一九五八年后任外省报刊编辑，并为《文学阵线报》《九月》等报刊写诗。他诗作的基本题材是表现国家建设事业的蓬勃发展和义务劳动队的奉献精神。他抒写吉卜赛人的生活情景，有时候表现其原始的野性美。重要诗集有：《吉卜赛帐篷之歌》（一九五五年，一九七七年）、《眼睛会说话》（一九五九年）、《蓝色的幕帐》（一九六八年）、《以父亲的精神》（一九七八年）、《我的心》（一九七八年）等。

我的出生[1]

我出生在吉卜赛人的帐篷里，
这里的男人女人时常喧腾斗闹以开怀。
在月色柔美的夜晚他们聊天，
纵谈那遥远而又纯净的世界。

我出生在一个阴霾的秋天，
在那被雾霭笼罩的道路旁边。
贫穷艰苦的生活让孩子们缺少欢乐，
稚嫩的脸上往往泪水涟涟。

我出生在荒凉的原野上，
一个叫贝里维特村旁的垂柳边。
那儿的痛苦像钻头钻着人们的心，
面包袋空空如也，却无处可以挣钱。

我出生时母亲难产身亡，
老父将我放到冷水河中洗脏。
我身体因此异常健康，
我的血液流动像河水哗哗响。

（陈九瑛　译）

1　选自保一九四四年至一九五九年诗集。

无 题

从手掌粗糙的人们那里，

我学到了一个真理：

你失去了什么，不要惋惜，不要痛心疾首，

要知道，该属于你的，它不会失去，不会溜走。

一九七四年

（陈九瑛 译）

亚历山大·穆拉托夫

（一九一四年至一九九四年）

毕业于索非亚大学拉丁语言文学系。大学即参加秘密革命活动，为工人青年联盟的文学刊物投稿。一九五〇年后，任文学刊物《火焰》主编。他的诗作饱含爱国激情，构思新颖，也写作了不少儿童诗，并从苏联、法国和西班牙翻译文学作品。重要诗作有：《近与远》（一九四〇年）、《多瑙之春》（一九五〇年）、《救援之光》（一九六六年）、《在这个世界网》（一九七三年）、《活的大自然》（一九七五年）等。

毕加索的鸽子[1]

你没有可怜地生长在笼子里，
没有在一个主子身边与他相依，
而是在艺术家的笔墨下，
像一朵白云腾空而起。

你独自飞去，却又有无数的你，
在那些墙头高高伫立。
为了和平，工人、农民、士兵，
在战斗中团结在一起。

你随风迅速、轻快地飞去，
飞向遥远大海的另一边。
那些战争的拥趸者，
今天也无法阻拦你的动迁。

你是优秀创作者的艺术瑰宝，
是唤醒世人的伟大创作经典。
让世界在你的光辉映照下，
驱走战争灾难、死亡与黑暗而勇往直前。

你从这阴暗的欧洲飞去，

---

1 毕加索（一八八一年至一九七三年），西班牙画家，法国现代画派主要代表，开创从不同角度表现物象的立体主义、超现实主义画法。二战后创作《和平鸽》宣传画，蜚声世界。
选自保一九四四年至一九五九年诗集。

抵达那朝鲜的新坟上面。

你不要跟在那洪水以后巡行，

而是要遏阻那战争的祸水危害人间。

（陈九瑛　译）

渔夫之手的赞歌[1]

我记得一次可怕的发现，
那是在多瑙河一处荒凉的岸边；
一条被搁置的小木船，
船上无人，亦无识别标记显现。

两把沾有血迹的木桨，
一只滚在泥水里的鱼筐，
周围是熟悉的景象：
芦苇、香蒲和小池塘。

那儿有座带青灰色台阶的小房，
屋内油污的器物开始发黄。
为什么这里的打鱼人没有回来？
那黑眼睛的打鱼人身在何方？

有些人说，有几个坏人来过这里，
有人把他们领到打鱼人的家门口。
先是敲了一阵小屋的门，
随后用锁链将打鱼人抓走。

他憎恨那些残害人的富豪，
是穷人们可以依靠的铁砧。
他为他们的真理而斗争，
为他们献出了自己的青春。

1　选自保一九四四年至一九五九年诗集。

在那浓密的芦苇荡中，
有人砍掉了打鱼人的手，
也砍下了他同行们的手，
然后，向芦苇荡的深处逃走。

在那凄惨的小房，
后来者夜夜都会做梦：
打鱼人已从渔场回来，
口中还衔着一只红烟斗。

小院中垂柳日渐枯黄，
树叶一片片飘落飞扬，
小屋的窗上满是灰尘，
照不见那蓝色天空的亮光。

然而，渔夫却长出了新手，
他肩上悄悄地披着渔网，
爬出了坟墓的深坑，
告别了那偏僻的渔庄。

渔夫们见到他身上沾满了污泥，
戴着发皱的便帽回来了。
夜晚仍点燃了自己的烟斗，
并且挥着手向他们问好。

看到了他柔和的小灯闪着光，
那是长夜里渔夫守夜的亮光。
那老旧的刷上油漆的船上，
深桶的鱼筐在船舱中摇晃。

在那冰冷的泛起泡沫的河里，
渔夫用两只粗糙的大手，
摇着船上的两支大桨，
像挥起两根羽毛似的得心应手。

在多瑙河上，直到黑海，
流水迄今仍在低吟，唱不住口：
"你们剁掉他的手也是枉然，
在他胳膊上又长出了新的手！"

（陈九瑛　译）

布拉加·迪米特洛娃

（一九二二年至二〇〇三年）

　　毕业于索非亚大学斯拉夫语言文学系。后在莫斯科高尔基文学院获副博士学位。长期从事编辑工作。她的诗作题材广泛，涉及现代社会生活的各个方面，并能以独特的视角，表现女性对爱情与事业的追求，具有感情的力度和理性的深度。抒情主人公胸怀坦荡而大气是她诗歌的重要特点。主要诗集有：《罗多彼之歌》（一九五四年）、《明天见》（一九五九年）、《掌中世界》（一九六二年）、《对明天的考察》（一九六四年）、《回转的时间》（一九六六年）、《瞬间》（一九六八年）、《冲动》（一九七二年）、《怎么办》（一九七四年）、《锣》（一九七六年）、《空间》（一九八〇年）等。

我们的名字[1]

一次，我去国外，
到那儿的一个地方；
快赶上天黑，
我停了下来。
人们听到季米特洛娃的自称，
立刻带着发亮的眼神，
像跳霍罗舞似的叫喊：
——"就是，没错，是他女儿！"

还没等听到
我的解释，
就被当作最期待的客人
来欢迎我。
一位不认识的格鲁吉亚人，
在棕榈树的树荫下，
为我父亲的健康，
举杯祝贺。

在席间，
我打断祝酒致意，
赶紧打破那欢乐的气氛：
"请原谅！

---

1 选自保一九四四年至一九五九年诗集。

季米特洛夫[1]

不是我父亲，

他们不过有

相同的名字！"

这样的误会，

使我感到不安。

可奇怪的是，

人们的脸上依然闪着光辉，

欢乐的气氛仍然没有消散。

还请求着说：

"关于您的父亲，

请谈谈吧！"

一位阿塞拜疆人

飞快地

在我手中

塞了一个鲜红的石榴，

并跟在车后喊：

"请问候

你的父亲！

听到了吗？"

我不知道……

当他们以为

他是我父亲，

1　季米特洛夫（一八八二年至一九四九年）：保加利亚共产党领导人，曾任共产国际总书记。一九三三年希特勒制造国会纵火案时被捕；在莱比锡法庭审判时，公开演说揭露法西斯罪行，曾在许多反法西斯国家享有盛誉。

并赞扬他的勇敢精神时，

我没有抑制住做子女的骄傲——

可能这就是我的错！

"请原谅！

只是相同的名字。"

我上百次地提醒说。

但是那奔放的欢乐仍不停息，

仍无比盛情地款待了我。

于是我明白了：

我来自这样的国家，

季米特洛夫是国家的骄傲。

不必在乎是什么名字，

我们都是季米特洛夫的

亲密子孙。

在这个世界上，

无论何处

都以敞开的胸怀

欢迎我们。

我们不是外人

因为我们是季米特洛夫的子孙！

（陈九瑛　译）

慷 慨

为你，我伸出双手，像两根弯曲的葡萄藤，
拥抱你，直到你说憋闷；
为你，我睁大双眼——两潭未饮过的清水，
让你饮到不能再饮。

为你，我摘下未缺的圆月，
给你捧上那锃亮的铜烤盘；
我的心——以耀眼的光亮使你目眩，
让你感到无限的缱绻。

即使你脸色严峻，眼带讪笑，
心中没有一滴温情，我也不心惊；
我心中饱含如此多的爱情，
足够满足我们两人的追寻。

一九五七年

（陈九瑛 译）

多少无用的东西

你如果想记住我，
可以的话，就请忘掉：
在梦魂轻扰的清晨，
在打蔫的夜晚，
在杂乱无章的白昼，
我看起来会是什么模样。

可以的话，就请忘掉：
所有我穿过的衣裳，
那年代老在变化时的衣裳。
衣架上多少不用的连衣裙，
都是盲目跟进的象征。

可以的话，就请忘掉：
所有的钥匙和雨伞，
箱子和书籍。
还有一切丢失的东西，
找回它们多么麻烦费力。

可以的话，就请忘掉：
所有我说过的话，
好的或是不好的话——
多少绕来绕去绕弯子的话。

可以的话，就请忘掉：
一切显而易见的、

生搬硬套的东西。
这一切在你面前
已将我来遮掩。

请忘掉，
为的是把我记住！

一九七二年

（陈九瑛　译）

保持能量的规律

摩托启动时会产生压力，
变成运动和快捷的速度。
当一个人横穿大马路时，
他将精神的消耗变成为
警惕的思想、言语和行动。

冲着他来的是金属的音调、
引擎强烈的怒吼和发飙的速度。
那么，他在街上只是一棵脆弱的草，
任由自己内在的节律而晃摇。

大地上的非共同性，
具有技术和精神两个世界。
引擎的技术能量瞬间转换成致命的打击，
那么，精神的能量呢？
难道就真像被风吹的蒲公英，
失散得无影无踪、杳无踪迹？
或者……
变成了另一种力量，
那么，变成了什么？

一九八四年

（陈九瑛　译）

相反的星球

一个神秘的星球，

在太平洋上方的星空盘旋。

它很像我们的地球，

也许它是在巨大的晶体中

映照出的地球镜像。

这星球在黑暗空间的无限深处，

处在某种黑洞的挤压之下，

或是包含在某种超黑暗的宇宙射线之内。

这可疑的神秘星球——

地球的孪生体上，

一切都表现为地球的反相：

黑夜是白昼，寂静是音乐；

幼稚——睿智，荣誉——耻辱，

时间倒退着运行：

落叶回复为嫩芽，

灰烬复原为火焰。

在那里，我们也会如此这般地生存，

会成为与自己丝毫不差而又相反的孪生人。

我们的右面变成左面，

成了由右向左写字的左撇子。

这里的事物有它真实的名称，

由此，无数奇异的景象接踵而至。

你的梦幻可以成为真正的现实，

真正的现实又能变成梦幻；

你开口喝令就可以制止台风，

你只要说话就可使花蕊开放。

在那里，你可以无限地施展自己的才干，

可以用自己的翅膀凌空飞翔。

我们可以与过世的朋友会晤，

敌人可以把我们变成罕见的怪物。

我们可以看到离世的双亲，

今后可以不再与他们分处。

我们会说不同寻常的语音，

掌握各具特色的艺术。

我们还很年轻，还是孩子，

可以在梦中同享爱情，

可以再做梦——同声祝福！

由于那里花样繁多的生活，

我们醒来后会感到精力耗失过快。

我们还会沉溺于浓重的白日梦中，

但我们知道这一切太过古怪：

是泥做的海上迷宫，

是荒谬虚无的所在。

我们再睡下，醒来后睁开眼睛，

为的是见到非梦的真实世界。

只有一点我们不能仔细分清：

这两个孪生星球中，

哪个是无限的幻影，

哪个是真实的存在。

一九八七年

（陈九瑛　译）

云　彩

没有云彩的天空，是蓝色的荒漠，
是没有光泽的人造眼。

甚至在气恼的颤抖中，
它也没有溢出眼泪的愿望。

它像女孩子结亲时佩戴的项链，
那样呆滞浑浊，显出不惬意的颜面。

天穹倒映在蔚蓝的洋面上，
像是溺死者一样。

有了云彩，天穹才显得多彩多姿，
才具有纵深的维度与天空的实质。

在变幻无常而又均衡的韵律中，
云彩解开了我幻想的心结：

我的眼睛跟随在骆驼商队的后面，
我成了贝都印人[1]，成了寓言的创作者。

我成了花体字上灵动花饰的设计者，
也是那预示器物突变的发明家。

1　贝都印人：在阿拉伯半岛和北非沙漠地区游牧的阿拉伯人。

天穹啊，沉重的风景压弯了你的腰，
人们热血沸腾，欢呼声直冲云霄！

闪电凌空，雷鸣响起，倾盆大雨即将落地，
为了迎接，我张开手掌向上高高举起。

我从哪儿想出这样的手势，
使我接受这第一滴带预兆的雨滴？

这手掌上——显示的是存在的无限性。

一九八九年

（陈九瑛　译）

拉多依·拉林

（一九二三年至二〇〇四年）

索非亚大学法律系毕业。曾因从事反法西斯活动被捕。二战末期参加过反法西斯战争。一九四四年后曾在捷克斯洛伐克学习。回国后一直担任文学报刊和电影制片厂的编辑。

拉林的诗作既有抒情诗，也有讽刺幽默作品，尤以写讽刺短诗见长。这些短诗机智、朴实、尖锐、辛辣，受到读者欢迎。重要诗集有：《诗集》（一九四九年）、《四十天》（一九五〇年）、《山崩》（一九五四年）、《战士笔记》（一九五五年）、《绝密件》（一九五六年）、《意外的感情》（一九五九年）、《抒情诗》（一九六五年）、《情况》（一九七三年）、《框框里的讽刺短诗》（一九八三年）、《拉林作品选》（一九八四年）等。

相　聚

邻居们喜欢在一起相聚，
随时随地，抓住时机，
互相握手，互相询问：
今天中午吃了什么？
铁匠的孩子生病是否已好？
彼得和玛利亚是否已回家？
儿子家的邻居大妈，
在庭院中种了什么样的花？

朋友们应该常聚一聚，
要不然，不利于各自的生活：
妻子不总会对你谅解，
亲戚不会时时对你信得过；
同事也有可能责备你，
朋友之间甚至也会争吵互殴，
而后又可能和解或相互依托。

恋爱的人总想着相聚，
一小时二次、三次也不嫌多。
窘迫的手抓在一起，
互相聆听和询问。
互相猜度着各自的秘密，
还能把一些小事，
炒成世界性的消息。

人民群众喜欢在一起相聚，

在运动会和联欢节上，

在欢乐的旅游和宴会上，

而不是那小军医院和战壕里。

世界难以置信地变得狭小，

人民群众通过姓名相认知，

通过书籍和电影相倾慕，

甚至还能传播自己的歌声相交流，

可就是还未能在一起多多相聚。

生活本来就是一连串的相聚，

通过相聚，生活变得丰富有趣。

因此，人间最好的祝愿和致意，

千百年来留下了一句："欢迎你！"

一九五九年

（陈九瑛　译）

祈　祷

自由像是面包，
每天都要发酵、
烘烤，
将它吃掉。

自由应该
天天都新鲜，
温暖、
甜蜜，
足以使大家都满意。

不要吃咬剩的面包，
不要吃别人赠送的面包。
面包
要自己发酵，
自己烘烤；
为的是你自己拥有，
为的是不向别人乞讨。

昨日的面包，
别人送的面包，
会噎在喉咙口；
烤好的本土面包，
应该出于自己的手。

　　　　　　　　　　一九六七年

　　　　　　　　　　（陈九瑛　译）

没有结果的分析

我们到底是不是梦想家？
我们梦想着未来！
因为在过去，
我们也曾梦想过。
但是过去，
已经没有活力。
为什么我们还要梦想？
为什么我们要吸取教训？
因为它是你难以重蹈的
一块塌陷之地。

我们要向前走，
因为这是我们
曾经受过的教育。
（儿童时，你教育他的是：
向前走，别退后！）

进步实际上是一种惯性，
一种历来的传统。
你前面是速度，
近旁是速度，
后面是速度。
如果你停下来，
你会被别人越过。

我们放大胆量，

因为我们之前，别人也大胆过。

可冒险不是该崇尚的事，

冒险是没有希望的动作。

难道因此，年轻人会不喜欢节律？

节律——一种协同，

与前面事情的协同；

节律——一种先决定的未来。

一种有限迟缓的飞跃。

每种继续，

只是一种模仿……

然而生活，

是多么短促！

一九八八年

（陈九瑛　译）

梦的多种说法

致尼科拉·肯切夫[1]

做梦的人很幸福，
梦是人的第二生活，
比真的生活更美、更促使人思索，
并且是你精神中独有的一角。

梦使人变成儿童，
或把人变成飞鸟。
梦给人以光的速度，
并使他有心仪的方向，
使他能要回被掠走的宝藏。

梦把人置于平等之中，
梦是大自然对人的信赖！
梦不存在是非，
做梦的人才有对错，
只有那有愧之心赶走梦境以诱过。

人们称爱情是梦，
什么样的解读比这更恰当，
什么样的赞扬比这更高尚？

只可惜我不能做梦，

---

1 尼科拉·肯切夫：保加利亚当代诗人。

我有很顽强的

神经系统，

战斗磨练了我。

再说……

一种生活我也认够！

一九六六年

（陈九瑛　译）

传说中的河

这河已不再流动……在卧病休息，
为了施舍，你洒着一串串泪珠。
你所能感到安慰的，
只有自己源远流长的身躯。

你给人民和土地施行洗礼和灌溉，
将他们的命运聚焦在光辉的史诗里。
但在遭到野蛮的侵袭时，
你如何能捍卫自己的自然本体？

你的水都上哪儿去了？
你带走了那些腐臭的浊流。
河啊，我恨不能把你引向，
那大洋后面未开发的地头。

你的水源已被污染，
就像孩子生下来就不幸福。
你没有什么别的选择，
只能像圣像那样沉默不语。

我知道，河啊，你感到负罪和羞耻，
你担心大海不能接纳你。
我不能忍受你遭人厌弃，
你可同我的诸多悲剧故事生活在一起。

一九八八年

（陈九瑛　译）

财　产

谁都会保护自己的妻子、儿女和家宅，
保护自己的面包、行动和信念。
这一切都带着固有的自发性，
也是动物本能的体现。

但是，人类终身呼吸的空气受到珍惜了吗？
它是联系天底下、全世界的普遍纽结。
没有界限、无可争议地向一切生灵发放，
谁也不需为它花一分钱、流一滴血。

空气有如母亲的温暖，
直到你行将就木，每分、每秒都哺育着你。
嗨，这一切人们早就知道，
但是我们还是在毒害空气，由我们自己……

　　　　　　　　　　　　一九八八年

　　　　　　　　　　（陈九瑛　译）

帕维尔·马特夫

（一九二四年至二○○六年）

中学时参加反法西斯游击战，后毕业于索非亚大学斯拉夫语言文学系。先后任《火焰》杂志副主编、《九月》杂志主编、作协书记等职。

他的诗作早期主要歌颂反法西斯游击战中的英雄事迹和二战后祖国的建设事业。二十世纪六十年代后的诗作，如《宗谱》等，多向描写人们的内心世界转化，着重表现主人公对时代问题的感怀与思绪。他的诗感情浓郁，格调深沉。重要诗作有：《在队列中》（一九五一年）、《义务》（一九五五年）、《海鸥在浪尖休息》（一九六五年）、《积累的沉默》（一九七三年）、《为幸福的深渊而召唤》（一九八一年）、《心态平静》（一九八五年）、《阴影产生的时刻》（一九八七年）等。

爱情——魔幻的现实

爱情——魔幻的现实，
是某种高傲的领域。
在那里，奇怪的心思，
焦渴而频繁地将我们召唤。

心儿寻求真情和宠爱，
在那蓝色的暮霭里，
期盼的欢笑和意外的哭泣，
莫名其妙地搅混在一起。

在婆娑摇曳的树林中，
满不在乎地刮着沉默的风；
在那威严的气候里，
珍奇的花朵在夺艳争锋。

当睡梦前的时刻，
时常会有丁香花雨的垂滴，
你在那里能听到真诚的解释，
你还会相信激动的眼泪。

在手势、表情和声音里，
充满了沸腾的真意：
你或者绝望地离开，
或者创造出什么奇迹。

一九六五年

（陈九瑛　译）

信　念

我是一个思乡忧国的人，我的诗很沉重，
这在我思想上打下深深的烙印。
心烦的人和好逗乐的人，
只读我带着快乐情绪写的作品。

他们能想些什么呢？
他们生来就为衣食住行操劳。
诗人是个思虑重重的时代之子，
时代推动着他心急、心焦。

他不是一面无动于衷的明镜，
他的良心任何时候都不睡觉。
他头脑中那些沸腾起泡的思想，
就是那些天体的创造。

是太阳赋予了他担当的肩膀，
夜里他被先知们的影子所包围。
而每天大清早呢，
他就像工人一样身心疲惫。

可悲的才能，奇怪的评论……
但是，谁在这世上能说：
一切都能非常完美，
生活没有痛楚似流水？

可以不吵不闹不打斗，

甚至可处在绝对的宁静中：

一点儿声音也听不到，

那些高歌者在朦胧月光下的喧闹。

欲问有何不可呢？一切都集中地

构成了一个形象——有瑕疵的或神圣的。

今天我见到的玫瑰是伤痕，

但明天我可写它是鲜花！

一九八三年

（陈九瑛　译）

关于祖国的遐思

岁月在风霜雨雪中
不断流逝，也不断诞生。
我们人生短暂的存在，
充满着渴求与疑问。
我们的生命每天都在燃烧，
就像那些可燃物质一样，
通通在燃烧，
剩下的只有芳名保加利亚。
这芳名像她的血统与斗争那样伟大，
在她的土地上不断地经历过
慌乱、
期望、
往日的遗迹，
而她却依然挺立，
永远留在那熊熊燃烧的星星之下，
期望我们有坚定的信念。
失去了信念，
她会深感痛惜。

我们不是候鸟。
它们的存在，
使她容易遭到割裂。
它们缺乏的正是信念——
缺乏在严寒中
永远留在这块土地上的
坚定信念。

而她

如同对待我们一样，

曾呕心沥血地哺育了它们。

不，

保加利亚的名字不会消失，

什么也不能将她毁灭。

她是我们血红蛋白的组成部分，

没有她，

我们都会

窒息。

一九八九年

（陈九瑛　译）

给妈妈的信

妈妈，你当过多么美的新娘，
当人家把你领到打谷场上，
参加你婚礼的第一场霍罗舞，
那婚庆的场面何等风光！

像森林中的一只梅花鹿，
你突然进入手牵手的舞圈里。
妈妈啊，你有点惊慌失措，
忘了给你婆母鞠躬施礼。

你这外乡人身处陌生的圈子中，
不过他们原谅了你那小小的失礼。
上百位奇尔潘[1]人给父亲施加了压力，
他只好赔笑敬酒回应众人的嬉戏。

你在霍罗舞中跳得敏捷轻快，
节奏鲜明、面带羞涩地注视前方。
你的两条长辫直到腰间，
俘虏了全院子人的目光。

多么美丽的长发！何止一位姑娘
在自己的闺房门口展现着娇媚的红颜。
她们抚弄着两束麦穗似的长辫，
直待心爱的小伙儿来到跟前。

---

1 奇尔潘：保加利亚中部的小城市。

那发丝中散发着黑土似的芬芳，
展现着清晨朝霞的金光。
映照着水底流沙的银光闪闪，
渗透出面包皮似的古铜色溜光锃亮。

这些色泽或急剧或缓慢地消散，
从那时起，年年岁岁有去无还。
三个儿子都爱抚弄你的发辫，
我也曾在摇篮里将它把玩。

你亲切慈祥地亲吻着我，
发辫抚弄我的脸颊额角。
那年夏天它们却散乱地披着，
那是因为敌人抓走了我的哥哥。

自那以后你使用发夹将头发拢住，
眼泪纵横地沾满你的脸庞。
我一心寻求对你的安慰，
都无力消解你心中的悲伤。

那时，我作为一个农民的孩子，
想上中学却无钱缴纳学费。
妈妈，你面对家中的贫困只是哭泣，
傍晚时你藏到井台的后背。

早晨，你弯着背，剪成了短发，
浮肿的眼睛，可怜巴巴！
你拥抱着我说："我挣了点钱，
儿子，拿着钱，上学去吧！"

如今，已是时过境迁，换了人间，
我已长大、学完，成就了现在的我。
善良的人们热心地祝福我，
敌人仇视和反对我！

我写作，立意忠诚为人，
真爱催化我，写出更加完美的诗篇。
而我把目光向后张望时，
看到了你剪掉的两条长辫。

你说，我的诗作今天能否给你以慰藉？
你说，在诗中，你能否看到
对你当时所受的痛苦的回报？
现在那痛苦已不属于你，
而是成为了我的愧疚。

相信吧，妈妈！我会有成就，
你的这个儿子怎能不会有成就呢？
在他还没报答你的恩情之前，
他眼前呈现的仍是妈妈那两条被卖掉的长辫！

一九七〇年

（陈九瑛　译）

忆就义的工人青年联盟[1]盟员

记忆啊，你又要感受一次悲痛了！
那么，你就把所知道的事说一说。
在我这有生之年的呼吸中，
悲痛时常折磨着我的心窝。

当时的战斗曾有仪式，
第一次率领大家的是谁呢？
那是些连神灵也管不住的人，
在上绞架和枪决前曾放声歌唱过。

我也同大家一起歌唱，
在那样的战斗中我们是同龄人。
啊，我不止一次地听到过，
工人青年联盟盟员紧急而又凌乱的脚步声。

疾风传来了盟员们杀敌的功绩，
滂沱大雨也冲不掉他们的鲜血。
你听到了吗？在我们今天的歌声里，
还有这鲜血汹涌激荡的旋律。

我不明白还有什么比这更严格的检验，
我们既没喊齐步走，也未发出别的号令。
战斗中建立功勋才是真理，

---

1 工人青年联盟：由已转入地下的保加利亚共产主义青年联盟于一九二八年组
建，后亦遭禁。

足以用它来衡量人的命运。

那红色传单之火，
烫热着他们的手掌。
他们爱恋过，也履行过合约，
但不是与姑娘，而是与死亡。

像那样美丽矫健的山鹰，
从陡峭的高崖上掉落，
坠地后化为传奇，
使我们认识了传奇的鲜活。

一九五九年

（陈九瑛　译）

创　作

伟大的老人——
爱因斯坦的遗言，
留下了对我们的嘱咐。
要我们远离奇特的事物，
它会妨碍我们看见矛盾的相互作用——
世界可怕的推动力；
要我们远离明显无疑的事物，
它能够遮蔽你敏锐瞳孔的颜色，
将我们变成盲人，
使我们难以从隐秘的辐射中分离；
要我们远离日常琐碎的事物，
它会赶走日出和日落时的火红光焰，
赶走我们心中的抒情节奏，
赶走我们成为
发明家、
思想家、
幻想家、
无神论者的
理智与激情的天赋。

艺术家是这方面的逃兵，
但是他们不会举起
白旗，
而是红旗，
鲜红——
如同鲜血，
也如同创作。

创作年代不详

（陈九瑛　译）

无　题

在一个被忘却的笔记本上，
我简略地写着"不要撒谎"，
可这促人自律的只言片语，
至今仍在我头上回响。

什么鸟儿没对我歌唱过，
什么过错没使我负重过，
然而总是"不要撒谎"这几个字，
像房檐那样监视着我。

什么样的友情我没领受过，
什么样的祝福我没听到过，
但我依旧没成为坚固的石柱，
我的心里已有些疑惑。

我不想玷污这块土地，
这块属于我的地方，
在自己"不要撒谎"的要求下，
我会在光亮中迈向前方。

像现在以及往后，
我将从心底的痛处，
从时代的音调上，
谱写纯净的诗章。

一九八八年

（陈九瑛　译）

马尔科·甘切夫

（一九三二年至一九七五年）

　　索非亚大学保加利亚语言文学系毕业。先后在
《人民文化报》《黄蜂报》、人民文化出版社从事编
辑工作。

　　甘切夫的诗歌创作，早期多写抒情诗，后来逐渐
转向写幽默讽刺诗，曾经是诗坛上的活跃人物之一。
其主要诗集有：《火星的喜悦》（一九六〇年）、《种
子成熟了》（一九六四年）、《二次降世》（一九六四
年）、《条条道路和其中的一条》（一九六五
年）、《觉悟的权利》（一九六六年）、《会跑的
树》（一九六九年）、《周日的幸福》（一九七一
年）、《沉默的汽笛》（一九七七年）、《抒情诗》
（一九七九年）、《讽刺诗选》（一九八二年）等。

爷爷临终时[1]

这一天已从东方降临，
但对爷爷来说，这是最后的一天。
老人躺在小榻上快要咽气，
好像是从耕地上累得难以开言。

他那些个子变大的子孙都已到齐，
他们在低矮的屋子里垂头伫立。
大家捧来了一堆他爱吃的水果，
都是他亲手种植的果树上的收益。

他的双唇苍白无力地闭着，
他的目光仍艰难地向着子孙们巡扫。
他似乎抱着想说话嘱咐点什么的希望，
还吃力地举起那玉米面做的面包。

一霎时，他衬衫的衣袖，
从胳膊肘滑落到了小榻上，
我们忙去握住他咖啡色的双手——
那干枯得像秋后麦秆的老手掌！

在那香甜的玉米面包中，
不知为何，仿佛注入了
他那双干练老手的力量，
注入了他一生辛劳的血汗。

---

1 选自保一九四四年至一九五九年诗集。

我们是英雄豪杰的崇敬者，
都闭着嘴在爷爷跟前站立。
对平凡劳动一生、辛苦一世、
没有丰功伟绩的人深深地鞠躬敬礼。

爷爷默然无语，眼光渐渐熄灭，
心脏微微跳动，最终停止下来。
这就是死亡！按老的民间习俗，
家人把所有的窗户通通打开。

在清晨晴朗的蓝天下，
屋外那株向日葵随风摆动着枝丫。
人们受那些祭祀面包的提示，
纷纷去探视那玉米种子是否已发芽。

（陈九瑛　译）

演员与熊

天哪！他为什么牵着一只熊上舞台？
他这样的演员什么助演也不需要。
他很聪明，演技纯熟，挥洒自如，
在我们这里总能唤起骄傲和欢笑。

那只熊毫无目标地在台上乱闯，
向他发威，向他怒吼、嚎叫。
因为他要迫使它从阴暗的洞里窜出，
到光亮的舞台上作一次跳跃。

顿时他着了慌，但仍拽着它走向前。
让它到达导演规划的指定点。
他希望它能被驯服，好拽着它
到舞台上作一切表演。

这位演员既威严，也窘迫地停了下来，
在观众面前他既是主子也是奴才。
但奇迹发生了——那野兽居然理解了他，
自行乖乖地完成了节目的安排。

一九七五年

（陈九瑛　译）

日 食

早晨，日出东方，
傍晚，日落西山，
太阳整天给我们温暖和光亮。
但是对它，谁也不闻不问不管，
每个人只顾为自己的事情忙个没完。

太阳照耀着、照耀着！
有时它也会感到不满和难过。
有一回它说：你们瞧瞧，
人类在原始部落时，
对我的功绩至少还唱过赞歌！

可是在今天，
每个人都只顾忙自己的事，
对于是谁给了他们温暖，
他们置之度外，全不放在心上……
因为难过，太阳的脸一下子变黑，
这样，日食的发生，理所当然！

有时在大中午，
天黑得像冬天的夜晚，
人们的背脊骨冷得发颤，
身躯撑不住倒向了地面！
十家中就有九家，
小猫喵喵直叫，公鸡啼鸣不断，
火车在站上哭泣……

由于恐惧，一切生灵都畏缩成一团：

没有了你，天啊！我们可怎么办？

就在这时，

在一片惊恐慌乱中，

太阳露出了脸面，

他对我们微笑，并开口调侃：

——哎，你们的表现还不错，

知道害怕就行了，快，快，

大家快晒晒吧！

一九七五年

（陈九瑛　译）

斯特凡·波普顿内夫

（生于一九二八年，卒年不详）

毕业于索非亚大学保加利亚语言文学系，参加过青年义务劳动运动。曾任《人民青年报》编辑和编委，并先后任《祖国阵线报》和《文学阵线报》编辑及《脉搏》报主编。他写有诗歌、小说和剧本。他的诗歌充满爱国热情，密切关注并着意表现现实社会问题，抒写不同人物的心声。重要诗集有：《季米特洛夫的路线》（一九五一年）、《源泉》（一九五六年）、《旺盛的青春》（一九五七年）、《成熟的年代》（一九六四年）、《白桦，我成了你们的俘虏》（一九七二年）等。

无　题

有些地方非常著名，
有些地方默默无闻……
我既不那么郁闷，
也并不怎么欢欣。
那所有我没经历过的一切，
都使我兴趣盎然、相见恨晚；
那所有我没有品尝过的一切，
都能唤起我的饥饿感。

我见过极度的贫穷，
见过十分的富有；
见过不知名的果实，
和那热带陨落的流星雨。
但我永远在寻找的是你——祖国，
以及你的幅员、位置、山川、地理，
不是地球仪上的，
而是在你的、你自己的世界里。

一九八七年

（陈九瑛　译）

流动的沙

流动的黄沙，
覆盖着一切，
沙漠已向我们袭来；
它无情地向花草扑去，
显示了它的淫威和破坏。

我们大砍树木、丛莽，
引来了南方和北方的沙漠；
它以那沉重的沙的拳头，
残酷地打击着树苗、瓜果。

我无法与沙漠抗争，
干热的沙漠风会使我嗓子喑哑。
可是，更可怕的是还有一些人，
他们就像我们身边的流沙[1]。

一九八七年

（陈九瑛　译）

1　流沙：指保加利亚某些热衷于出国定居的人。

荒漠化的土地

荒漠化的土地，
我们的父辈
不曾听说过这样的词汇。

荒漠化的土地……
可使我着慌的是，
这不仅是长满了草的田地，
不仅是被忘记了的葡萄架，
不仅是变野了的小树苗，
不仅是没开放的玫瑰花；
即使它在公园里还在开放，
可人们的情感已经冷漠，
那种植粮食、酿造美酒的热情都开始冷却。
在这儿，湛蓝的天空下，
没有了圣乔治节[1]的雨水，
和五月醉人魅力的诱惑。

荒漠化的土地……
那峡谷也已变暖。
长杂草的阴暗处不再湿润，
甚至那悬挂的阴云，
也预示着干枯，而非雷雨。

一九八七年

（陈九瑛　译）

1　圣乔治节：纪念圣徒乔治的节日。

那迪雅·克赫莉巴列娃

（一九三三年至一九八九年）

　　毕业于索非亚大学法语系，曾在外交部任法语翻译与法语教师，后在《人民青年报》和作家出版社任编辑。一九五六年起，在多种文学刊物上发表诗作。

　　克赫莉巴列娃的诗歌多以爱情、友谊、大自然为题材。大部分诗作歌颂劳动者的美好生活与情操。她虽出生于索非亚，但诗中常显示出对农村生活与传统习惯的了解，诗风纯朴自然，散发出泥土的芳香。到二十世纪七十年代末，她已发表十六部诗集。其中有些表现儿童生活与心理的诗作颇受读者欢迎。重要诗集有：《我的海》（一九六〇年）、《诗集》（一九七〇年）、《没有安宁》《孔雀门》（一九七五年）等。

婚礼霍罗舞

大伙欢声一嚷，铜号开始吹响。
新娘的妈妈——面色平淡而和蔼，
双手插在围裙下整理衣摆。
你，主持人，身披两条白色的面巾[1]，
从容地走出人群，郑重地领队舞起来。

新娘挨近你迈开了舞步，
胸前雪白的衣襟迎风鼓起。
新郎的妈妈在金线缠的花束下喜笑颜开，
她深知：到了老年有人可以依赖。
儿媳妇娶进了她家的门，
干活、添孙又养孩儿。

主婚人回旋着高呼：新郎已加入舞队，
他就跟在你身后，脸色那样红扑扑。
舞者们时而弯下膝盖，时而向上蹦，
新娘的闺蜜悄声告诉她：箱中是她回送客人的礼物。

羊皮风笛一阵吹，吆喝伴随着踏步，
整个舞队东扭西扭，摆来摆去……
这都是我对自己婚礼的回顾。
这新郎眼望着新娘——
舞蹈结束，生活迈开了新的一步！

一九八一年

（陈九瑛　译）

1　面巾：擦汗用的长布巾。

一个本分女人的告白

在丈夫身旁的第一个夜晚，
我会把头靠着他哭泣——
他会在我的哭泣中感到幸福。
清晨我从火炉中取出烤面包，
他则欣喜地把它看成花儿一束。

孩子们从我这里吸取力量，
我也是从我母亲那儿吸取力量。
于是，孩子们往后会拥有
大大的眼睛，和谐的嗓音，
坚实的体魄，英勇而自强。

在泉水边，在干枯的荆棘丛中，
我教孩子们在田地上劳动，
我也同他们一起唱歌。
我告诉他们：
田地就是面包，上帝就生活在劳动中，
这生活中不能没有歌！

当我劳动在田地上，
在我的脚步后，
将长出绿叶，将出现羊群。
我会向这地上的世界说：
我本人
就是你真正的安琪儿……

一九八四年

（陈九瑛　译）

致友人

你决定
以我的书陪伴你独自留下，
可你别变成有轻飘翅翼的鸟儿，
从这里啄起诗句，
到那里去寻找知音……

在词汇的镶嵌图里，
根据诗篇的不同行数，我藏着
和谐音与不和谐音。
我将色彩斑斓的春天，
放进灰色冬天的来临；
让眼泪去追赶微笑，
让慌乱与期望相互谈心。

更有意义的是做到：
每一页诗都像一间房屋；
我以悠然的激情在里面踱步，
并在其中锁住我的秘密不外露。

也可能我的词语，
曾在一分钟，或一个夜晚，
俘虏住你；
也许你那因呼吸变浑浊了的明镜，
会映照在我这里。

一九八五年

（陈九瑛　译）

五　月

你的卷发曾是那样的闪光，
你的脸庞有帅气动人的容颜。
我们曾经很年轻，
你在那边的树林里追赶过我，
也曾在广场上邂逅，彼此流连。

你展开双手围绕着我跑动，
最后把我拥入了你的怀抱。
我知道旁边的人们都已瞧见，
但没人作声，也没人发笑。

你那时不敢来吻我，
只是看着我的小嘴儿。
我们曾经很年轻，
甚至觉得空气都很有滋味。

我知道人们看到了一切，
但他们的眼里也开始发热。
他们理解：我们是乘着五月的春光，
相恋在
这古老的索佐波尔[1]爱乡！

一九八九年

（陈九瑛　译）

1　索佐波尔：保加利亚靠近黑海的美丽小城。

斯拉弗·赫里斯托夫·卡拉斯拉沃夫
（生于一九三二年，卒年不详）

中学毕业即参加社会工作，担任乡村中的工人联盟书记。后任采访记者历七年之久。一九六四年，任《人民青年》出版社诗歌部主任。一九六六年任《人民青年》出版社主编。一九七二年后任保作协第一书记。

卡拉斯拉沃夫诗作的基本特点是与乡村土地的紧密联系和对祖国的深情依恋。作品散发出浓郁的乡土气味。后期作品多显示对广泛社会问题的深刻思考。自第一部诗集《木笛的回响》问世至二十世纪七十年代末，共发表了三十余部作品。重要诗集有：《影子随我们而行》（一九六四年）、《与儿子倾谈》（一九六五年）、《火箭世纪》（一九七五年）等。

土地之歌

她躺在热浪里，
被麦穗镀上了金。
像一位年轻的产妇，
不安地向四周询问。

她问那迁来的鸟群，
是不是吃喝无忧？
她问那山间的泉水，
是不是汇合成了河流？

面对那奔涌而来的乌云，
她有点不安和彷徨。
祈求它到远方去翻腾，
让那里也遇到点恐慌。

最好让雷电与冰雹，
载她到那大海之上。
那儿没有谁的牵挂，
也没有流汗的割麦老乡。

在静谧的夜空中，
蛾眉新月缓缓上升。
她面对着浩渺的天穹，
凝视着那遥远的星辰。

她与那栖息着的鹌鹑，

在田野里喁喁而言。

并以麦穗的气息，

充实着它们的梦魇。

她给刚孵育的雏鸟，

在树上筑起巢。

给流浪的人们以路径，

给英雄以荣光。

给那些播过种的

庄稼汉的双手，

赋予永恒的力量，

以便与自己一较短长。

一九六〇年

（陈九瑛　译）

与儿子闲谈

你别以为：
强大的人
是那些
有着
洪钟般
嗓音的人。

你别以为：
把你的灵魂置于火上者，
饱含
力量。
可是亲切的微笑
或者眼泪的苦味
也同样蕴含着力量。

任何关爱，给予一棵
小草，
对永恒的土地
产生的能量
都不会少。
强有力者
比谁都更加感受痛苦，
因为
他不肯
低头弯腰。

在挫折

屈辱之中，

应像我们时代那样

勇敢跨步。

儿子啊，强大者

因此

而强大，

因为他既能高唱，

也能哭嚷！

一九六六年

（陈九瑛　译）

路上的遐思

新事物同我们的青春一起到达，
青春与新事物同处前列。
每个春天都有云雀栖身，
每个落日都疲惫如血。

我们在新时代唱着新歌，
时光流逝时有歌声相和。
人到老年爱躺在记忆中打盹儿，
每个冬季都会有寒风流播。

首次雨水从房檐淌下的滴答声，
带来了春天即将到来的可喜讯息。
青春中对未来的展望，呼唤我们把握时机，
老年时我们的拳头，将变得绵软无力。

真理蕴含着新的信念，
其中有着灿烂的天外之天。

青春是一座华丽的车站，
从这里发出的是对各种奇迹的礼赞！

一九八六年

（陈九瑛　译）

海　员

海员，生活中我未见到过，
罗曼蒂克只是空虚的传说。
大海总是摆动着它的舵，
没有休憩，也没有海的节日可以作乐。

海浪在莫大的蓝色海面发狂，
海员们犹如处身于一个易碎的窠臼。
那虽是残酷的恒常状态，
但源于陆地的慰藉使你们得救。

你们的理想像海燕一样翱翔，
但却筑巢于岸边的陆地。
等待着你们的是一位孤寂的母亲，
还有那隐忍着柔情的爱妻。

在庞贝 [1]、法马古斯塔 [2] 和雅典，
你们的遐想并未实现；
在风浪中你们连眼睛都不能眨，
你们身上聚集起了那红酒的精华。

你们不要把我编织在自己的记忆中，
说我借助渔夫的网去寻找珍珠。
你们的生活达到了朴素的极点，

1　庞贝：意大利那不勒斯附近的古城，曾被火山爆发引起的地震摧毁。
2　法马古斯塔：塞浦路斯东海岸的港口城市。

其中的一切都属于音阶的低音区。

我不能接受你们的信念，
和只在外表上不驯服。
我依恋这古老的土地，
在身上的每一处都感觉得到根的永固。

一九八九年

（陈九瑛　译）

伊凡·米尔切夫

（一九一九年至一九九二年）

索非亚大学拉丁语言文学系毕业，后毕业于预备役军官学校。二战末参加反法西斯战争，一九四四年后曾与军事刊物合作，并担任过编辑。一九七一年至一九七三年任保加利亚作家出版社诗歌部负责人。他写有二十余部诗歌作品，多为军事题材，语言明快精练，充满革命激情，并反映现实中的尖锐问题，具有揭露和讽刺的锋芒。重要诗集有：《田野》（一九三一年）、《三代人》（一九五九年）、《夏日的意外》（一九六九年）、《抒情的日常生活》（一九七四年）、《不可捉摸》（一九七六年）等。

雪中小径[1]

我顶着风跨步前行，
在我面前——
既没有路，也没有见到雪中小径。
我耗尽了力气，大雪厚得过膝，
远处的村庄也默无声息。

但在昏暗中有雪橇赶上了我，
可转瞬间它却向前冲出很多。
它为何不停下，不等一等我？
雪橇上的人没有看到我这可怜的人吗？

他们是两人，
准都很年轻。
女子咯咯笑，男人在喘息——
原来如此。这使我很生气，
仿佛一下子落入了谷底。

但我能向谁发泄我的怨气？
他们是一对恋人，
他们觉得最好是两人单独在一起，
爱情永远都是那么中意于私密。

好在他们在路上划出了两道印记，
在我面前显示出两行弯弯的轨迹。

1　选自保一九四四年至一九五九年诗集。

爱情既然为我开辟了雪中小径，

也为我指引了前行的标的，

我的虚弱无力在不知不觉间消失，

两腿迈起步来也就越走越急。

（陈九瑛　译）

隐藏的标题

（一）

如果有人问我：你是谁？是什么样的人？
在这复杂而又翻新得使人头痛的生活中，
很难用准确的语言回答这个问题。
我一直在这个严峻的世界中进行探索，
我跌倒在深渊里，又沿拐角处爬到了山顶；
大火烧着了我，冬天的严寒冻僵了我，
伤痛从别人那儿，也从自己这里折磨着我。
不良的欲望总是企图控制我的心窝，
享乐使我感到温馨，爱情对我产生诱惑。
你们看，我如今就这样赤裸裸地晾晒在你们面前，
而你们却像兄弟一样拥抱着我，使我感到满足和温暖。

（二）

朋友在一天天减少，
我们建立的制度不公平。
生活中的冲突将我们拖走，
一连串的回忆也无法更新。

（三）

把我们分成等级，令人心情不愉悦，
追求亲密的愿望，却又难以被理会。
感情已渐凋萎，激情发育不全，
唯有完成了事业，才能聊以自慰。

（四）

你生活在象牙之塔里，
嘴里吐出的却是蛮横的话语。
你将自己的形象往职位与官爵上张贴，
对着高层，你奋勇向上攀爬，
对于大家，你都是不速之客。

（五）

你孤寂，我们知道你并不幸福，
你因为私下交易、谋求私利而衰弱。
贪婪为你衍生出纵欲的生活，
你在利禄的圈子里纵横捭阖，
你的荣誉却在一根发丝上跌落。

一九八八年

（陈九瑛　译）

莉果娜·斯特凡诺娃

（一九二九年至今）

中学毕业后去莫斯科学习导演，后毕业于高尔基文学院。长期从事编辑工作，曾任《文学阵线报》诗歌部主任，《九月》杂志副主编。后任文学季刊《观察》的主编及保加利亚笔会中心会长。

斯特凡诺娃的诗歌以内心世界的感怀表现时代问题，写法自由灵活，生动自然，充满新意。其主要诗集有：《在莫斯科》（一九五二年）、《当我们二十岁的时候》（一九五六年）、《我心爱的世界》（一九五八年）、《和你一起去骑车》（一九六一年）、《请不要走，白天》（一九六五年）、《爱与痛》（一九六七年）、《未来之声》（一九六九年）、《磁场》（一九七八年）、《抒情诗集》（一九八〇年）等。

惶 恐[1]

生活对人有严格的限制，
在闲暇和偷懒的场合，
我觉得会有人在面前出现，
并审视地睥睨着我。

有时，我感到会误了火车，
是别人换了我上路动身。
当我犹豫地等待时，
火车已在远处发出了哐啷声。

我没有按时完成的事，
别人已替我做好。
在我休息完毕时，
别人已把我的事扛在肩上。

当我被偶尔的召唤所引诱，
正忘乎所以瞎折腾时，
一位头脑兴奋的人，
谱写出本世纪最难的交响诗。

由于我贪恋宁静的睡梦，
代替我的是别人的早起。
在暴风雨后的无垠天地里，
尚未脱颖的诗作还有待梳理。

---

1 选自保一九四四年至一九五九年诗集。

在严肃思考的时刻，

我感到时间消逝的快速，

在开动火车的每声吼叫中，

我不能不在惶恐中颤抖。

（陈九瑛　译）

"有"与"无"

"有"
与
"无"
这两字之间的区分，
让人头脑发晕！

不断交换
相互位置的
这两个极端，
使得我
时而幸福、
时而难堪。

你高兴、
欢喜、
生活、
呼吸，
你拥有的财富是
"有"字。
它渗入了你的骨血：
有真爱、
有诚实、
有不朽，
"有"！

可有一天——

十分平常的
一天，
不知为何，
你莫名其妙地感到，
有谁在拍你的双肩。
原来，拍你的正是，
那个"无"字当先。

你知道什么是诚实？
你知道什么是爱恋？
他们在哪里？
在哪里？
全是欺骗。
"无"字，
站了起来，
无情地向你瞪着大眼！

啊，这是两个字的
可怕循环。
听命于你们的掌控，
我心有不甘：
在黑暗与白昼之间，
沿着一条看不见的路线，
我要反抗，
我顽强地重复：
"有"！

"有"这个声音在讥笑：
"有"什么？
有寒冷、

有卑劣、

有创伤、

有痛苦。

我急忙跑去寻找另一个字：

"没有"！

不，够了，

见鬼去吧！

让它们

不断

交换位置好了！

在"有"之后，

让"无"

来片刻，

然后再让新"有"置换"无"……

这是两字之间的可怕游戏，

这游戏实际上就是生活。

一九六七年

（陈九瑛　译）

我很知足

我们相见甚晚，
很早又别离。
我们不会有那
金色或银色的婚礼。
我很知足：
我们曾在铺着金被的麦田中、
在森林的银色冰凌里缱绻——
那就是为我们举行的婚礼。

我很知足：
因为对于我们，
一切都那么新鲜和纯洁。
我们第一次记住的世界，
将一直活在我们终生的记忆里。
时间不断流逝，
如同那明珠落在芳草里；
也仿佛在我们心中，
留下了那野果的花蕊。

我很知足：
我们像快乐的
风一样，
迈步在大道上。
我们还相吻在
那云雀的翅膀下。
不过对于我们，

这视野太狭窄了！

我知足，我知足……
然而，是知足了吗？

一九八五年

（陈九瑛　译）

分离的梦

最难受的是，
我们的梦已分离，
我还能期望什么？
我的那些梦，
总向你那儿飞去，飞到了你的梦里。
你快把它还给我吧！
我知道，你离我很远。
在那燕子飞翔的高空，
你现在正做着那
微笑的、活跃的紫色梦。

那些美梦的诞生，
是当我的头挨着你的头睡着后
像那绿眼睛的河那样流动——
一个爱河中的女人
做的最甜美的梦，
确实就这样产生了！
你把它们还给我，
其他什么我都不需要，
只要那些微笑的梦，
我们共同享有吧！
为什么要留下
那黑夜的噩梦呢？
还有那些影子，
那些已化为烟雾的动作？

一九八七年

（陈九瑛　译）

153

艰难的飞行

我以轻盈的动作，
攀爬至难以到达的高度。
在低低的轰鸣声中感到操控自如；
对猛烈的搏斗撞击，
感到惬意。
这表明我有本事，
我有能耐，
我很神气！

在沉重时刻，
能感到轻松，
在搏斗的艰难中，
能感到快乐。
内在的嗓音能不停歇，
这表明最后的发言权属于我。

在短暂时刻，
当你达到极限时，
每根筋都会希求
短短的歇息。

只是在你眼里，
从哪儿能获得
这非人间的潜能？
那是太阳的热力！

我不选择，

那铺上花朵的道路，

不想在平日期待包容；

不期待硕果，

不期待奋力过的光华。

只希望

在沉重的日子，

能感到轻松。

当负荷压弯了我的脊背，

只希望在我心中响起儿童式的口哨。

当我独自

在陡峻的气流中掠过时，

能展现出轻盈的笑貌。

我愿以清澈的眼神注视前方，

请求别人

作稍稍的让步；

我愿以年轻竞技者的航行技能，

去努力实现艰难的飞行。

一九七四年

（陈九瑛　译）

伊凡·达维特科夫

（一九二六年至一九九〇年）

毕业于索非亚大学斯拉夫语言文学系。曾在索非亚电台工作，担任过《九月儿童报》文学主编，电影厂制片委员会成员，《火苗》《夜莺》杂志编辑；一九六八年后任保作家出版社主编，《火焰》杂志书记。他的诗具有真挚的公民激情，生动的形象性与柔美的抒情性，善于在拟人化的大自然里揭示人们的真善美行为。主要诗作有：《五角星旗》（一九四九年）、《电车》（一九五〇年）、《每道门槛上的欢乐》（一九六二年）、《色雷斯的公墓》（一九六八年）、《少年儿童诗选》（一九六九年）、《光耀》（一九七〇年）等。

树　木[1]

我不喜欢你们——娇嫩的树木，

你们生长在公园、住宅的花圃中，

成年累月地待在那里，

倾听乌鸦和喷泉的声音。

关切的园丁不时修饰你们，

太阳烤晒时给你们喝水，

你们每一个伤疤，都用树脂涂抹，

要是大雪飞来，更使他们又慌乱又害怕。

你们既害怕干旱，又怕霜雪打，

既害怕冰冻，又害怕狂风吹刮。

有许许多多别样的树木，

它们生长在巴尔干山上，

生长在燧石和金刚石的地层中，

根须深入到了紧紧的石头缝里。

当山岩崩裂，坠入深渊时，

它们依然屹立，树梢伸向星空。

它们身边传来的是山鹰翅翼的拍打声，

而不是乌鸦单调的嘎嘎声。

凶猛的雷电和疾风骤雨，

把它们摧残得遍体鳞伤；

它们为获得一丝光亮而奋力向上，

在焦渴中树叶完全枯黄。

1　选自保一九四四年至一九五九年诗集。

枝丫奋力去寻找云彩，

以便得到一点雨水的滋养。

夏天，一旦雷电猛劈它们的身躯，

它们则威严地缓缓燃烧，

以火光照亮那湿滑的路径，

方便人们通达那山峦之最高。

（陈九瑛　译）

游走的养蜂人

游走的养蜂人——
可爱的蜜蜂乐队
所拥有的演奏指挥家。
蜜蜂飞舞，翅膀嗡嗡地震响。
穿过薄雾轻纱，你们远去他乡。
从春天到夏天，
到那长满向日葵的海湾，
到椴树丛生的山冈，
和那秋水仙花的蓝色海洋。
你们的蜜蜂，
甚至光临那最谦卑的开花小树秧，
使小树做梦也没想到有这样的荣光。
它们还以安琪儿的灵气，
为路边被踩的野草加冠。
甚至你们头上的草帽，
也如同光环那样闪亮。

然而，这都是农作物开花时日短暂的辉煌。
往后一切都归于单调和平常。
森林里的树叶会凋落，
雨水会打在荒芜的花圃上。
到处静寂无声，蜜蜂的乐曲
也消隐在莽莽的原野上。
在你们的秋梦里，仅能奉献出
那被淡忘的蜂箱中与圆面包同大小的蜂糖。

一九八八年

（陈九瑛　译）

诗人的母亲

天凉爽时孩子们把她领到阳台，
为的是看那座山峦；可他们常把她遗忘。
她在这里待到傍晚，直至月儿爬到杨树梢上。
黑夜渐渐遮盖了她疲劳的手足和面庞。
她就像绿林边上的一棵老杨树，
那记忆中被啄木鸟啄过的孤寂的白杨。

孩子们出生，会走后就在院子里玩，
喉咙常染上病患。成年后有的出远门，
半夜赶上火车，从此很少把家还，
有的则永远留在了她身旁。
在那城郊坟地树丛内，
如今在她膝上拥坐着的不是月光，
而是那疼爱没够的宝贝孙郎。

在麦子和葡萄成熟时，她也来到收割地，
她听不清樱桃树上乌鸦的叫唤，
但看得见孤独者们的收成，
足够维持家人一年生计的盘算。

在那灰暗的阳台上，每天的傍晚，
她都久久凝望着对面的山峦。
在山的后面
是色雷斯平原，
她也想哪天到远处逛逛，
不必等待那星期日短暂的全家福，

和那窗台上三盆竹叶梅的花儿绽放。

过往的火车咣当作响，但她已听不见。

只有那铁轨近旁的坟地上，

枯萎野草上的晶莹露水在清晨闪光，

那时会产生诗句——诗人迟落的眼泪。

一九八九年

（陈九瑛　译）

山林女神在沐浴

在山林最幽深隐秘的角落，
一位旅游者在半夜里见到过，
一些山林女神如何在深夜沐浴；
阴暗水潭边放置着她们的衣物，
那些内衣被风吹得胀胀鼓鼓。

仿佛燃烧着的银色火苗，
女神在昏暗中交叉着双臂，
然后又伸开；她是那样期待，
人间的热手快来跟前抚爱。

我们不是因此而踏上荒僻的小路，
进入这最幽深的林间角落了吗？

啊，这儿是第一个水潭，没有一丝涟漪，
只有一朵云彩在水中潭底安息。
这山岭真的隐藏着自己的秘密。

这里又有第二个水潭。被摧倒的垂柳，
在水潭的镜面中梳理着青丝发缕。
这位披发的老人，请告诉我们，
哪儿有美丽的山林神女？

这儿是第三个水潭。女神们可能就在这里，
但在池岸上没有那银光闪闪的内衣。
没有，肯定是眼睛有误，看到的不过是一棵小树，将自己银白色的花瓣撒落在草地。

那位游者在林中半夜所见：
山林女神如何深夜沐浴，
纯系他自己的黄粱美梦。嗣后，
他将我们送上这黑莓和荆棘之路。

他不知道，一个骗局，一点秘闻，
也使得我们颇感幸运。
我们游荡在荒僻的山道，
和山岭另一面的隐蔽处。
昏暗中忽有一汪神秘的水潭在闪耀。
不久之后，一些袒露着酥胸的女神，
竟似一片光焰在沐浴。她们伸开双臂，
像月光放射的银辉一样，并期待着拥抱。

我们带着满是荆棘的火辣辣的手掌徘徊，
可是那魔幻的光华击穿了我们，
我们带着可悲的无言微笑，倒在草地上起不来。

一九八九年

（陈九瑛　译）

斯坦卡·潘切娃

（一九二九年至二〇一四年）

一九五一年毕业于索非亚大学俄罗斯语言文学系。参加过青年义务劳动队。先后在索非亚电台、人民青年出版社、《九月》和《祖国》杂志任编辑，并为祖国阵线、妇女民族委员会成员。

潘切娃的诗作质朴自然，充满生活气息，并致力于表现新时期妇女的生活与精神世界。她还翻译了许多外国诗作。其主要诗集有：《紧绷的琴弦》（一九五七年）、《火的大地》（一九六五年）、《苹果园》（一九六六年）、《我的权威》（一九七〇年）、《两个人的星球》（一九七七年）等。

女人心[1]

我没有纤细小巧的手，
在镜子前不爱停站。
我的脸喜欢明媚的阳光，
头发任凭风儿飘散。

我四面八方奔走；
或徒步，坐火车、大车、
饮山野里的清泉，
在泥地里跟着拖拉机走。

冬天穿蓝色的长裤，[2]
同男人没什么两样。
有理时，我发号施令，
需要时，我会喊两嗓。

任何工作我都去尝试，
夜晚，我穿梭荒山野地。
那并非是想唤醒朝霞，
而是为了变得坚强有力。

我把钱款带给家里，
以男人的手掌管生计。
但我体内总有什么在燃烧，

1　选自保一九四四年至一九五九年诗集。
2　从前保加利亚妇女一般不穿长裤，只穿裙子。

那是女人的温情不甘沉寂。

我喜欢奔忙后回家，
头发梳理得有光彩。
想成为一个纯粹的女人
也还要有点被宠爱。

在家务上，炉火要烧旺，
水在壶里要滚开。
手拽动门把手时，
声音轻柔才畅快。

我喜欢坐在灯光下，
一家人轻松地闲聊。
当需要重又外出时，
我的头会不时地向后瞧。

我胸中跳动着女人的心，
喜欢阳光晒着我的脸庞。
头发——风儿把它吹散，
女神——就是如此这般！

（陈九瑛　译）

沉默颂

在
半导体收音机、
气体压缩机、
涡轮机、
吉他、
电话铃，
狂言乱语并
怒吼的运动场，
和一堆冰雹似的言论、言论、言论
之中……
我坚韧而悲观地写出
自己的
沉默颂。
在喧嚣的狂流中我找到一小块干地，
以便站得稳定，
吸上一口空气，
在极度的宁静中
来聆听……
那些种子用温柔的声音在呼应，
土地在叹息，在雨水中啜饮，
阳光中的和风像锡纸般作响，
一切生灵的心脏都在脉动不停。
我经过地下九层后的第十层都能听见
一种沉默的温情，
并能在自己身上感受到别人的疼痛。
它悬在我上面，

像悬在浑水中，

能将水底看清。

在沉默的外壳中即将诞生

最稀有、最珍贵有价值的思想言论。

他们只能用刀来摘取，

重大的事业不用喧闹得以完成。

透过：

争吵、

鼓掌、

喧哗、

叫喊……

可麦粒中面粉的成熟，

也是在宁静中才得以完成。

一九七四年

（陈九瑛　译）

勿忘我

——印度传说

爱情的另一个名称
叫做勿忘我[1]。

它拦在你的路上像一头神牛，
也像是梵天[2]确立的一位使者。
你不能将它赶走，
也不能将它踩踏。
它那润湿的大眼睛盯着你，
温文尔雅地消耗你的一切所有。
甚至你夜晚躺在了床上——
它也会温存而暖烘烘地在你耳边呼吸……
你就是将它掏出，它也会变成你的影子。

多么美丽的名称：
勿忘我……

一九八六年

（陈九瑛　译）

1　勿忘我：一种草的名称，初夏开浅蓝色花，常用以比喻爱情。
2　梵天：婆罗门教、印度教的主神之一，即创造之神。

类似墓志铭

我敢讲，我在缝纫时，

从来都在使用同一根针；

缝线则时而白时而黑地轮换交替。

我的鼻梁上老架着那副眼镜，

有时将扣子缝上了老公那未脱下的衬衣，

我的血液立马会感到他血液的甜蜜。

我缝过我母亲的殓衣，

那时严冬会直接进入到我心里。

悲痛时我缝纫，

高兴时也会缝几针。

仔细地缝合那些

由于亲热、由于爱、由于粗暴行为

被撕破的各色各样的东西。

我缝过丝绸，缝过难看的伤口；

缝过空气，缝过不好的记忆，

有时也缝过激励。

像我这样时常旅行的女性，

会在行李中带一枚常备的针应急。

我希望它能更适用于某处某地，

缝补那些黑的窟窿和安琪儿的翅翼。

一九八七年

（陈九瑛　译）

170

内维娜·斯特凡诺娃
（一九二三年至二〇一二年）

毕业于造型艺术学院，后到匈牙利学习匈语与编辑知识。曾在电影制片厂剧本委员会任编辑，并先后任作协散文部及《人民文化》等刊物编辑。写有各种体裁的文学作品。她的诗作饱含当代生活气息与心理告白特色，有时加入随笔、散文元素，从内容到形式独具一格。其主要诗集有：《没有名字》（一九四五年）、《荒野中的夏天》（一九五一年）、《小的呼声》（一九五四年）、《诗集》（一九五四年）、《罗多彼游记》（一九六七年）、《坦诚》（一九六七年）等。

多布罗贾的霍罗舞[1]

舞队扭来扭去，绕来绕去，
像田地弯弯曲曲，
接着重又伸展开去——
是风在使劲儿，
还是人群在喘气？
霍罗舞队的闪亮登场一如往昔，
舞动了那一片广场，
舞步像大鼓在地上砰砰敲击。

宽阔无边的天幕，
蓝盈盈而又澄明如洗；
一朵朵毛茸茸的云彩被追赶着，
蹒跚地在奔走嬉戏。
太阳像个盛酒的罐子，
装满了葡萄汁液，
阳光像红红的酒浆，
浓浓的汁液向下直滴。

多布罗贾的一片幼林
在踏步似的摇摆不停。
乡间的小水库泛起了银光，
好像是眨着炯炯有神的眼睛。
一些圆滚滚的小山丘，
激动得颤颤巍巍，

1　选自保一九四四年至一九五九年诗集。

田里的禾苗像条大的皱褶裙，
摆动得节奏均匀。

播种之后的多布罗贾霍罗舞，
在天边的原野上回旋飞扬。
舞者的脚掌踩进了泥里，
似乎要从泥土里重新生长。
舞队像有韧性的树干，
既能挺直，又能折弯。
又像风中起伏的麦浪，
时而蹒跚，时而狂放。

舞者的手臂仿佛幻化成了翅膀，
广阔的空间极目在望。
像鸟群一样在天空翱翔，
心情自由而又舒畅。
啊！这就是和平的世纪，
属于劳动人民自己；
这就是多布罗贾人民
大联欢的幸福时光！

（陈九瑛　译）

信　函[1]

未来世纪的考古学家们
如果发掘我们脚下的地层，
将很难找到古时的遗迹。
因为已改变的地层不复有往昔的印记。

仅仅在短短的几年之中，
我们已越过了整整一个世纪。
我们整理过陈旧的废墟，
新的世界和新的人由此屹立。

这不是吗？童加河把自己浑浊的水，
慢慢地引向扎戈列[2]。
河岸上一排排垂柳，
像哭丧妇一样列队低头致谢。

那里的悬崖峭壁曾经是障碍，
如今天堑和湍流已变成通途。
新建的水库在阳光下波光粼粼，
描绘出这个世纪的一张新图。

像在梦中，层峦叠嶂竟荡然无存，
田野、森林在向四周扩展。
太阳也在观望：哪儿可以下山？

1　选自保一九四四年至一九五九年诗集。
2　扎戈列：保加利亚南部低地。

眼前没有了自己惯有的幛幔。

火车在新的铁轨上飞驰，
没了航道的河水找到了新的路途。
甚至沙石坡在我们整治的手下
也开放出了鲜艳的花朵。

（陈九瑛　译）

水[1]

水，水，请给他水！
死神快要在他头上降临……
那高悬在秃岗上的乡村，
已受尽苦难，濒临绝境。

它被人称为干枯村，
孩子出生不能洗净。
女人干瘪得像用刨子刨过，
只能偶尔用水润湿一下眼睛。

尘土飞扬，苍蝇扑面，
姑娘像扁担又细又弯。
唯盼一年中的秋天，
秋雨能救救那晒焦的农田。

他们做梦也没见到过输水槽，
干旱枯竭难道是命中注定？
狠毒的燥热要把他们整垮，
求生求乐不可得，反而要送命！

啊！该诅咒的往昔，
劳动者无使用辘轳的权利。
农场主自私缺德，
干渴者求杯清水也不可得。

1　选自保一九四四年至一九五九诗集。

今天，全村建起了输水槽，
龙头哗哗流出了鲜活的水。
旁边那无用的干枯老井，
它的井台井架轰隆一声被摧毁。

水槽里的水欢快地淙淙流动，
孩子们戏水湿衣也不懊悔。
一个姑娘头戴着芍药花，
提着铜壶恭身请你喝水。

潺潺的流水哗哗地响个不停，
你是神圣大自然孕育的奇葩；
也是世界上一切生命之源，
生活由你开出了幸福的花。

多布罗贾来到这里，
解渴而又满足地饮了这清凉之水。
它从那丰收了的大草原到来，
尝一尝这自由的滋味。

（陈九瑛　译）

给未出生孩子的短诗[1]

我和你是不可分的整体，
有共同的理想，共同的梦。
我的宝贝，你还在我的体内，
你的心在我身上跳动。

还不知你是什么样子，
有什么样的额头、眼睛和嘴。
在你活跃的身体里面，
从远祖那里继承来了什么？

你从无限之中来到这个世界，
但不知是其中的哪个世纪？
困惑之思使我激动不已！

有如此复杂的资质，
我能否成功地塑造出
具有新的禀赋和性格的人来？

（陈九瑛　译）

1　选自保一九四四年至一九五九年诗集。

弗拉迪米尔·戈列夫

（一九二二年至二〇一一年）

　　毕业于索非亚大学法律系。十五岁开始发表诗作。曾在索非亚广播电台工作。后在保共中央艺术与文化部电影剧本处任职。一九七五年后任作协刊物《九月》杂志主编。

　　他的诗歌表现出鲜明的公民激情和对祖国历史的热爱。后期诗歌多表现对当代热点问题的关注。如在诗集《宇宙》（一九六九年）、《担当》（一九七一年）、《迟到的承认》（一九七五年）等作品中对当代问题作了哲理的思考。到二十世纪七十年代末，发表了近二十部诗集，并写有剧本等作品。早年的重要诗集有：《皮林山的旗帜》（一九五二年）、《山中小屋》（一九六三年）、《诗集》（一九六七年）等。

拜科努尔卫星发射场[1]

"莫斯科时间今天零时十六分，拜科努尔卫星发射场

成功发射了一艘宇宙飞船……"

——塔斯社

我努力将它想象为

月球那样的世界，

或如同星座中的星星。

火箭发射——

一次离别，

落入宇宙的深渊。

黑暗的严寒，

默无声息。

惊人的永恒，

同什么也不接触。

拜科努尔，

你的遥远难以猜度，

但我的血液感觉到了你的呼吸。

敲击摩尔斯电码的声音响起，

发报机发出了闪光。

---

1 拜科努尔卫星发射场：苏联的卫星发射场，位于当时的加盟共和国哈萨克斯坦境内，现仍为俄罗斯所租用。

通过距离与时间的计算，

我测得出你飞到了什么地方。

我在想：我早就认识了你；

我在想：我曾经在你这儿游荡：

在西伯利亚的密林中，

某个时辰在宇宙的远处。

我在僻静中默默地探寻，

地球上蓝色的奥秘，

宇宙奇妙的无限性，

和生命时光短暂的痕迹。

我怎能想象你原是地上的？

我不了解电码与轨道，

我只是在运动中看到了你。

作为一种思想，

也作为新的真理。

地球没有旧的道路，

未来正迷人地临近。

拜科努尔，

我感到你刮起的风，

我的笔在划破纸……

一九六四年

（陈九瑛　译）

181

大　屋

妈妈不在了……这栋大屋
以黄杨树、葡萄架迎接了我。
还有那熟悉的儿童惊呼：
"我叔叔回来了！"

树上的木梨还是那样金闪闪地摇晃，
从什么地方散发出龙胆草的气味。
有着诱人茨岗[1]味的夏日烤晒，
使这屋里重又热闹了起来。

我父亲高兴地斟着葡萄酒，
我妹妹在院子里忙碌奔走。
大屋里的谈笑声直冲烟囱，
众多的主客挤得水泄不通。

在这喧闹的谈笑声中，
我感到失去了最爱的一个噪音。
我饮酒，美酒饮来也苦涩，
这大屋里没有了妈妈的身影。

一九七四年

（陈九瑛　译）

1　茨岗：即吉卜赛。吉卜赛人在俄罗斯称茨岗人，是一个以游荡为特点的民
族，原住印度西北部，后多到欧洲各国流浪。

全世界

我越来越明白——
我不需要飞翔，
去发现全部星座。

我是什么？
在那谜一般的星空，
我能找到什么？

在无边无际的宇宙里，
在它自行运转的循环中，
难道我能有安身立命之地
和避难之处？
我能去到天堂，
或者堕入地狱？

人本身就是一个宇宙。
在他那银河般的世界里，
有取之不尽的血流；
它迸发出的激情与物质
几乎都属于宇宙的范畴。

你去发掘它们吧！这就是
你无边的高深世界。

在这里——
这唯一的领地里，

"一带一路"沿线国家经典诗歌文库·保加利亚诗选（下册）

你就是

上帝！

一九七八年

（陈九瑛　译）

格奥尔吉·贾加罗夫
（一九二五年至一九九五年）

　　青年时代曾因从事反法西斯活动被捕，二战胜利后获释。毕业于苏联高尔基文学院，曾任《文学阵线报》编辑，人民青年剧院编剧，保加利亚作家协会主席。

　　贾加罗夫的诗歌鲜明反映了二十世纪五十年代国家建设过程中人民群众所表现出来的热情和积极性，抨击了维持现状的因循守旧观念，歌颂了饱经忧患的祖国和人民坚强不屈的进取精神。其主要作品有：《我的歌》（一九五四年）、《抒情诗集》（一九五六年）、《静默的时刻》（一九五八年）、《有时》（一九七五年）、《迎风飞翔的鸟》（一九八五年）等。

在审讯之后[1]

前后左右都只有两步见方，
地面如同寒冰一样坚硬。
伸出双手就能触到墙壁，
抬起头来就能碰到房顶。

但外面有宽而又广的田地，
有深深的河流，
有山峦的回音。
有天空
和飞鸟翅膀的拍打声。
还有那么多道路，
它们向遥远的地方延伸。

外面有祖国无垠的天地，
有挚爱的同志，
有珍贵的梦想，
和这小块地——
两步见方之地。
就在它的上面，
我捍卫着其中的一切！

（陈九瑛　译）

1　选自保一九四四年至一九五九年诗集。

森　林

漆黑的夜幕渐渐收起，
微风吹动着山毛榉树梢缓缓摇曳。
灰斑鸠在清凉的叶丛中咕咕叫，
晶莹的水珠在往下滴。

我在哪儿流浪了这些时日？
在哪儿闯荡，在哪儿失去踪迹？
森林啊！
是你给我带来了无忧无虑，
给我带来了灵魂的安逸。

你让我不再夜夜梦见，
那田中麦苗覆盖的野草，
那搅浑了河水的可恶风暴，
和那些摔死在途中的飞鸟。

你让我不再梦见那些人的坏心肠，
那些弯曲着的膝盖和凶狠的叫嚷，
那些咬紧的嘴唇和板紧的脸，
那些眼中射出的冷峻目光。

在这温暖柔软的苔藓上，
我敞开思想，惶恐地休憩。
你让我吮吸这清甜的
野天竺葵和马林浆果的气息。

天刚亮起来，到处迎来曙光，

太阳渐渐地升高，普照。

我低头聆听这数百年的老林在宣告：

她的希望就像她的树枝那样繁茂。

一九五六年

（陈九瑛　译）

保加利亚

一块巴掌大小的国土……

但更大一些对我也无用。

我很幸福，因为你有南国的热血，

你那古老的巴尔干山如燧石一样坚硬。

在你的原野和森林里，

狼群伺隙逞凶，那能算什么？

对于那些友好者，你以德报德，

对于那些作恶者，你从不放过。

一块巴掌大小的国土……

不论拜占庭[1]装毒药的金杯，

还是奥斯曼[2]的血腥军刀，

都在你强壮的手掌中捏得粉碎。

烟草大亨和一些吸血鬼，

对于你的榨取无所不用其极。

1　拜占庭：指四世纪后以君士坦丁堡为首都的帝国，即东罗马帝国。
2　奥斯曼：指十三世纪时，奥斯曼土耳其人灭亡拜占庭后所建立的帝国，
　　国土曾横跨欧亚非三洲。二十世纪初解体，成立土耳其共和国。

但他们都同卐[1]字旗一起被摧毁，

因为你身躯虽小但坚强有力。

然而奇迹出现了，悲剧却有了善终。

那些棚屋里充满了欢笑。

威武的旗帜呼啦啦地飘，

狭窄小路已变成康庄大道。

今天你如鲜花盛开；黑油油的土地，

在保加利亚人手下，显露出勃勃生机。

你的容颜散发出天竺葵的清香，

和风送来的歌曲富有诗意。

一块巴掌大小的国土……

但你对我却是整个世界。

这无须以别的什么来丈量，

我的尺度是使我心醉的爱！

一九五八年

（陈九瑛　译）

1　卐：古代的一种符咒、护符或宗教标志，被认为是太阳或火的象征。古印度、波斯、希腊等国均有出现，婆罗门教、佛教等都使用。我国唐初定此字读为"万"。二次世界大战前，希特勒认为卐字象征"争取雅利安人胜利的斗争使命"，于一九二〇年用作纳粹党党徽，成为法西斯暴力和血腥恐怖的象征。

彼得·卡拉安戈夫

（一九三一年至今）

毕业于索非亚大学保加利亚语言文学系。先后任《火焰》杂志编辑，作家出版社、故事片制片厂总编，国家图书馆馆长，作协秘书长等职。

卡拉安戈夫的诗歌格调平静柔和，善于在多种色彩浓郁的生活画面中凸现人们的爱国、爱家情怀。其重要诗作有：《路上的足迹》（一九五七年）、《四季与我们的街道》（一九六〇年）、《年轮》（一九六三年）、《突如其来的夏天》（一九七〇年）、《如歌的夜晚》（一九七三年）、《未变成雪的雨》（一九七六年）、《铅笔写成的传记》等。

还　乡[1]

马儿啊，你快快地跑！
地上散发出潮湿的气息，
故乡的春天多么美丽！
我回来了！
你好，春风，我的老熟人；
你们好，白杨树，我的老朋友！

这蓝盈盈的天，这可贵的土地，
灿烂的骄阳，亲切的丛莽，
青草的原野，丰产的田地，
银光闪闪的河流，清澈的小溪，
高峻的山岭，同那铃铛悦耳的羊群，
散落在美丽河湾的乡村……
你们，这一切的一切，
我无限地热爱你们！

嘿，割麦者硕大有力的手，
姑娘们红艳艳的脸蛋儿；
那心地善良、年轻爽朗的手风琴手，
那因阳光刺激眯缝着眼的生产小队长，
那头发丝发黄的拖拉机手，
你们，沐浴着初春温暖的阳光来到了，
我紧紧地握住你们的手！

1　选自保一九四四年至一九五九年诗集。

兄弟们，我将你们的热忱藏在了我心中，

我来到了你们的所在地，我也就属于这里。

马儿啊，你快快地跑！

道边白杨树下青青的草，

我回来了。

你好，你这老相识的春风，

你好，我们美丽的春天！

（陈九瑛　译）

路旁的石头[1]

一块石头从发白的峭壁上坠落，
带着灰色的皱褶躺在路旁。
在她的身边有多少人走过，
有多少脚步、多少命运在此登场！

它多少个世纪以来在此伫立，
多少世纪缺少生机、无声无息。
它不止度过了一种生活，
也不止一种生活将要接替。

它不知道鸟儿翅膀的闪光，
不知道树上果实的成熟。
不知道那被驱动的车轮
在它侧旁的白色道路上提速。

它不知道树根对水的渴望，
不知道你如何能快乐无比；
不知道你激情的萌发和高涨，
不知道你摔倒了又能爬起。

它的表面布满了藓苔，
深秋时只有那棵老杨树
用忧伤的枯黄落叶将它遮盖，
老杨树自身被折损也属无奈。

1　选自保一九四四年至一九五九年诗集。

大地上的一切生灵
并非都能长命百岁。
花卉、小麦是如此，
小草和人类也不例外。

鸟群死前在啁啾，
在蓝天中飞不到尽头。
谁都知道，它们从不羡慕，
那冰冷石头的天长地久。

（陈九瑛　译）

只有鲜血留下

"我们最美好，最忠诚的东西留了
下来——全体保加利亚人的鲜血。"

——迪·米拉迪诺夫[1]

小丘被劈裂——只剩下一边肩膀，
高山被摧毁——只剩下白石断面。
一切都成残缺不全，
只显出鲜血整整一大片。

骁勇的壮士躺在青草地上，
那明净的河水
已经流尽，
只有鲜血依旧遍地。

焦黑的山冈，没有歌声的村庄，
树木在熊熊燃烧。
隐匿在野蔷薇下的
鲜血开出了红花。

夕阳将落山，夜幕将垂下，
一队骑兵行进在天涯。
星儿将陨落，小溪会嘶哑，
只有鲜血在留下。

1　迪·米拉迪诺夫（一八一〇年至一八六二年）：保加利亚民族复兴时期的
教育家和社会活动家，后被土耳其当局拘禁，死于狱中。

一朵红花在无言者的嘴边，
沾上苦涩的露水。
苍天愁眉不展，
只有鲜血显得安然。

在这静寂而荒凉的夜晚，
正是炎热难当的苦夏。
当我们也不存在时，
仍有鲜血留下。

一九九六年

（陈九瑛　译）

维蒂奥·拉科夫斯基

（一九二五年至二〇〇八年）

　　毕业于索非亚大学斯拉夫语言文学系。曾任作协杂志《九月》编辑，后任编委，十九岁发表诗作。

　　拉科夫斯基的诗作多通过日常生活的画面表现自己的感受。大自然是他抒情诗歌最经常的源泉，自然现象拟人化色彩浓郁。有些诗歌对生活现象或个人感受作哲理思考，虽较抽象，亦不乏新颖之处。至二十世纪八十年代为止，有三十部诗集出版。其主要作品有：《在马里查河岸上》（一九五一年）、《银色的早晨》（一九六一年）、《日常的世界》（一九六六年）、《蓝色的虹》（一九七六年）、《得救的感情》（一九七八年）等。

我留下

一切都走了——我留下。
日暮和清晨在我身边流过，
春天和秋天在河流中淹没，
青草、小鸟、季风和气流都在更换。

一切都走了——我留下。
我就在这里，
就像大地上的一把泥土，
像那不枯竭的水流；
像那宁静中小草的低吟，
像暗哑但尚未失声的嗓音。

一切都走了——我留下。
偶然的和非偶然的客人，
暂时和非暂时空忙的牺牲者，
被一时的荣誉所俘虏的人，
返祖现象中电闪雷鸣般的搏击。

一切都走了——我留下。
这里我曾经待过，我留下，
在渺小但永恒的事物间留下，
像莫大天空下的一棵小草留下，
像陡峭山峦上的一条小径留下，
在这里，在人群和树林中留下。
永恒的

简直就像一粒泥沙，

我，一个平凡的人——留下！

一九七四年

（陈九瑛　译）

我们——树叶

冬天来了，

圣诞枞树开始脱下

自己身上的绿色衣装。

把全部的美丽都收纳在

树干的沉默中，并深深地隐藏。

人类也这样，

在预感到有战乱时，

自己会锁闭起来，

并在地底下挖掘

避难的地方。

圣诞枞树的叶子落下了，

在空气中像金币般叮当作响；

枞树，你是在向谁付款吗？

干燥的钞票是用于自己的葬礼吗？

明天，白雪将遮盖你白色的躯体，

那么，你将会像启示录中所说的神秘植物吗？

但是，一般的树木，你们都是神仙！

你们有能力

在战乱之后自行恢复，

并以大自然的灵气

生长得更高。

在人类世界中，

在人间世道里，

有神明的维护。

我们大概像枞树的叶子，

我们——

千百万的

平凡人物。

一九八七年

（陈九瑛　译）

如果在我之后留下了什么

不管事物怎样变化，

这大地的存在离不开——

生活的链条。

人在那上面安着

两个金属圈：

生，死，

生，死，

生……

剩下的一切都隶属于这二者之内。

大地——一个大五斗橱，

将我们像一些穿过的衣服，

一起收纳在它的里面，

以便在我们之后有所承继——

这条伟大的定则不可更替。

为了有变化，为了有运动，

我们应该对一切不那么较真、仔细。

笑与呻吟反正都一样，

痛楚与欣喜反正也一样。

为了一个活着的我们，

多少东西在我们身上消亡，

又有多少东西在我们身上生长。

每个人自己身上带着的

活着的和消亡的东西

都关联着全体人民。

这些东西，

在世界这个莫大的神殿里

予以构建。

每一个重大的举措，

都会在那里消失。

作为实现了的目标，

我愿意转交给未来。

在我之后留下的东西，

如新的小种马，

就让它们待在这里，

以便从我的足迹，找到饮水的所在。

一九八八年

（陈九瑛　译）

迪米特尔·斯维特林
（一九二五年至一九九八年）

索非亚大学俄罗斯语言文学系毕业，曾任索非亚电台、电视台编辑。他的作品以儿童诗歌较多，喜以谈话格调表现儿童生活；为成年人写的诗多注重从日常生活中表现人们的思想情感，颂扬他们的道德情操。重要诗集有：《春天的飞跃》（一九六〇年）、《控制不住的时代》（一九六〇年）、《现在，永远》（一九六四年）、《呼吸》（一九七六年）、《从早到晚》（一九七八年）等。

我早就疏于割麦了

我早就忘掉了割麦的技能，
现在重又跨进了这温暖的田垄。
从过去年轻时眺望的天边，
刮来了暖洋洋的和风。

沉甸甸的麦穗摇摇摆摆，
我用镰刀将它们割倒。
于是我的头几句诗便已告成，
并在这土地的热气上蒸腾——

它们还在远处的田垄上回响，
那样热情昂扬，就像我吟唱的一样。
我的车在道上吱吱嘎嘎地作响，
它迎来的是骂声，没有什么值得炫耀的荣光。

不论在乡间小道还是首都的住宅里，
我的自然禀性，
都不会允许自己离弃
那将水注入水库的小溪。

不会允许离弃地里耕作的铁犁，
和它后面翻滚的泥块、绕飞的乌鸦，
不会允许离弃那梨树上悬挂的铃铛，
和那田野上深褐色的蟋蟀和青蛙。

即使在世上漂流，

对故乡也总是梦魂萦绕。

记着那火上烤着的面包，

不会忘记手脚长茧的长老。

我早就疏于割麦，

常开着小车在各处的道路上跑。

春日的雨露和汽油的烟雾，

把我每天的日历都给熏黄了。

一九七四年

（陈九瑛　译）

机器人不会笑

你被技术所包围，
你应该与它齐头并进。
你每天掌握着它，
它也掌握了你。

计算、记录、记住，
它毫不迟疑地工作；
飞快达到了新的高度，
又产生了自己的机器人。

由此，在人们的生活中，
机器人替换了血肉之躯的人。
向替换诚实劳动，
替代我们的机器人致敬！

难道机器人等于人，
或者人已成了机器？
对技术进步谁会非难？
生活已变得更轻松！

但是人开始变得更加冷漠，
人已经技术化了。
在他受到了伤害的心中，
越来越缺少情感、缺乏爱！

啊，不，我不是无所不在的

技术的反对者，

即使遭雷击而变傻，

也不会退回到生活的过去。

技术进步，社会才能进步，

尽管这一切都付给了利润。

但我很重视微笑，

而机器人不会笑！

一九八六年

（陈九瑛　译）

迪米特尔·瓦西列夫

（一九二六年至二〇〇一年）

在索非亚大学法律系毕业，曾任《文学阵线报》编辑。他写有小说、诗歌和剧本。他的诗歌主要表现当代人的生活际遇和他们的某些心理特征，不乏挪揄讽刺的意味。重要诗集有：《小鸽子》（一九五四年）、《每日的高峰》（一九五六年）、《城市梦》（一九六四年）、《午后的阳光》（一九六七年）、《抒情诗》（一九七〇年）、《你是天》（一九七〇年）等。

但　愿

经常的思想斗争难为我们：

这是我的志向吗？

这是我的命运吗？

这是我唯一的贡献吗？

这是我仅仅能得到的吗……

我希望和期待过很多啊！

现在，我已立意重新学习，

但未免显得迟了点儿，

错过了重要的时刻——

转折的时刻、幸运的时刻；

荒芜了童年和青年，

挥霍了生命与感情，

所剩下来的只有期望：

嗐！但愿、但愿错过——

按过去同样的顺序，

错过死亡！

一九七四年

（陈九瑛　译）

没有季节

请接受这样的世界吧！
它没有季节，
没有人们的逐渐衰老，
没有替换希望的死亡和绝望。

有的只是人生的青春绽放，
只是天空的春意盎然和景物的色彩斑斓。
只是欣欣向荣的清晨，
只是热烈而疲惫的正午，
只是爱恋与温情的夜晚。
但没有落空的理想，
和燃尽的激情，
没有冷酷的真理，
和教条式的信念。
没有季节和日期的局限，
只有紧张而又充实地
走到自己的终点——
温暖而馨香，
短暂而无限地走到
夜晚！

一九七四年

（陈九瑛　译）

大小角色

你们扮演皇帝和大臣吧，
你们演主要角色吧！
你们不用着慌，
我会离开你们的争抢。

对于掌声我无所关注，
对于导演的夸奖我不会认定。
在永恒性前我挑选的是
不著名的人物命运。

根据我自己的能力，
我挑选了最小的角色；
对任何欺骗性的玩意儿，
我不会干那掷色子的把戏。

然而有一天在幕后，
有些人以最亲切的声音对我说：
他们不是演话剧，
实际上，你就是皇帝。

啊哟，我的天——这可是真事？
我似乎相信了这样的声音。
从那时起我扮演了
没有台词的主角儿的戏。

一九七四年

（陈九瑛　译）

213

柳鲍米儿·列夫切夫

（一九三五年至今）

毕业于索非亚大学图书馆学系。曾在人民青年出版社编辑部、索非亚电台文学部工作。后任《文学阵线报》主编，保加利亚作家协会主席。中学时开始写诗。他的诗歌构思新颖，风格豪迈。提倡用自由体诗反映现代生活，有的诗稍显晦涩。一九五六年以后，更以开放的思维活跃于解冻后的诗坛。成为"新时期一代"诗人的杰出代表。主要诗集有：《群星属于我》（一九五七年）、《永远》（一九六〇年）、《立场》（一九六二年）、《射击场》（一九七一年）、《可以烧掉的日记》（一九七三年）、《天河》（一九七三年）、《自由》（一九七五年）、《相爱之后》（一九八〇年）、《缓慢的行军》（一九八四年）、《列夫切夫诗集》（两卷，一九八五年）等。

不属于谁的理想[1]

某种思想，
使我的心灵
敞开着。
于是——
涌进来了一些不熟识的
标志：
形象、线条、
情绪和
金色城市的轻风，
纷纷涌入了我的体内。
不过，有如船从港口驶出，
我从自体慢慢溜了出来。

于是，我成了一个徒步行走者。
在这无名的街道上走得很远。
我知道，
这街道，
已生存到了最终的末尾。
这是城市的最终末尾，
也是历史可笑的最终末尾，
或者是
人与人类的分离……

这些老模式的梦幻，

1　选自诗人二〇一三年诗集。

像是老处女们的闲逛，

所有的理想都会被湮没。

我的内部嗓音

不信任我：

——不！

你不是有思想的人，

你不会思想，

你不是为理想，

而左右自己生死的人。

我表示反对：

对于这被欺骗的期望，

对于这悲欢的存在，

鼓起点勇气

不是更好吗？

生活曾是奇特的贪婪者。

即使如此

也别不断地念叨：

“天下没有免费的午餐。”

我们也听说过：

“不劳动者不得食”的话。

二者的寓意实际相同，

无非都是用切面包的刀来消灭理想。

大地上满是昔日的光景，

天空——是一顶魔法师的帽子，

他离开了自身，

已不能再返回。

不！不！不！

天空充满着"不"，

大地——有健忘症，

我的表也已经停走了。

这荒漠上的风啊，

你唤起了我一个不属于谁的思想，

我已立意为它而死亡！

（陈九瑛　译）

雨中的咖啡[1]

不要出去，
现在正下大雨！
啊，别担心我，
我喜欢那种荒唐的时机，
当狗熊结婚时，
当魔鬼受洗时，
当大雨倾盆后、
阳光普照时。

说什么我是个小孩，
然而，我独自游荡在
这可恼的马林果园。
雨点像陨星般洒落在
那咖啡苦杯中的火山口内——
这感受我永远也不会忘怀。
然而，孩子不是不喝咖啡吗？

终于，最后一滴咖啡吻了我，
于是，我成为了众所周知者，
书本也就因此而神圣了。
我在雨中喝咖啡，
并喜欢那种荒唐的时机！

（陈九瑛　译）

1　选自诗人二〇一三年诗集。

无可指责的课程[1]

致安·珀尔伊诺娃

这丑陋的世界，
就像一座封闭的学校。
我教你美学课程，
但用什么文字？

不过，我还是听到了不同的声音：
——孩子们，
让我们想象，
语言乃是活的生命体。

这看不见的语汇，
不就是
生活的女教师吗？

——现在让我们想象，
我们就是活的语言。
它们在某一天，
会编在一个句子里。

为什么呢？
因为我们已不是孩子，

1　选自诗人二〇一三年诗集。

对于未来就是历史。

那时，它的含义会被认同，

它的未来会被判定。

（陈九瑛　译）

沉重的光亮[1]

我们面对纪念碑居住，
它是位宁静的教师。
在黑暗中
事物都在窃窃私语，
可是它——不！

那新月像浪子，
重新回到家，
双膝跪下，
亲吻门槛……

而我，
像个逃亡者，
走到阳台上。
我的足下闪现着一所古老的公园，
于是我飞向了绿色的树冠，
而那树冠是由梦境所照亮。

一块巨石显示出
它的伤痕。
那是由掠夺者开凿、斫砸而成。
而那些窃取蜜糖的盗贼，
却用花环和字母来掩饰自己的恶行。

1　选自诗人二〇一三年诗集。

只有我的心

还没有被同化，

于是，从酒馆里传出了多种声音。

我的人民已背离了自己。

这里是一个国家，

它的印迹已经消失。

往昔被活活埋葬，

新的火炬，则将我的眼睛刺瞎。

这位教师沉默着，但在等待，

我知道他要等的是谁。

我知道的事情，

我就写下。

光亮已变得沉闷，

韵脚是淡紫色的，

诗是愤恨的。

（陈九瑛　译）

斯特凡·查内夫
（一九三六年至今）

　　毕业于索非亚大学新闻系和莫斯科电影学院。曾在莫斯科及索非亚的剧院工作。一九五三年开始发表诗作并写作剧本，成为著名的诗人兼剧作家。他的诗歌同剧作一样，都具有鲜明的思想主题和强烈的社会批判锋芒，并具有打动人心的感染力。重要诗集有：《钟点》（一九六〇年）、《人物画》（一九六三年）、《栏杆》（一九六八年）、《我提问》（一九七五年）、《安魂曲》（一九八〇年）、《诗》（一九八三年）、《天降灾难》（一九八六年）、《救救我们的灵魂》（一九九二年）等。

一位外省女演员的夜间自白

（雨点飘打在窗上，雨点——
就像一阵阵掌声。）
已经有七个月，我没有
与我丈夫一同躺下。

周围是对于绯闻的饥渴，
对于异常事物的饥渴。
整个省城的人，
都在伴着我们的秘闻进晚餐。

就在吃两个烤肉饼之间，
活像法庭上的起诉或申辩：
说那个罗密欧和朱丽叶，
是否真的非法同居、过夜？

说奥菲丽亚做了不同的
或同样的堕胎。
（雨点飘打在窗上，雨点——
就像天上打来的耳光。）

因我演梅德雅、让娜、维尔日娜[1]等角色，
说我垄断了舞台，很可怕！
说我在生活中最大的成功，
是傍着某地方的大官。

1　梅德雅、让娜、维尔日娜：指外省女演员所演剧中的角色名。

又传播说：我们的无私敬业，
是因通过了这些铺垫——
只需走最短的路径，
就能去到首都的剧院。

（雨点飘打在窗上，雨点——
就像一阵阵掌声。）
又说，你怎么会看到，
哪次宴会上没演员参加？

你拒绝了那埋葬人的习惯，
他们在一起过夜时，把你当破鞋踢。
做一个正直的人很困难，
而正直的演员——是白乌鸦！

我期望有光荣、不寻常的前途，
但我已经不再追求。
我喝酒，不祈求，
作为人的愿望的幻想
已在我心中彻底死去，不再存留。

来吧！我的子虚乌有者，来爱我！
表现一两小时吧，像舞台上那样。
（雨点飘打在窗上，雨点——
就像一阵阵的鼓掌。）

一九七九年

（陈九瑛　译）

衍生的契卡[1]

捷尔任斯基——熟悉而又突然地

以他尖削的侧面和刺耳的名字，

像剑一样地挺立着，发出了命令——

契卡委的人有责任

具备：

热烈的内心——不停地警惕着。

在自由的世界里，

像白血球一样

保卫

血液的鲜红。

冷静的头脑——因为子弹

要一下子以及永久

置于人的出血点上——

这语言

要多次射击而又准确。

干净的双手——不装模作样地高举。

在高举时，

既无对未来利益的幻想，

也不会因以往欺骗的罪过而受压。

1　契卡："肃反委员会"俄文缩写"Qeka"的中译名。俄国十月革命后建立，
　　领导人为捷尔任斯基。二战后保加利亚可能建立了类似机构，故诗人称其
　　为"衍生的契卡"。

契卡委员以其尖削的侧面
和小心翼翼的正面行事。
那看不见的枪口，看不见的阵线……
而最看不见的
是在我们身上。

因为我们的本性就具有
相当隐蔽的手段——
每天清晨在镜子里，
每一个人
都会见到自身的叛变者。

我们刮脸时发出的语言，
并不妥协。
虽无出路，也大胆起来。
早餐呢——都默不出声，
因为面包，堵塞了喉咙……
如此等等。

然而，契卡分子盯着我们，
劝说，威胁，
枪弹对着我们的胸口。
开枪射击，
立即倒下了最无可指责的人。

一九八八年

（陈九瑛　译）

227

马泰·绍普金
（一九三八年至今）

毕业于索非亚大学保加利亚语言文学系，曾任人民青年出版社诗歌部主任、《文学阵线报》诗歌部主任、作家协会书记等职。绍普金在诗歌中能对现实问题作出敏锐的反映，善于运用独特的意象表现开放的思想；诗歌形式具有较强的韵律感。重要诗集有：《第二十个春天》（一九五九年）、《夜雪》（一九六六年）、《后裔》（一九六七年）、《领土》（一九六九年）、《四月的轨道》（一九七三年）、《距离》（一九七四年）、《盾》（一九七四年）、《格尔诺夫格勒的神话》（一九七六年）、《光荣的原野》（一九七八年）、《情话》（一九七九年）、《命运》（一九八一年）等。

权　威

我看着母亲的目光，
听着父亲的声音，
最后就会明白：没有比
父母的权威更有力的了！

久远岁月的亲缘根底，
既不粗暴、不狠毒，也不刻薄。
这是由爱而生出的太阳似的面貌，
这是由星星发出的太空钟声。

从祖辈、曾祖辈尚在的根底部，
各色人物在繁衍，放射出耀眼的光焰。
这根底在亲缘的标识下延续承袭，
就像一幅古老而永恒的年历。

我一路上经历坎坎坷坷，
因这标识和苦艾酒而陶醉。
我履行了祖辈根底的命令，
带着期待，我是一名有种的后代。

在我面前闪亮着母亲的目光，
在我耳边回响着父亲的声音。
因为我明白，没有能比，
父母的权威更有力的了。

一九八六年

（陈九瑛　译）

爱的长期定居点

在朗朗的白昼与无尽的夜晚，
我在世界各处将你们找遍——
那珍贵的、熟知和未知的，
爱的长期定居点。

在原野、密林，在山峦叠嶂，
在所有的河洲，在绵延的海岸线，
在静谧的历史名城，或在
人口稠密的都市将你们找遍。

可能我在追着浮云奔跑，
我口中念着告白，高声呐喊：
这世界应该被爱，
这世界不能没有爱！

谁因为仇恨而在制作棺材？
谁因为欺诈而编织着谎言的网页？
核威胁在世界各地蔓延，
而谁又会受到良心的谴责？

我知道，仅靠呼吁，不可能
拯救我们的地球于灭亡，
但在期望、乐天与恐慌中，
我要求自己总能正直与坚强。

于是，我奔向遥远的路途，

到世界各地将你们找遍——
我珍贵的、现实和永恒的、
爱的长期定居点！

一九八八年

（陈九瑛　译）

达缅·达缅诺夫

（一九三五年至一九九九年）

毕业于索非亚大学保加利亚语言文学系。曾任《人民青年报》文学顾问，工会中央理事会作家组成员，《火焰》杂志诗歌部编辑。

达缅诺夫的诗作视角独特，构思新颖，朴实自然，明朗真诚，达到了思想和情感的和谐统一。主要诗集有：《幸福的长诗》（一九六三年）、《如果没有火》（一九六四年）、《在太阳的祭坛前》（一九六四年）、《像棵小草》（一九六六年）、《夏日归去》（一九六八年）、《我的保加利亚也登上旅程》（一九七一年）、《快乐·忧伤·光明》（一九七四年）、《走过的路》（一九八五年）、《每个工作日都美丽如画》（一九八五年）等。

祖 国

多少话儿我要对你说，

但所能留下的也只是话儿；

甚至更好、更虔诚、更聪明的话儿，

祖国啊，你也听得够多的了。

多少许诺要向你表示，但你知道，

真诚者不需要许诺就会表示爱。

哪个孝顺的儿子热爱母亲，

还需要作什么许诺？

比起你其他许多优秀的儿女，

我即使创造了少见的奇迹，

也比不上他们创造的无数功勋。

他们已光荣地卧倒，

在我这名小辈行走着的地上。

我不善于建功立业，

如果需要为你立下功勋的话，

我要做的是：不曾为你去死，

而是要为你而活。

一九七五年

（陈九瑛　译）

黄　昏

不要开灯，还是不要开灯，

虽然外面已近黄昏。

不要赶走那些物体、暮霭，

和诗歌抑扬格中的晶莹梦魇，

他们在我脑海中激烈地争夺，

都还在寻找最准确的词汇。

不要赶走这还有光亮的顷刻，

它把我目光中最黑的元素，

都收集起来通通清退！

除此之外，这一天是这么短促，

它还要从我这里夺去森林、楼顶的轮廓，

以及人们微笑的一个小小酒窝。

除此之外，那窗下的脚灯，

不一会儿我入睡时也要熄灭。

请延长一两分钟的白昼吧！

不要开灯，还是不要开灯，

让光明与黑暗相互斗争。

它既给了我亮光，我毫无惋惜地看清：

我在一天之内怎样变成了老人，

而且身影映照在还有亮光的窗棂。

不要开灯，还是不要开灯！

一九七五年

（陈九瑛　译）

诗

谁对您说，诗歌在消失，

它奄奄一息，死亡濒临？

莫非是因人们的情感变淡漠，

鼻子对花香已失灵。

莫非是因人们的眼睛看不到天，

或是因焦虑而损伤了心智与激情。

莫非——我说——我们已看不见

诗的最起码的珍奇；

莫非——我说——莫非、莫非……

诗歌徜徉在诗的境地时，

与宇宙空间的神韵不相容，

并由此而受到冲击……

我们被太多的奇迹搅昏了头，

诗的珍奇已不足为奇。

于是便忘却了：

那由小草散发的香气，

那眼神中的露珠滴……

一九七八年

（陈九瑛　译）

235

诗　人

你要成为诗人，不能光靠才气，
不能只是语言的罗列和堆砌。
你要成为诗人，还需要别的东西——
那没有名声的、不顺利的遭际。
还要将那些语言变成自己的信念，
而这信念又变成面包给人充饥。
这面包甚至被乌鸦啄过，
最后依然会变得又圆又有香气。

一九七八年

（陈九瑛　译）

职　业

每个人都有职业——这简单而明白，
对盲人也可如此而言。
木匠砍刨木制构件，
面包师发酵面粉制作面点，
泥瓦匠砌墙盖屋，
我只不过在那里涂抹新篇。
可我的灵魂挨饿时，你就变为
求职那一刻，为我寻找面包和房间。

一九八二年

（陈九瑛　译）

祈　祷

在多年前，我还是一名
不出名的跛脚穷汉，
女人们从不看我一眼，
其他人也莫不如此这般。
今天则成群地围着我团团转，
但我的祈祷连墙壁都听得见：
"上帝啊，还请给我那时的命，
让我靠它来见证、来观看，
谁是真正对我爱、对我讨厌。"

一九八二年

（陈九瑛　译）

自 由

天天见到它：在忧思、痛楚、
快乐、鸟群和树叶中见到它。
也许是因为总见面，
就似乎总也没见着它。

我们随着空气呼吸到它，
它从各地、各方面照亮了我们。
也许因为处处都有它的存在，
我们的感官似乎没感觉到它。

在躯体、思想、眼泪里，
它深入我们之中，与我们同生共死。
它之所以是我们的气息，
是因为我们发现了它，直到空气停止。

这个不停顿的永恒的车轮，
一直转动到我们失去生命。
为了它，人们曾作出牺牲，
还不止一人两人，而是全体人民。

而为了它：忧思、痛楚、快乐、
鸟群、树叶和声音的发生，
以及人的死亡、失踪和跌倒，
不止在几分钟，而是在多少个世纪。

自由，你今天已处于这样的日常状态，

死亡，是我们往昔的无奈存在。

今天，我们拥抱着你，

在我们心中聚集着你，却不知你是谁。

你实际上是什么？是耶稣受难的十字架，

是死亡、永垂不朽，是沉重的目的。

我不知道这些，只知道别的：自由是

忧思、快乐、鸟群、树叶，是诅咒，

如同人心中的一颗子弹的世界。

一九八四年

（陈九瑛　译）

窗[1]

不知是坏事还是好事，
生命把我锁定在这间屋子里。
让我终身居住，把我封堵。
白天黑夜都面对着它，使我难受。
我得与同样的人、同样的物交往，
与同样的左面和对面，同样的景物共处。
对面是书籍，总共有八橱，
左面是一面看不远的窗户，
它们同我对着，面面相觑。
在那镜框与玻璃中，可怕的、疯狂的、
隐秘的东西，使我像死一般痛苦。
不过有另外一扇窗户，
它是看不见的，它藏在我心中，
从这里可以通向整个宇宙。
我们和全世界形形色色的生活，
岁月、活的死的人群和各种人物，
都在这里成堆地聚集着。
生活攫取走的我的一切，
它一一积攒起来，却又都还给了我，
我又回到了你锁定的生活。

一九八五年

（陈九瑛　译）

1　原诗题目处标为〇，意为无题。"窗"为译者所加。

无墙的房屋

记得有段时间我曾要求：

在写作时我想独处。

但很明显，偌大的世界不听从。

冗事在我身边堆成了山峰，

围墙也被拆除。从此，日夜不得消停，

人人的目光从四面八方射入房中。

我的生活简直成了舞台，

剩下的只有一座没有围墙的房屋。

这对我意味着什么——

最神圣的东西已藏在我心中。

一九八七年

（陈九瑛　译）

一张白纸

一张白纸，像是鸽子的羽翼，

在它上面，我使用浓黑的笔墨涂鸦，

书写这久远以来的艰难生计，

正因如此，我感到异常的悲戚。

穷困的你，为何向它诉说这些事体？

你原以为这对它并无伤害，

便把自己的伤痛向它推卸。

而你本可以把它叠成一只白鸽，

让它载着我们一起飞向天际！

一九八八年

（陈九瑛　译）

埃弗蒂姆·埃弗蒂莫夫

（一九三三年至二〇一六年）

　　毕业于教育学院，当过十年教师。先后任人民青年出版社诗歌部负责人、《火焰》杂志副主编、人民青年出版社经理。

　　埃弗蒂莫夫从小学开始写诗。一九五一年后在多种刊物发表诗作。他的诗歌唱响与时代重大问题相呼应的声音，关注着现代人多方面的精神追求。诗风简练明快，视角独特。重要诗集有：《警醒的眼帘》（一九四九年）、《为爱而爱》（一九六七年）、《皮林山叙事诗》（一九六八年）、《保加利亚的颂诗》（一九六八年）、《栗树的颜色》（一九七二年）、《鹳鸟南飞》（一九七三年）、《苦酒》（一九七五年）等。

剥玉米皮

我们剥去玉米棒子的外叶，
就能得到金黄色的玉米粒。
这些玉米会把温暖送到我们心里，
并使我们由此能悟出一点真理。

它们给我们关于生活的启示是：
生活被多少不必要的外衣包住！
我们为它喧嚣，引起骚乱和惶恐，
其实它就藏在我们自己的头脑中。

当它以自己面目显露于世时，
我们给它购买假面具。
当它袒露心扉显得富有时，
我们会想法掩藏它的精神财富。

只要它不徒然地喧嚣，
愿意去掉我们堆砌于它的
那一切一切的包装，
显露的才是它真实的本相。

从自己的果实上除掉
不需要的、引进的、有害的东西，
清除掉生活中虚妄的喧嚣，
才能具有我们生活的真正意义。

一九七五年

（陈九瑛　译）

往事记趣

想起这件事，仍觉好笑。
在我少小年纪时的一天，
我曾将麻雀窝中的小蛋蛋，
放到了老鹰的窝巢中间。

一个麻麻的小不点儿，
不过只有几点雨滴大。
由于我怜悯它，
想让它一下子突然变大。

我把它放得很高很高，
高到了星空下。
我期待有朝一日，这蛋蛋孵出鸟儿，
啪啪地扇起翅膀飞向天涯。

希望它飞起成为强大的、不可战胜的鸟，
我枉然地等到了初雪时。
可在那只老鹰的翅翼下，
破壳而出的仍然是一只小不点的雀儿。

一九七五年

（陈九瑛　译）

钥　匙

现在有人送我一把天堂的钥匙，
但是，天堂对我有什么用处？
人到那里去了结余生，
还早啊，我还得考虑人生该如何结局。

现在，我倒需要另外的钥匙——
它是无数钥匙中的唯一的一把。
它应老实本分，又有魔幻般奇能，
它应能开启众多人们的心灵。

例如——被严实闭锁的良心，
例如——被压抑变弱的呼吸，
被老的创伤锁住的灵魂，
被禁锢的奋发创新天地。

例如——对其他人封锁的道路，
例如——变沉寂了的科学声音。
在这个世界上它应能开启一切，
不要再有一双想上锁的眼睛。

不要将爱情锁在房间，
不要将大门只打开两边。
而只要将天堂加上锁，
因为那里装着我的过错。

一九八六年

（陈九瑛　译）

诗

被暗地里的指责所埋葬，
在强力的遗忘下而消失。
一朵不为他人所知的玫瑰，
在百年后又重新面世。

自己从前的沉默无言，
得以在人间重新展现。
曾说出过的、曾隐藏着的，
虽都已成过去，现在却纷纷向我们道出。

上百年地一笔勾销，
上百年地阒无声息。
现在我不问——那是什么缘由，
现在我不问——为什么会被忘记？

如此长时间的无影无踪，
如此长时间被勾销的语言，
在清晨或布满繁星的夜晚，
重又回到了人间。

上百年地受屈。在这百年后，
从那些徒然的喧嚣中，
这朵玫瑰在废墟上冲了出来，
并又向我们吐出了那沉痛的语言。

一九八六年

（陈九瑛　译）

弗拉迪米尔·巴舍夫
（一九三五年至一九六七年）

　　一九五八年毕业于索非亚大学保加利亚语言文学系。小学时期即发表诗作，先后任《人民青年报》《工人事业报》编辑和《文学阵线报》副主编、作协执行委员会委员等职。一九六七年因祸事英年早逝。

　　他的诗歌饱含青年人的火热激情，擅长表现时代生活的戏剧性冲突，并重视民族传统与世界艺术创新的结合。重要诗作有：《报警的天线》（一九五七年）、《铁的时代》（一九六六年）、《年岁》（一九六六年）、《工作室》（一九六七年）等。他还写有不少歌剧剧本，并翻译了许多外国诗作。

在列车前[1]

同妈妈

没有

轻松的别离。

她默默地

站立在我的面前，

任凭天上降着和缓的雨滴；

也任凭

我们脸上

淌着水流，

并在其上

纵横淋漓。

因为这样，

至少在最后一刻，

我能被骗：

她没有哭泣过；

她也可自以为没看到，

我怎样在泪眼滂沱。

（陈九瑛　译）

1　选自保一九四四年至一九五九年诗集。

遐　思

如果对人类没有什么贡献，
我们为什么而出生？

我们既不需要荣誉，也不要
伟大天才的命运。
我们只需要
那不知名的普通妇女的
善意；
她最先把土地的美
编织在麦田里。
我们只需要
可贵的才能，
以促使能工巧匠脱颖而出；
他最先在槭木上
雕刻出花纹，
于是，那树木也唱出了歌声。

我们既不要荣誉，也不要
伟大天才的命运。

只要有一代人的承认，
我们就会知足。
只需要
练成一双灵巧的手，
像那位科廖·菲切[1]，

1　科廖·菲切：为保加利亚民间知名的建筑师、能工巧匠。

把那不会说话的顽石，
加工到感动人心。
只需要
插上两只强大的翅翼，
像曼诺尔 [1] 技师一样，
让我们以声速飞行，
去超越那勇猛的山鹰。

只要有一代人的承认，
我们就知足！

只要有大胆的梦想
体现在一种创新之中，
让我们成为
抵御北方旱风的森林！
让我们成为
滋润稠密麦苗的甘霖！
让在我们手指下，
病入膏肓的人能复生！
让在我们手指下，
恐怖的子弹能不伤人！
让在我们手中
有十亿个太阳
像麦粒儿萌生并献给我们！
只要有大胆的梦想，
体现在一种创新之中，
以让我们有权利安然入土，
那儿有那么多天才在长眠永存！

一九五七年

（陈九瑛　译）

1　曼诺尔：为保加利亚民间知名的建筑师、能工巧匠。

安德烈·格尔曼诺夫
（一九三二年至一九八一年）

　　毕业于索非亚大学俄语系。曾任中学教师，并先后在《人民青年报》、人民青年出版社任编辑，后任《现代人》杂志副主编，《火焰》杂志主编。他的诗显示出对大自然的细微观察与敏感，善于捕捉现代人的心理感受，并以浪漫主义激情表现过往岁月的社会变迁。他还翻译了不少外国诗歌。主要诗集有：《幼芽》（一九五九年）、《工人的火车》（一九六二年）、《民族的徽章》（一九六四年）、《请记住我》（一九六七年）、《变容节》（一九六八年）、《字母》（一九七〇年）、《桥》（一九七〇年）等。

紫铜色的青年

在海豚博物馆有一尊塑像——
一名脸如紫铜、手握缰绳的青年。
他经历的多个世纪，如同过眼的云烟。
他的神态有如聆听观众的嘈杂声，
似在疾驰后停下来歇息休闲。
一些马匹还在口吐白沫，微微战栗，
时不时踢着蹄掌，打着响鼻，
众人迷醉般地向他赞赏致意。

但是，你，胜利者啊，现在已时过境迁。
昔日的观众和车水马龙均不再现。
那块地上只开着一朵蓝色的花，
连陈列品上的杂草也稀稀拉拉。
在漠然的蓝色天空下，
二十个世纪飞逝而过，
在你曾经驰骋的道路上，
那些滴血之地也开出了芍药花。

唉，这情形何止这一次，
每一次的荣光均消逝于无形。
作为抵押留下的物品，
只有你手中的缰绳。

你只是展馆中的陈列品，
被人们远远地观望、赏鉴。

你光荣的运程已慢慢消散，

并渐渐地迎来了严寒的冬天。

一九七五年

（陈九瑛　译）

德摩比利[1]的生还者

一天，你从遥远的德摩比利返回，
你眼睛失明、衣衫褴褛、满身风尘。
长途跋涉使你身体羸弱、四肢乏力，
你是所有军团战士中唯一幸存的人。

关于你返回的消息突然传开，
霎时间城里和小丘上空无人影。
人们争先恐后地蜂拥而来，
想看你这从死亡线上爬回来的人。

他们丧气而鄙夷地发问：
在战斗中，你为什么还能活命？
你所有的战友都光荣牺牲，
怎么唯独你没有战死在阵地？

你的回答是：在你像只死鸟倒下前，
你的双眼已完全失明。
在酷热、尘土和血泊中，整整一星期
你没有知觉地躺在尸体堆里。

你说，纯粹是上帝不给你荣誉，
没让你在敌人的军刀下阵亡……

1　德摩比利：为温泉关的保语音译名，指古希腊沿海通道中一处狭长的渡河关口。公元九九七年，保加利亚进军希腊，在温泉关口与拜占庭军隔河对峙。拜占庭军趁保加利亚军不备发动奇袭，致保全军覆没，一万四千名士兵被俘，全部遭受剜目的酷刑。

当你清醒时，那里只有鸟群的尖叫，
它们争抢着叼走死者们的血肉肝肠。

然而，众人喊起了愤怒的吼叫声："不对！"
随后，大家都厌恶地掉头往回走。
你只能百口莫辩地痛哭，
光头跪地，泣血叩首！

一九七五年

（陈九瑛　译）

金色的光亮

昨天这林子还是一片葱绿，
今夜却铺上了一层白霜。
群山镀上了茫茫的银色，
远处的高峰在阳光下闪着金光。

白昼阳光熠熠，一片安逸，
氛围柔润而静谧。
阴影处显露出寒冷，
每片落叶坠地都有声息。

林中忽地响起了脚步声，
嚓嚓的声响打破了林中的静寂。
你由此感到，在树丛后面，
有双无形的眼睛盯着你的踪迹。

我伫立在那古木的门槛上，
一座白色小屋和挂满硕果的葡萄架呈现在眼前。
一位女子幽居在那里，有如一只孤鸳，
她将把门打开，又将在我身后把门关严。

一股温暖的空气扑面而来，
我将把双手伸向火炉取暖。
可我举目一望，看到的却不是她，
而只是一片金色的光亮。

一九八〇年

（陈九瑛　译）

格奥尔吉·康斯坦丁诺夫
（一九四三年至今）

　　毕业于索非亚大学保加利亚语言文学系，十五岁即在《祖国语言》杂志和《人民青年报》发表多篇诗作。一九七二年起先后任《人民青年报》副主编、《祖国语言》主编与作协刊物《火焰》主编。他的诗作常以敏锐视觉反映现实社会的迫切问题，并勇于对不良社会现象进行批判揭露；同时也善于以凡人、小事展现人间的真善美，揭示社会进步的乐观前景。主要诗集有：《首都给我的笑貌》（一九六七年）、《请在星期天爱我》（一九七〇年）、《一千扇窗》（一九七一年）、《自己的时间》（一九七四年）、《大大展开翅膀的鸽子》（一九七六年）等。

秋收葡萄

几年来我都在首都上班，
我父亲在乡间开垦了
一个小小的葡萄园。

他每天都跋涉在
小丘陡峭的山道间，
奔向那有着高收成的小果园。
作为城市人，他前不久
还是艺术殿堂里的普通一员，
现在体验这新的角色转变。

他赤着脊背直到腰间，
头上戴着麦草编的遮阳帽，
默默挥动着锄头和铁锹。
一小时一小时地过去，
他用手背揉一揉
胳膊肘的疲倦。

秋收到来时，
水灵的葡萄滴溜溜圆。
我父亲到邮局发电报，
用夸耀的言辞召唤着我，
叫我赶回秋收的葡萄园。

我当然会参加他的"首演式"，
高兴地走进葡萄架之间。

四周悬垂着累累的果实，

我仔细地审视着葡萄架上的每一串。

待到筐内装满了葡萄，

我在静谧的片刻想出了几句点赞的语言：

丰收的葡萄呈现的是秋之甜美，

我父亲对它们的期待望眼欲穿，

整整地耗时有一年。

一九八四年

（陈九瑛　译）

晨间所见

我不是孤寂、带病而贫困的人，
但当我遇见一位老人，
今天他伛身在
垃圾箱上时，
我怎能快乐地迈步前行？

他岂是由饥渴所迫来到这里？
他手里扒动着一根长长的黑钩，
为了寻找自己所需的财富，
在一堆废纸和面包块中寻搜。

那长长的黑钩子，
仿佛伸进到我心中。
这老人大概是我的邻居，
但他只能伛在垃圾箱边，
瞥见到我无言的身躯。

没有非难，没有夸奖——
我只能这样走过，
甚至开个玩笑也会将他挫伤；
而他在我开言后，
也许会把我的仁慈，
也塞入他的大口袋收藏。

一九八四年

（陈九瑛　译）

对问题之我见

现实中存在着
一种时尚病——疏离。
您想听听我的意见吗?
我们好像太过分地
讲求亲近。

有那样一种亲近,谓之友好,
在周围强烈地表现着:
眼盯着别人的锁孔,
把手指扎进你的伤口。

有那样一种亲近难以避免。
它低声劝告地来到你的面前:
"你的希望不要太高,
你的迈步别太向前。"

他对什么都知道得那么快,
还会提供详细的事实和因果:
堂吉诃德[1] 在某社区如何喧闹,
牛顿如何偷了苹果……

他计算我的债务,

1　堂吉诃德:西班牙文艺复兴时期作家塞万提斯创作的著名小说《堂吉诃德》
　　中的主人公。他本是穷乡绅,读骑士传奇入迷,模仿骑士四处游侠,包打
　　天下,闹了许多笑话。

久久地解释你的笑意，

并利用今天这个日子老是提起——

人家过去说的话，过去犯的错。

时尚病总会有，

但我一再确信地说：

那样的亲近，

是人们疏离的原因。

一九八四年

（陈九瑛　译）

保加利亚的河流

从南方高傲的老山[1]发源，
这些河流都起着女儿名：

马里查、童加、阿达、维利卡[2]，
在晨曦中微微地扭动着身躯；

斯特鲁玛急切地向前奔流，
梅斯塔系着打褶的腰带。

这些河流喧嚣着，机灵地闪着波光，
流经碧绿的松林和如茵的麦地。

在北方——我们的平原那边，
取着男名的河流奔腾其间。

维特肤色幽暗，敞开着蒙尘的衣襟，
清澈的阿瑟姆穿过丁香树林。

伊斯克尔背朝田野曲曲弯弯，
戈尔尼、罗姆静谧地闪着银光。

千年万年，它们都奔流不息，

1　老山：即巴尔干山。

2　马里查、童加、阿达、维利卡：本诗列举保加利亚众多河流的名称，并以
　拟人化的艺术手法分类描述其命名与性状特征，以及彼此相互思念的手足
　情怀。这些河流不再分别注释。

人民给了它们美名美言：

它们起步南北各一边，
永远引起你我相互的思念！

一九八九年
（陈九瑛　译）

译后记

中华人民共和国成立后，保加利亚是最先同中国建立外交关系的少数几个国家之一。几十年来，中保两国的友好交往绵延不断，为两国人民之间的相互了解奠定了坚实的基础。近些年来，随着"一带一路"倡议的提出，相关国家之间的互联互通，将更为紧密。要互联互通，说到底，要做到心灵相通。心灵相通的法门有很多，而文学作品，特别是诗歌作品的相互译介与交流，可说是促进不同国家人民心灵相通的不二法门。诗言志，诗传情。通过阅读或吟咏一国的诗歌，不但可以了解该国诗人和人民的所思、所想、所感、所怀，而且可以知晓他们喜怒哀乐的情怀所在。在中国，保加利亚文学——包括诗歌作品的译介已有多年；但一本比较全面地译介不同时期、不同流派、不同诗人、不同诗作的选集，尚未见到。故此，我应"'一带一路'沿线国家经典诗歌文库"之约，翻译了本诗选的主体部分，并撰写了前言；与此同时，友情邀请北京外国语大学东欧语学院刘知白教授翻译了本诗选的一小部分。二者混编为一，也可算完璧了吧！

本诗集能入选"'一带一路'沿线国家经典诗歌文库"并得以出版，首先要感谢北京大学外国语学院院长宁琦教授、该文库总负责人赵振江教授以及研究生申明钰学友。

由于本书所选诗歌数量较大，资料上曾感缺乏，后在北京外国语大学图书馆得以补上，为此，特别感谢该大学欧洲语言文化学院保语教研室主任林蕴双老师及她的学生陈巧学友。

值得提出的是，我在翻译过程中遇到一些在我所能找到的工具书与典籍上无法查到的疑难问题，如保加利亚历史上的某些典故，民情习俗、方言俗语、罕见的人名地名、某些生卒年等。经请教北京外国语大学欧洲语言文化学院的保加利亚专家柳芭·阿塔娜索娃教授，得到了她的指导与帮助。故此，谨向她致以深深的谢意！

本书在付梓过程中，得到了作家出版社懿翎女士，及该社徐乐女士的大力支持与帮助，谨此一并致谢！

受本人知识与能力所限，如译诗与前言中有讹错出现，请方家与有识者不吝赐教。谢谢！

陈九瑛

总　跋

经过两年多时间的筹备与组织，"'一带一路'沿线国家经典诗歌文库"终于将陆续付梓出版，此刻的心情复杂而忐忑，既有对即将拨云见日的满满期待，更有即将面见读者的惴惴不安。

该项目于二〇一五年下半年开始酝酿，其中亦有不少波折和犹疑。接触这个项目的所有人都无一例外地认为，这是应该做而且只有北大才能做的事情，也无一例外地深知它的难度。

"一带一路"跨度大、范围广，多语言、多民族、多宗教、多文明交融，具有鲜明的文化多样性特征。整个沿线共有六十余个国家，计有七十八种官方或通用语言，合并相同语言后仍有五十三种语言，分属九大语系。古丝绸之路尽管开始于政治军事，繁荣于商旅交通，但其更重要的意义在于促进了人类文明的交往。它连接了中国、印度、波斯和罗马等文明古国，跨越埃及文明、巴比伦文明、印度文明、中华文明的发祥地，是东西方文明交流互鉴的重要通道。

如何更好地展现"一带一路"沿线人民的文化特质和精神财富，诗歌无疑是最好的窗口。诗歌是文学王冠上的明珠，精敛文学之魂魄，而经典诗歌则凝聚着各个国家民族的文化精神和文化理想，深刻反映沿线国家独有的价值观和对世界的认识。长期以来，中国学界和出版界一直比较重视欧美发达国家诗歌的译介与研究，对发展中国家尤其是一些弱小国家的诗歌研究存在着严重忽略的现象。我们希望通过对"一带一路"沿线国家经典诗歌的研究，深刻地了解一个国家，理解它的人民，与之建立互信，促进国内学界对"一带一路"沿线国家文学、文化和文明的了解，弥补我国诗歌文化中的短板，并为中国诗歌走向世界提供思路和借鉴，从而带动与"一带一路"沿线国家的深层次交流，为中国的对外交往和"一带一路"倡议的实施提供人文支撑。

　　北京大学外国语学院组织国内外相关领域的专家学者，于二〇一六年一月，正式启动"'一带一路'"沿线国家经典诗歌文库"项目。该项目以北京大学人文学科的优良传统和北大外语学科的深厚积淀为基础，以研究和阐释"一带一路"沿线国家厚重的历史、文化内涵为己任，充分发挥本学科在文学、文化研究领域的传统优势和引领作用，积极配合和支持国家的"一带一路"倡议，为中外优秀文化的研究、互鉴和传播做出本学科应有的贡献。

　　北京大学外国语学院牵头组织的"'一带一路'沿线国家经典诗歌文库"项目，旨在翻译、收集、整理和编辑"一带一路"沿线六十余个国家的诗歌经典作品，所选诗歌范围既包括经典的作家作品，也包括由作家整理的、具有广泛影响力的史诗、民间诗歌等；既包括用对象国官方语言创作的诗歌，也包括用各种民族语言创作、广泛传播的诗歌作品。每部诗集包括诗歌发展概况、诗歌译作、作者简介等三个部分。

　　在此基础上，形成由五十本编译诗集构成的"'一带一路'沿线国家经典诗歌文库"第一批成果，这将弥补中国外国文学界在外国诗歌翻译与研究方面的不足，特别是对部分"一带一路"沿线国家的经典诗歌开展填补空白式的翻译与原创性研究工作具有重大意义，同时对沿线诸多历史较短的新建国家的文学史书写将具有十分重要的价值。

　　该项目自启动以来，先后成立了编委会和秘书组，确定项目实施方案、编译专家遴选以及编选的诗歌经典目录，并被确定为北京大学一百二十周年校庆的重要出版项目之一，得到学校、校友及社会各界的大力支持，建立起以北京大学外国语学院为核心，汇集国内外相关领域知名专家学者、翻译家的翻译、编辑团队，形成了一个具有高度共识和研究能力的学术共同体。

　　在这个共同体中的每个人都是幸福的，与诗为伴，以理想会友，没有功利，只有情怀。没有人问过我们为什么要做，每个人只关心怎样可以做得更好。无论是一无所有之时还是期待拿到国家出版基金支持之日，我们的翻译团队从没有过犹豫和迟疑，仿佛有没有经费支持只是我一个人需要关心的事情，而他们是信任我的。面对他们，我没有退路，唯有比他们更加勇往直前。好在我一直是被上苍眷顾和佑护的人，只要不为一己之利，就总能无往不胜。序言中，赵振江教授说了很多感谢的话，都代表我的心声，在此不再重复。我想说的是，感谢你们所有人，让我此生此世遇见你们。如果可以，我还想在此感谢我的挚爱亲人，从没有机会把"谢谢"说出口，却是你们成就了今天的我。

希望通过我们台前幕后每一个人的努力，把"'一带一路'沿线国家经典诗歌文库"项目打造成沿线国家共同参与的地域性的文化精品工程，使"文库"成为让古老文明在当代世界文化中重新焕发光彩、发挥积极作用的纽带和桥梁。

人也许渺小，但诗与精神永恒。

宁　琦
写于二〇一八年"文库"付梓前夜，北京

图书在版编目（CIP）数据

保加利亚诗选：上下两册 / 赵振江主编；陈九瑛，刘知白编译 . —北京：作家出版社，2019.8（2019.9 重印）

（"一带一路"沿线国家经典诗歌文库 . 第一辑）

ISBN 978-7-5212-0478-0

Ⅰ.①保…　Ⅱ.①赵…②陈…③刘…　Ⅲ.①诗集－保加利亚　Ⅳ.① I544.2

中国版本图书馆 CIP 数据核字（2019）第 067408 号

保加利亚诗选（上下两册）

主　　编：赵振江

副 主 编：蒋朗朗　宁　琦　张　陵

编 译 者：陈九瑛　刘知白

选题策划：丹曾文化

责任编辑：懿　翎　徐　乐

装帧设计：曹全弘

出版发行：作家出版社有限公司

社　　址：北京农展馆南里 10 号　　邮　　编：100125

电话传真：86-10-65067186（发行中心及邮购部）

　　　　　86-10-65004079（总编室）

E-mail:zuojia @ zuojia.net.cn

http://www.zuojiachubanshe.com

印　　刷：北京通州皇家印刷厂

成品尺寸：160×240

字　　数：800 千

印　　张：35.5

版　　次：2019 年 8 月第 1 版

印　　次：2019 年 9 月第 2 次印刷

ISBN 978-7-5212-0478-0

定　　价：118.00 元